本书为教育部人文社会科学研究青年基金项目“戴维·洛奇文学批评观的形成和流变研究”（证书编号：2019JXZ1079）的成果。

戴维·洛奇文学批评研究

DAVID LODGE

A Study of
David Lodge's
Literary Criticism

王翠 ◎ 著

中国社会科学出版社

图书在版编目(CIP)数据

戴维·洛奇文学批评研究/王翠著．—北京：中国社会科学出版社，2023.5

ISBN 978-7-5227-1753-1

Ⅰ.①戴…　Ⅱ.①王…　Ⅲ.①戴维·洛奇—文学评论—研究
Ⅳ.①I561.065

中国国家版本馆 CIP 数据核字(2023)第 060303 号

出 版 人　赵剑英
责任编辑　郭晓鸿
特约编辑　杜若佳
责任校对　师敏革
责任印制　戴　宽

出　　版　中国社会科学出版社
社　　址　北京鼓楼西大街甲 158 号
邮　　编　100720
网　　址　http://www.csspw.cn
发 行 部　010-84083685
门 市 部　010-84029450
经　　销　新华书店及其他书店

印　　刷　北京明恒达印务有限公司
装　　订　廊坊市广阳区广增装订厂
版　　次　2023 年 5 月第 1 版
印　　次　2023 年 5 月第 1 次印刷

开　　本　710×1000　1/16
印　　张　15.5
插　　页　2
字　　数　200 千字
定　　价　79.00 元

目　录

前　言

20世纪西方文学理论空前繁荣，尤其是20世纪后半叶，诸种诗学流派的生发和更迭速度进一步加快。此起彼伏的批评理论既给批评家们带来了更多的选择，也使他们在批评中审视着各种诗学流派的合理性和局限性。英国著名批评家戴维·洛奇正是在这种学术氛围中从事着文学批评。在几十年的批评生涯中，他先后受过几种重要文学理论流派的影响。从20世纪60年代初的新批评，到70年代接触罗曼·雅各布森的隐喻和转喻理论，再到结构主义诗学，直至80年代后对巴赫金诗学的研究，洛奇从不同角度将这些理论运用于文学批评之中。一方面，随着文学批评观的不断深化，洛奇的文学批评渐渐发展、完善和成熟起来。另一方面，在批评实践中，洛奇越来越游刃有余。在对先前的批评思想不断重新审视中，他博采众长，探索出一条具有特色的文学批评路径。

戴维·洛奇的文学批评最初与英美“新批评”关系密切。1966年《小说的语言》是其代表性批评著作。书中，洛奇追根溯源，指出英美新批评虽然讲求文本细读，注重文学作品的内部研究，但偏重诗歌而轻视小说语言现象严重。洛奇对此表示质疑，指出小说家的媒介无异于诗歌的媒介，都是语言。洛奇不但从理论上阐述了小说的媒介、批评方法和批评原则，还将理论探讨与批评实践结合起来，使原本偏重于诗歌范畴的新批评理论在小说分析中得到了恰当的运用。戴维·洛奇早期的文学批评观与批评方法，在此已可见一斑。

新批评给戴维·洛奇带来了启示，但未能解决批评家所遇到的所有疑惑。阅读雅各布森使洛奇从新的角度来看待小说的形式问题。在雅各布森的启示下，他不但延伸了隐喻和转喻“两极”理论，还提出“钟摆”理论，对20世纪20—50年代的现代主义、反现代主义思潮钟摆式变化给予鸟瞰，用“两极”理论对现代主义和反现代主义代表作家作品进行解读，指出现代主义作品主要是隐喻的，反现代主义作品则偏重于转喻。作为当代兴起的文学思潮，后现代主义有诸多迥异的特点，其作品是一种“打破规则的艺术”，并不偏向于“两极”中的任何一极，是“失语”状态。显然，雅各布森的诗学思想对洛奇文学批评发展具有积极的推动意义。

在欧洲学界影响下，20世纪70年代洛奇开始接受结构主义诗学思潮，为新批评呈现出某种式微迹象之后的文学批评增添了新的养分。与保守派批评家不同，洛奇预见到结构主义虽然避免不了会被后起的批评流派取代，但却不愿闭目塞聪，而是积极地接受了这一诗学，在批评实践中尝试运用。与前期批评思想不同，洛奇有选择地将结构主义的概念和方法运用于具体的小说批评分析中，又不完全受其主宰，而是试着与其“并行”，这使得结构主义在洛奇那里成了一种更富有“弹性”的诗学思想。在结构主义影响下，洛奇的文学批评得到进一步延伸和发展。

继结构主义之后，巴赫金诗学传至英国。虽然巴赫金诗学进入英国时已近 20 世纪 80 年代，晚于欧洲大陆近十年，但这一“新”理论却在批评家的争辩和“对话”下展示出巨大的魅力和活力。洛奇积极运用巴赫金的对话理论、“狂欢化”诗学，对比分析了詹姆斯·乔伊斯和 D. H. 劳伦斯等作家迥然不同的文学文本，尝试此前未曾接触的批评方法。与以往的批评相比，洛奇运用巴赫金诗学的文学批评更显独特性，他不拘一格的批评实践表明巴赫金是一位颇有见地的理论家。巴赫金诗学的“姗姗”到来，丰富和完善了洛奇的批评思想，使其更趋成熟。

无疑，上述诗学对戴维·洛奇文学批评的发展和完善发挥了重要作用，但洛奇的文学批评并不缺乏严整性和独立性。脱离高头讲章，用意趣盎然的语言写成的《小说的艺术》1992 年问世，体现了洛奇对普通读者的关注和重视。洛奇所持的文学批评观、所使用的文学批评方法和涵盖的文学史知识令人大开眼界。他不再用晦涩枯燥的学术语言阐述小说艺术的魅力，平实而生动的解读俨然使洛奇成了一位公众批评家。此外，洛奇对文学批评与文学创作关系细致入微的梳理，在具体历史语境下对二者内在联系的深度分析，展示了文学批评和文学创作动态、共生的态势，使读者了解到洛奇有的放矢的批评论述根植于其创作实践。

时至今日，批评家洛奇可谓著述等身，其文学批评历程具有诸多启示意义。“文本细读”虽有一定的局限，但作为一种批评方法，奠定了洛奇的批评基础。在诸多后起的诗学思潮中，洛奇不盲目排斥，在积极的运用中审视所接触的理论。在反思和探索中，洛奇最终形成了颇有特色的文学批评观和批评方法。透过洛奇的文学批评历程，不但可以了解 20 世纪下半叶不同时期西方主流文学理论基本走向，也可以看到，批评家是如何在这些理论影响下从事着批评活动。戴维·洛奇身上显露出优秀批评家的素质：在交替更迭的文学思潮中，他能随着时代的变化而适时接受新的思想，在不断反思和审视中丰富自身的批评观，最终走出了别具一格的批评之路。研究洛奇的文学批评，将推动当下文学理论建设和文学批评的发展，为寻求恰当的研究方法及治学思路等提供富有启示性的重要参照。

绪　论

第一节　戴维·洛奇的文学身份

当代英国著名学者戴维·洛奇（David Lodge，1935— ）享有世界声誉，积极从事文学事业，涉猎多个领域。与很多英国文学史中的伟大作家相似，他积极而勤奋，写出了多部长篇小说，几部剧作，颇受好评。然而，他与那些纯粹献身于创作事业的作家又有些不同。在文学创作的同时，他还从事批评活动，在文学理论方面也展示出一定的才华。如今已年逾八旬的洛奇，仍然笔耕不辍。2015 年出版了自传《生逢其时》（*Quite a Good Time to Be Born A Memoir*：*1935—1975*），是对其从出生到40 岁的回顾。接续的第二部自传《作家的幸运》（*Writer's Luck*）于 2018 年问世，记录了洛奇从 1976 年到 1991 年的作家生涯历程和感悟。毋庸置疑，这是一段精彩、美好、显示其文学造诣的回忆。

一　作为小说家的洛奇

戴维·洛奇首先是一位小说家，他在小说方面成就颇高。

布鲁斯·马丁[①]（Bruce K. Martin）是较早关注洛奇的学者之一，他曾这样描述："自从20世纪70年代，洛奇已经成为英国主要的小说家之一，在美国读者中也是最为流行的英国作家之一。"[②] 的确，洛奇小说长期以来受到了众多读者的喜爱，在中产阶级、有着大学教育背景的读者以及学院派学者中，尤其突出。小说家洛奇声誉颇高，在世界文坛上享有一席之地。他能走上小说创作的道路，既有偶然因素，也有自我选择的倾向。

1935年1月28日，洛奇出生于英国伦敦南部郊区。四岁半时，二战爆发，他便随父母在战争期间避难。在布罗克利长大的洛奇，在当地的一所文法学校读书。上学时，洛奇碰到一位名叫马拉奇·卡罗尔的老师，得到其很大的帮助。在这位老师的引导下，洛奇进入了伦敦大学学院学习英语文学。三年的刻苦学习奠定了洛奇英语语言和文学基础。1955年，他获得了一等学士学位。大学毕业后，洛奇应征入伍。两年的军旅生活并没有培养出他对军队的浓厚情感，他并不喜欢做二战后的繁杂工作。洛奇在参军时曾萌生过一个想法，在皇家教育兵团中当老师，不过未能如愿。1959年，洛奇的生活和学业都发生了很大的变化。他结束了单身生活，娶了玛丽·弗朗西斯·雅各（Mary Francis Jacob）为妻。这段感情与洛奇小说中的"换妻"描写极不相符，他们的婚姻一直很稳定，养育了两儿一女。学业上，洛奇从伦敦大学学

① 布鲁斯·马丁为美国爱荷华州德雷克大学英语系教授、主任。他1967年开始从教，主要学术兴趣为19世纪和20世纪英国文学及文学理论，对菲利普·拉金（Philip Larkin）、乔治·艾略特（George Eliot）、威廉·梅克比斯·萨克雷（William Makepeace Thackeray）、托马斯·哈代（Thomas Hardy）、约翰·斯坦贝克（John Steinbeck）和埃德加·爱伦·坡（Edgar Allan Poe）等都做过研究。

② Bruce K. Martin, *David Lodge*, New York: Twayne Publishers, 1999, p. ix.

院毕业，获得了文学硕士学位[①]。随后，洛奇获得了在伯明翰大学继续学习的机会，于 1967 年获得博士学位。1960 年，洛奇开始了在伯明翰大学英语系任教的教学生涯，并在业余时间从事文学创作和批评活动。在 1968—1969 年期间，洛奇意外地获得了一个赴美机会，在加利福尼亚州伯克利大学任教一年。回国后，洛奇继续在伯明翰大学教书，讲授英国文学、文体学等课程。20 世纪 80 年代，撒切尔政府颁布了一系列不利于教育发展的法令，洛奇选择不再服务于教育机构，于 1987 年提前退休，成为职业作家。退休后，他一直担任伯明翰大学现代英国文学的荣誉教授，并成为英国皇家文学学会会员。

洛奇三十来年的大学教学生涯丰富了他的小说创作素材。自 25 岁时出版了第一本长篇小说《电影迷》（*The Picturegoers*，1960）后，洛奇笔耕不辍，写出了闻名世界的校园三部曲《换位》（*Changing Places*：*A Tale of Two Campuses*，1975）、《小世界》（*Small World*：*An Academic Romance*，1984）和《好工作》（*Nice Work*，1988）。其中，《小世界》和《好工作》曾被提名为当年的布克奖（Booker Prize[②]）候选书目，巩固了洛奇小说家的地位。

除了上述 4 部作品，洛奇另外出版了 10 部长篇小说：《姜，你在发酵》（*Ginger*，*You're Barmy*，1962）、《大英博物馆在倒塌》（*The British Museum Is Falling Down*，1965）、《脱离苦海》（*Out of the Shelter*，1970）、《你能走多远?》（*How Far Can You Go?*，1980）、

① 戴维·洛奇硕士学位论文的题目是《从牛津运动至今的英国天主教小说》（"Catholic Novel in England from the Oxford Movement to the Present Day"）。

② 布克奖为一个英语文学奖项，创始于 1968 年。1969 年开始颁发。该奖每年颁发一次，获奖作家应为用英语语言写作的原创长篇小说作者，并为英联邦、爱尔兰共和国或津巴布韦的公民。自 2014 年，作者只要是用英语写作并在英国发表，作者的国度将不予以严格限制。布克奖的获得者被公认为享有世界盛名的成功人士。因此，被列入布克奖提名的作品是对作家成就一个极大的认可和肯定。

《天堂消息》（*Paradise News*，1991）、《治疗》（*Therapy*，1995）、《想……》（*Thinks...*，2001）、《作者，作者》（*Author*，*Author*，2004）、《失聪宣判》（*Deaf Sentence*，2008）、《有才干的人》（*A Man of Parts*，2011），以及一部短篇小说集《不起床的人：及其他故事》（*The Man Who Wouldn't Get up*：*and Other Stories*，1998）和一部由原创戏剧改编而成的中篇小说《家庭真实》（*Home Truths*，1999）。

作为一位校园小说家，洛奇在多部作品中都侧重描述校园文化和生活。在十余部小说中，《换位》《小世界》《好工作》校园三部曲所获得的关注最多。从《换位》这一书名，读者可以推想到某些情节。两位分属英国和美国国籍的英国文学教授接受了交换教职的任务。莫里斯·扎普从美国来到英国，菲利普·斯沃洛则从英国到了美国。这种明显的“双重”写作手法贯穿整部作品，以至于后来的换妻似乎都成了理所当然的事。然而，在这种看似自由平等选择的表面下，洛奇却使读者对婚姻有着深刻的思考，令人回味无穷。《小世界》中主人公帕斯对安杰丽卡的柏拉图式的爱情和追求，在洛奇独特的叙事手法下展现得淋漓尽致。洛奇描述的学界及人际关系，既有对当前诸多已经司空见惯的学术界现象的讽刺，也有作者精心构思下所引发的对人性的探索，很多人尤其钟爱这部校园小说。与前两部校园小说不同，《好工作》讲述了学院与工业两个世界之间的故事。情节围绕大学讲师罗玢·彭罗斯和工厂厂长维克·威尔科克思之间的交流展开，思想内涵方面超越了先前封闭的“小世界”。

除了校园三部曲，洛奇其他的小说也让无数的读者和研究者痴迷。以《失聪宣判》为例，这部小说用日记体描述了一位患有高频性耳聋的退休教授德斯蒙德·贝茨的生活。即使佩戴着助听器，他也常常答非所问，闹出了不少笑话。洛奇以诙谐幽默的写作手法，展示了失聪给人生活带来的种种不便。再看看《大英博物馆在倒塌》这部小说，作品开头就会让人产生好感。洛奇逼真地描述了家庭生活的一幕：主人公亚当和家人吻别是按字母顺序排列的：芭芭拉、克莱尔、多米尼克和（坐着的）爱德华。[①] 亚当的家庭生活，读者中的很多人都曾经历过，很多人正在经历着，又有很多人向往着那种既忙碌又有趣的日子。这些人无疑都成了该书的潜在读者。可以说，洛奇的每部小说都从不同角度反映了生活的不同侧面，因而博得了众多普通读者和专业人士的喜爱。

20 世纪 90 年代，洛奇曾尝试写过两部剧本。1990 年，第一部剧本《写作游戏》（*The Writing Game*）问世，该剧于同年 5 月 13 日在伯明翰轮演剧团剧院上演，上映了三个星期。次年 3 月，在剑桥和马萨诸塞州的美国轮演剧团剧院再次上演。后来，洛奇将该剧改编成电视剧，于 1996 年与观众见面，颇受欢迎。1998 年，第二部戏剧《家庭真实》（*Home Truths*）诞生，在伯明翰轮演剧团剧院上演。第三部剧本《秘密思想》（*Secret Thoughts*）由小说《想……》改编而成，2011 年 5 月 12 日在英国波尔顿八角剧场首映。该剧获得了曼彻斯特剧院最佳新剧奖，被誉为一部“使人振奋的、有雄心的作品，令所有观看的人都叫好”[②]。

在近半个世纪的时间里，洛奇将他的才华融入一部又一部文学创作之中，展示出一个又一个或关联或不同的世界。虽然很多

---

① 上述名字从 A—Z 的排列顺序为：亚当（Adam）、芭芭拉（Babara）、克莱尔（Clare）、多米尼克（Dominic）和爱德华（Edward）。参见［英］戴维·洛奇《大英博物馆在倒塌》，张楠译，上海译文出版社 2010 年版，第 17 页。

② 转引自 https：//en. wikipedia. org/wiki/David_ Lodge_ %28author%29，2016 年 9 月 1 日。

作品已有几十年的历史，但它们并没有过时，依然受到大众的褒扬，依然有学者愿意对他的作品进行探讨和研究。这不能不说是对作者的一种莫大鼓励和关爱。洛奇文学创作上所取得的成果是丰硕的，也是具有启发性的。相信未来的读者和欲涉猎洛奇文学创作的学者在洛奇的笔端下，一定能找到各自想要得到的乐趣。

二 作为批评家的洛奇

戴维·洛奇是一位文学批评家。马克·斯塔夫·布兰德尔（Mark Staff Brandl）认同很多评论家的观点，指出洛奇作为批评家同小说家一样积极和杰出，不过，他对洛奇批评家的身份更为关心。他不但看到洛奇将巴赫金等当代理论家的思想融入批评，更认为他编选的两本理论著作《二十世纪文学评论》（*20th Century Literary Criticism*：*A Reader*，1972）和《现代批评与理论》（*Modern Criticism and Theory*：*A Reader*，1988）是里程碑式的创举。这两部著作收集了20世纪以来很多重要批评家的经典批评文章，深受读者的喜爱和好评。以《二十世纪文学评论》为例，其中收录了M. H. 艾布拉姆斯（M. H. Abrams）、弗吉尼亚·伍尔夫（Virginia Woolf）、罗曼·雅各布森（Roman Jakobson）、I. A. 理查兹（I. A. Richards）、D. H. 劳伦斯（D. H. Lawrence）、E. M. 福斯特（E. M. Forster）等50位批评家的批评文章。马克·布兰德尔这样评论道："因此，通过这些著作和他的文章，他成了把理论带给人们——即某些人：作者和艺术家的媒介。"[①] 这两本书成为很多文学研究者必备的案头书。

---

① Mark Staff Brandl，"*David Lodge and the Art-and-Reality Novel* by Daniel Ammann"，*The Journal of Aesthetics and Art Criticism*，Vol. 51，No. 1，1993，p. 90.

自20世纪60年代起，洛奇在小说写作的同时，还陆续出版了11部批评理论著作：《小说的语言》（*Language of Fiction*：*Essays in Criticism and Verbal Analysis of the English Novel*，1966）、《伊夫林·沃》（*Evelyn Waugh*，1971）、《处于十字路口的小说家》（*The Novelist at the Crossroads and Other Essays on Fiction and Criticism*，1971）、《现代写作模式》（*The Modes of Modern Writing*：*Metaphor*，*Metonymy*，*and the Typology of Modern Literature*，1977）、《运用结构主义》（*Working with Structuralism*：*Essays and Reviews on Nineteenth and Twentieth Century Literature*，1981）、《继续写作》（*Write On*：*Occasional Essays*'65－'85，1986）、《巴赫金之后》（*After Bakhtin*：*Essays on Fiction and Criticism*，1990）、《小说的艺术》（*The Art of Fiction*，1992）、《写作的练习》（*The Practice of Writing*，1996）、《意识与小说》（*Consciousness and the Novel*：*Connected Essays*，2002）、《亨利·詹姆斯之年》（*The Year of Henry James*：*The Story of a Novel——with Other Essays on the Genesis*，*Composition and Reception of Literary Fiction*，2006）等。

从1966年《小说的语言》的出版到2006年《亨利·詹姆斯之年》的问世，洛奇在40年的批评岁月中阐发了不同的文学批评思想，写下了很多经久耐读的学术文章。他的文学批评思想更多地体现在他不同时期参加学术会议的文稿、为某一问题写成的单篇论文、在某些大学的演讲稿、或为一些书籍所写的序言中。这些文章多数以时间和主题为序，经过整理而集结成文集，反映出洛奇不同时期的批评见地。

例如，《小说的语言》体现了洛奇对新批评的认识和接受。洛奇初入批评领域时，对新批评过多关注诗歌语言而忽略对小说语言的分析提出质疑。针对这一问题，洛奇从理论分析和批评实践两个层面对小说语言进行了辩护。事实证明，新批评流派对洛奇的影响是深远而持久的。

《处于十字路口的小说家》这一批评文集不仅关心小说家，还关心“处于十字路口的批评家”等系列问题。该书体现了在罗伯特·斯科尔斯（Robert Scholes）等著的《叙事的本质》（*The Nature of Narrative*，1966）和弗兰克·克默德（Frank Kermode）等著的《结尾的意义》（*The Sense of An Ending*，1967）的影响下，洛奇着重探讨小说写作与小说诗学等问题的倾向。书中第二部分“小说与批评”（“Fiction and Criticism”）尤其对该方面进行了深入论述。

《运用结构主义》则是洛奇对结构主义诗学的理解和接受。当英美批评界仍有很多人对欧洲大陆的结构主义持有异议甚至坚持不加理会时，洛奇试着接近这一文学思潮。他不仅运用这一理论，更学会了“如何与结构主义一起生活”①，尤其对结构主义叙事学领域涉猎颇多。

《巴赫金之后》是洛奇在接触了米哈伊尔·米哈伊罗维奇·巴赫金（Mikhail Mikhailovich Bakhtin）诗学后，对其对话理论、“狂欢化”诗学的尝试。通过对詹姆斯·乔伊斯（James Joyce）和D.H. 劳伦斯等作家作品的文本分析，洛奇对巴赫金诗学强大的解释力给予了肯定。

《小说的艺术》中收录了50篇文章，原载于报刊，篇幅较短，后结集出版时进行了补充和完善。这本书显示，在一位批评家眼中小说艺术既有学术含量，又不失趣味性。可以说，这一著作从另一侧面显示出洛奇论述问题时的不同方法和思维。

---

① David Lodge, *Working with Structuralism: Essays and Reviews on Nineteenth and Twentieth Century Literature*, London: Routledge & Kegan Paul Ltd., 1981, p. viii.

除了上述著作，洛奇的批评活动还涉及诸多其他领域。他有过自传体批评的尝试，如《伊夫林·沃》；也有过专门针对某一问题进行的探讨，如对文学批评与文学创作之间关系的梳理；还有过对小说家与现代媒体关系的思考，如《亨利·詹姆斯与电影》。论述问题多样，不一而足。此外，洛奇所写的书评，发表在报纸上的评论等，都不同程度地渗透着他的批评思想。

与上述著述不同，《现代写作模式》不但是批评之作，还是一部理论性著作。20 世纪 70 年代接触罗曼·雅各布森的隐喻和转喻理论后，洛奇运用这一诗学理论，试图将欧洲和英美两种传统下的现代形式主义批评进行综合，对小说分析进行再思考。由此，洛奇提出了很有分量的“钟摆”理论，对现当代英国小说发展走向做出比较系统的概括：近百年来，英国文学主流的走向是在现实主义和反现实主义两极之间不同程度的来回摆动。他尤其对 20 世纪上半叶英国文学动向进行了分析和总结，在现代主义和反现代主义思潮来回斡旋时做出主流动向判断。他独特的理论构建来自对客观现象的观察，体现出一位文学理论家所具有的观察力和思辨力素养。

以上概述基本勾勒出了洛奇的文学生涯，使我们对洛奇有了比较全面的认识和了解。洛奇的成功，得益于他的小说创作，更离不开他批评家的身份。正如洛奇所言：“毕竟，批评是比创造性写作更苦心经营的受条件制约的活动。”[①] 在 20 世纪各种诗学思潮不断更迭的特殊百年中，批评家如何审视、看待和运用这些理论已然成为学术界的重要研究领域。从洛奇的文学批评中，我们可以看到他对 20 世纪重要文学理论流派的借鉴、认可程度及自

① David Lodge, *The Novelist at the Crossroads and Other Essays on Fiction and Criticism*, London: Routledge & Kegan Paul plc, 1971, p. ix.

我批评和反思历程。对洛奇文学批评的关注，会使我们从微观中洞察宏观，更好地把握当今文学的基本走向。

第二节 国内外研究综述

一 国内研究综述

我国对戴维·洛奇文学批评的研究，最早可以追溯到20世纪80年代。此后的三十余年中，相继有学者进行相关研究。

首先，从期刊论文发表情况，可以了解洛奇文学批评研究的广度和深度。

1986年，王家湘在《外国文学》第4期上发表了其翻译的洛奇的理论文章《现代派、反现代派与后现代派》。自此以后，我国学界开始陆续关注和研究洛奇。1987年，冀涵发表《必须从语言入手——介绍一部文学评论著作》。这篇文章是对洛奇《小说的语言》的一个书刊评介，虽然字数不多，内容不算丰富，却基本勾勒出了这部著作的特点，为学界打开了了解洛奇的通道。1989年，慈继伟的《戴维·洛奇为什么不仿效现代派?》真正开辟了国内对洛奇研究的先河。该文认为，作为批评家的洛奇崇尚现代派，但作为小说家的他却使用现实主义手法，这是一个有趣的问题。作者试图从洛奇的诸多批评著作中找寻答案。1991年，黄梅编译的《“解构以后活路何在?”》及时与读者见面。该文借用了执教牛津大学的约翰·贝利（John Bayley）教授评论洛奇1990年的新书《巴赫金之后》的一篇长文的名字，主要阐述了贝利对洛奇的这本新书的一些看法和提出的若干质疑。1994年，薛鸿时的《戴维·洛奇：〈小说艺术谈〉》是对洛奇1992年出版的《小说的艺术》前三节“开局、书名、动机”的译介。1999年童燕萍发表在《国外文学》第2期的《语言分析与文学批评——戴维·洛奇的小说理论》，从小说也是语言艺术——细节、意象及重复、小说的语言模式——隐喻和转喻、小说的独特体——对话的复合性文体等三个方面，介绍了洛奇的小说理论。不难看出，20世纪国内研究洛奇文学批评的文章数量上不算多。以译介为主的研究态势和以评介为主的文章为接续研究洛奇奠定了一定基础。

进入21世纪后，国内更加关注洛奇小说家的身份，期刊论文数量众多。据中国知网显示，相关文章一年最多可达二十余篇。不可否认，一些论文或访谈的确显示出真知灼见，其深度和广度远远超过20世纪的研究成果。如2020年《现代传记研究》发表的《传记，传记小说，后现代传记小说——戴维·洛奇访谈》，促进了学界对洛奇的进一步认识。然而，不可避免的是，一些垃圾论文也被炮制出来，学术扎堆现象十分严重。相比而言，有关洛奇文学批评的文章虽然研究视角和深度有一定的拓展，但数量和广度仍有待提高。

2001年《外国语》第3期发表了张和龙的《戴维·洛奇小说批评理论评述》一文。该文由五部分组成，主要为“小说也是一门语言艺术”、从虚构到游戏、现代写作的话语模式、“后现代主义”写作和小说的对话性。可以说，这篇文章在研究洛奇小说批评理论方面具有跨越性的进步。2003年，我国首次以推介作家的栏目，发表了英国杰西·扎内威茨的《戴维·洛奇访谈录》。丁兆国编译发表在《外国文学动态》第5期的这篇文章，以问答的形式呈现给读者洛奇关于创作与批评活动的一些想法，很生动。2005年，王辽南在《外国文学》第2期发表的《戴维·洛奇小说理论评析》同张和龙的文章相似，同样由五部分组成，且议题与张和龙的文章基本一致，不算是突破性文章。2007 年欧荣的《戴维·洛奇小说批评理论再探》讨论了被国内忽略的洛奇小说批评理论中的小说与电影、小说与意识、小说与市场、文学批评的功能和危机等问题。2012 年蒋翃遐的《戴维·洛奇的批评理论评析》探讨了洛奇的学术生涯由新批评阶段、结构主义和巴赫金诗学研究三个阶段组成，可以说对洛奇的理论研究有所拓展。

其次，从相关译著的出版情况，也可以了解到国内洛奇文学批评研究态势。

1987 年，上海译文出版社率先出版了葛林等译的洛奇编选的《二十世纪文学评论》（上册），1993 年出版了下册。这两部译作的出版，推动了我国对西方 20 世纪文学批评的总体认识。

20 世纪末，作家出版社决定出版一套洛奇六卷本文集，其中五部是小说，一部为批评文集。这部批评文集就是 1997 年 12 月出版的《小说的艺术》，王峻岩等人担任译者。2010 年，卢丽安重译《小说的艺术》，由上海译文出版社出版。这两个译本的问世，尤其是早期王峻岩的译本，对洛奇批评著作研究的推广意义很大。遗憾的是，这是迄今为止洛奇全部批评理论著作中唯一被翻译成中文的一部。不能不说，译界对洛奇文学批评著作的关注严重不足，这种冷清状态不利于学术研究，也令洛奇颇为遗憾[①]。

再次，随着 21 世纪的到来，国内学术界出现了一批中青年学者，他们的硕士或博士学位论文推动了学术发展。不过，有关洛奇的研究，多数以其小说创作为主，鲜见对洛奇文学批评进行的专题研究。

有关洛奇的研究，可检索到的硕士学位论文约 70 篇。最早见

① 参见 David Lodge, "Questionnaire", *Journal of the Twentieth-Century/Contemporary French Studies*, Vol. 5, Issue 2, 2001, p. 404. 3p。

于2002年苏州大学宋艳芳的《戴维·洛奇的理论化小说——洛奇〈三部曲〉研究》。除了2003和2004年没有相关硕士学位论文外，至2021年，每年都有硕士学位论文成果，成果最多的一年是2013年，共17篇。这些论文多数集中在校园三部曲的研究上，只有2018年蒋春瑞的《戴维·洛奇前期小说理论研究》分三个阶段论述，重点研究洛奇从20世纪60年代至90年代的小说理论。博士学位论文共6篇，分别是2005年河南大学王菊丽的《结构与解构的悖论性对话》、2007年上海外国语大学欧荣的《戴维·洛奇作品中的"危机"母题研究》、2008年上海外国语大学李雪的《戴维·洛奇重要小说中三种现代写作方式研究》、2009年天津师范大学罗贻荣的《戴维·洛奇对话小说理论与创作实践》，同年，还有南开大学黄宗贤的《还原真实的大卫·洛奇——论其文学批评与文学创作中的叛逆性和保守性》和2010年山东大学张艳蕊的《戴维·洛奇天主教小说的宗教叙事》。从论文的题目上不难看出，这些研究的关注点虽不尽相同，但主要是围绕洛奇的小说而展开论述。若说与洛奇批评论著相关的论文，属罗贻荣的最为贴近。

最后，从国内出版的相关学术著作，亦可了解我国学界对洛奇文学批评研究的范围和深度。

1998年，瞿世镜、任一鸣、李德荣编著的《当代英国小说》（外语教学与研究出版社）将洛奇与马尔科姆·布雷德伯里（Malcolm Bradbury）共同放在"校园小说"小节下讨论，介绍了洛奇从《电影迷》到《治疗》等小说的故事梗概和情节。2000年，高继海编著的《英国小说史》（河南大学出版社）中仅用了百余字对洛奇进行了扼要介绍。2001年，殷企平、高奋、童艳萍编著的《英国小说批评史》（上海外语教育出版社）第四篇第十章"戴维·洛奇的小说理论"探讨了小说也是语言艺术、小说的语言模式和小说的独特性三个方面的内容。该章的内容集中于洛奇的小说理论，研究有一定的深度。2004 年 7 月，上海外语教育出版社出版了张和龙著的《战后英国小说》，该书第八章题为“戴维·洛奇：穿越‘十字路口’”，讨论了洛奇的小说理论和小说创作的关系等问题，另附《戴维·洛奇的小说批评理论》作为补充。同年，天津人民出版社出版了马凌著的《后现代主义中的学院派小说家》，该书第五章为洛奇研究专题，探讨了洛奇其人其作、洛奇的“钟摆”、《小说的艺术》和《小世界》里的大乾坤等几个问题。2005 年，侯维瑞、李维屏著的《英国小说史》（译林出版社）将洛奇与布雷德伯里一起放置在“校园小说”的标题下，扼要地进行了介绍。总体而言，虽然我国学界在奋起直追西方文学研究的趋势下，已经出现了几部涉及洛奇著述的学术著作，但均不够深入和全面。

如前所述，21 世纪后学界涌现出一批中青年学者，他们积极踊跃地从事着学术活动。在这样的学术氛围下，近十年有关洛奇的专著应运而生，展示了不同的研究主题。

罗贻荣是国内洛奇小说最早的译者，后来又陆续出版了一些小说译著，促成了他的理论著作的最先问世。2006 年，罗贻荣的理论著作《走向对话——文学·自我·传播》（中国社会科学出版社）第五章中讨论了戴维·洛奇与对话诗学，阐述得比较有深度。2011 年，复旦大学出版了欧荣等著的《“双重意识”——英国作家戴维·洛奇研究》一书。该书共分为四章，谈论了戴维·洛奇的小说主题研究、戴维·洛奇的小说艺术研究、戴维·洛奇的小说批评理论研究和在理论和实践之间等问题，对国内洛奇研究有推动作用。然而，欧荣将重点放在国内批评界忽略的洛奇有关小说与电影、小说与意识、小说与市场、文学批评的功能与危机等方面。2012 年，蒋翃遐的著作《戴维·洛奇“校园小说”的空间化叙事研究》由中国社会科学出版社出版。该书分为四章：空间化叙事、空间化叙事中的水平轴运动：文本世界、空间化叙事中的垂直轴运动之一、空间化叙事中的垂直轴运动之二。通过几个层面的讨论，展示了作者对洛奇校园小说的解读和挖掘，对文学作品的解读具有一定的指导意义。2013 年，张荣升、丁威、赵天民等著的《小说家的批评和批评家的小说：英国第二代学院派小说家的理论与实践研究》（黑龙江大学出版社）分为理论篇和实践篇两个部分。在理论篇第二章用20 页的篇幅扼要介绍了洛奇的小说艺术，谈及了洛奇的语言艺术、小说的隐喻和转喻话语模式、后现代主义话语模式和小说的对话性；实践篇第六章“戴维·洛奇：穿越十字路口”则较详细地解读了《换位》《小世界》《好工作》《想……》等小说。2015 年，孙希佳的《冲突·对话·妥协：戴维·洛奇天主教小说中宗教与世俗的关系研究》由安徽大学出版社出版。该著作共分为五章，从宗教与世俗的角度分析了《看电影的人》、《大英博物馆在倒塌》、《你能走多远?》、《天堂消息》和《治疗》。2016 年，张艳蕊的《戴维·洛奇天主教小说的宗教叙事》由东方出版中心出版。该书分为四个章节：“戴维·洛奇天主教小说中的宗教性事实”“戴维·洛奇天主教小说中的宗教原型”“戴维·洛奇的宗教意识变化及其文本内外语境”“戴维·洛奇宗教意识影响下的小说个性”，着重将戴维·洛奇作为英国当代著名天主教作家进行研究。

还有一些编著更新或新增了内容，将洛奇作为著述的一部分介绍给读者。2010 年，文汇出版社出版了刘文荣的《当代英国小说史》，概述了戴维·洛奇的学院派学界小说。个别著者从比较文学视域出发，将洛奇与其他校园小说家对比介绍，显示出了新的研究视角和研究方法，对洛奇在国内的接受和研究起到了促进作用。

通过上述梳理，不难看出30多年来我国学界对洛奇文学批评研究的总体情况。期刊论文或硕博论文不论从研究广度还是深度，都有待提高，整体洛奇文学批评研究缺少系统性。有关洛奇的编著虽推进了国内对洛奇的了解，但针对洛奇文学批评的研究较少，深入度严重不足。洛奇文学批评论著的翻译工作多年来鲜有人问津，极大影响了我国学界对洛奇批评建树及其重要性的了解和认识，造成现存专著研究论题鲜有该方面的研究的现状。

二　国外研究综述

对于国外研究洛奇文学批评的情况，目前利用可用数据库如CALIS外文期刊网、EBSCO检索平台、JSTOR电子期刊全文过刊库、ProQuest国外高校硕博士论文学位论文全文数据库等进行搜索，发现关于洛奇著作的书评很多。如罗伯特·斯科尔斯对《小说的语言》所做的书评、R. B. 柯什纳（R. B. Kershner）对《巴赫金之后》所做的书评等。这些书评是及时的。不过，从这些篇幅长短不一的书评中可以看出：一些书评能恰如其分地介绍洛奇的著作，有利于读者了解洛奇；一些则由于作者的偏爱，主观性很强，难以对洛奇的著作做出客观而准确的评价。

与国内相似，国外研究洛奇的期刊论文基本以小说研究为主，但与国内研究不同的是，国外并没有出现论文扎堆的研究现象。另外，从发表时间上可以看出，国外较早就有了对洛奇小说的研究。例如，1972年帕克·侯南（Park Honan）发表在《长篇小说：关于小说的论坛》（*Novel: a Forum on Fiction*）杂志的《戴维·洛奇和英国的电影小说》（“David Lodge and the Cinematic Novel in England"), 1994 年，罗伯特·柏顿（Robert S. Burton）发表在《批评》（*Critique*）杂志的《在十字路口的僵持：戴维·洛奇〈好工作〉中当城市遇见礼服的时候》（"Standoff at the Crossroads: When Town Meets Gown in David Lodge's 'Nice Work'"), 2000 年，玛丽·克罗（Marian E. Crowe）发表在《新生》（*Renascence*）杂志的《预兆与永生：戴维·洛奇的〈天堂消息〉中的天主教》（"Intimations and Immortality: Catholicism in David Lodge's 'Paradise News'"）。2012 年，玛丽安·克罗（Marian Crowe）发表在《理性：天主教思想与文化杂志》（*Logos: A Journal of Catholic Thought and Culture*）的《天主教与隐喻：戴维·洛奇的天主教小说》（"Catholicism and Metaphor: The Catholic Fiction of David Lodge"）分析了《你能走多远?》《天堂消息》《治疗》三部小说中通过隐喻所表现的天主教的不同侧面。

此外，自 20 世纪 80 年代以来，国外出现了对洛奇进行专题研究的硕博论文。这些论文研究角度不一，关注点不尽相同，从具有自我意识的小说、校园小说、喜剧小说、叙事价值等多个方面，对洛奇的小说进行了挖掘。虽然个别论文涉及洛奇的批评方法和批评观，但都不是论文主要阐述的对象。可检索到的文章共 10 篇，如下可见。

1986 年，澳大利亚墨尔本大学的温琪·欧缪恩德森（Wenche Ommundsen）的博士学位论文《自我意识小说与文学理论：戴维·洛奇，B. S. 约翰逊和约翰·福尔斯（元小说，叙事学，后现代主义）》["Self-conscious Fiction and Literary Theory: David Lodge, B. S. Johnson and John Fowles (Metafiction, Narratology, Postmodernism"]，采用比较的方法，论说洛奇与约翰逊和福尔斯两位小说家的异同。

1993年，加拿大马克·麦克劳德（Mark S. MacLeod）的硕士学位论文《四部英国小说中的启示元小说》（"Apocalyptic Metafiction in Four British Novels"）中，涉及洛奇的《小世界》，与另外三部英国小说同时展开讨论。

1994年，西班牙萨拉戈萨大学的芭芭拉·阿日兹提·马丁（Barbara Arizti Martin）的博士学位论文《〈换位〉中的元小说》（"Me-tafiction in *Changing Places*"）从叙事学和元小说的角度，对《换位》进行了阐释。

同年，西班牙的萨拉戈萨大学的罗莎·罗尔斯·桑梓（Rosa Lores Sanz）从翻译学的角度，写了名为《翻译〈换位〉文化术语分析：一种语用学方法》（"An Analysis of Cultural Terms in the Translation of *Changing Places*: A Pragmatic Approach"）的博士学位论文，比较了英语和西班牙语文化幅度、文化表达等方面问题。

1997年，美国普渡大学的李文馨（Wenxin Li）提交了名称为《戴维·洛奇的谈判小说：重新规划英格兰的环境》（"David Lodge's Fiction of Negotiation: Re-Mapping the Conditon of England"）的博士学位论文。该论文从后现代主义、文体学角度、洛奇小说中的矛盾道德等方面进行了阐述，同时，也论述了洛奇小说中的电影技巧。

在1998年的博士学位论文《战后英国喜剧小说的主流和支流》（"Mainstream and Margins in the Postwar British Comic Novel"）中，作者R. 尼尔·约翰逊（R. Neill Johnson）阐述了战后英国喜剧小说的主流和支流，其中仅第二章提到了洛奇的小说，从《换位》到《好工作》被认为是校园小说的主流。

2000年，阿林·墨菲（Arin Murphy）的硕士学位论文《在校园小说中重构过去：撒切尔英国的怀旧概念》（"Reconstructing the Past in the Academic Novel：the Concept of Nostalgia in Thatcher Britain"）中第四章提到了洛奇的《好工作》，阐述了文学院与商业年之间的关系，以及学术在资本主义政策下所发生的不可避免的变化。

2005 年，托马斯·道尔·桑（Thomas Doyle Sant）的博士学位论文《戴维·洛奇：叙事价值》（"David Lodge：Narrative Values"）以洛奇的几部小说《你能走多远?》、《治疗》、《好工作》和《想……》叙述洛奇的叙事价值和宗教根源，以及现代大学的意义。

2006 年，哈佛大学的彼得·约翰·欧马雷（Peter John O'Malley）的硕士学位论文《"你能走多远就走多远"：戴维·洛奇小说中的灾难和宗教道德心》（"'As Far as You Can Go'：Camality and the Catholic Conscience in David Lodge's Fiction"），主要探讨了《大英博物馆在倒塌》中的宗教性抑制、《你能走多远?》中从内部改变教堂的反抗、《小世界》中的天主教狂欢化和在《想……》中的不和谐。

2014 年，普林斯顿大学朱尔斯·赫尔塔多（Jules F. Hurtado）的博士学位论文《十字路口的色情文学家：当代英国小说中的性、现实主义和实验》（"The Pornographer at the Crossroads：Sex, Realism and Experiment in the Contemporary English Novel"），从 1971 年洛奇的《处于十字路口的小说家》入手，介绍了英国当代小说中的性等问题。

国外有关洛奇文学批评的著作，通过网上搜索，仅查到三本。

1989 年，R. A. 茅瑞斯（R. A. Morace）的《马尔科姆·布雷德伯里和戴维·洛奇的对话小说》（*The Dialogic Novels of Malcolm Bradbury and David Lodge*）问世。在 11 个章节中，茅瑞斯将布雷

德伯里和洛奇进行对比分析，不单是因为他们既是小说家也是批评家，而是因为他们常常会针对小说和批评的目的和本质进行对话。在茅瑞斯看来，布雷德伯里和洛奇的作品要优于许多当代小说家的小说。

1999 年，纽约特韦恩出版社出版了布鲁斯·马丁的《戴维·洛奇》（*David Lodge*）。全书共分为五章："战后英国和自传体的冲动""学术喜剧及中心文体""文学理论和文学批评""关于天主教徒和天主教的小说""后学院的发展"。占据 20 页篇幅的第三章，梳理了洛奇"搜寻满意的小说理论"[①] 的历程。

2014 年，J. 拉塞尔·珀金（J. Russell Perkin）的著作《戴维·洛奇与现代小说传统》（*David Lodge and the Tradition of Modern Novel*）由麦吉尔女王大学出版社出版，是国外研究洛奇的新近成果之一。珀金借用哈罗德·布鲁姆（Harold Bloom）的《影响的焦虑》（*The Anxiety of Influence*：*a Theory of Poetry*，1973）中的理论及汉斯·罗伯特·姚斯（Hans Robert Jauss）等人的文学思想，从六个方面展开论述。这六章的论述，除了第一章谈论洛奇的自由主义思想外，其余五章都是从不同角度论述洛奇在现代文学的传统下，与几位著名作家的关系及其作品间的联系。格林厄姆·格林（Graham Greene）、詹姆斯·乔伊斯、金斯利·艾米斯（Kingsley Amis）、亨利·詹姆斯（Henry James）、H. G. 威尔斯（H. G. Wells）等人的作品，都对洛奇的文学创作和文学思想的形成有所助益。

近年，赫菲斯托斯图书资源（Hephaestus Books）出版了一本《伯明翰大学的名流》（*Academics of the University of Birmingham*）

---

① Bruce K. Martin, *David Lodge*, New York: Twayne Publishers, 1999, p. 73.

一书。该书展示了一种新的出版范式，将相异的内容从网络上摘录下来，经过精心编排后，使其有相关性。虽然赫菲斯托斯图书资源每年都不断增加信息量，但其主要以介绍为主，并非学术著作。此书中，收录了洛奇的学术信息和生平简介，为想要初步了解洛奇的读者提供了基本信息。

通过上述梳理，可以看出国外洛奇研究同国内相似，较多关注洛奇小说创作，而对洛奇文学批评进行细致梳理的论著少见，从整体上把握洛奇文学批评思想的相关研究也尚不充分。由此可见，关于洛奇文学批评思想及其批评实践的研究，仍然需要深入细致的梳理和具有问题意识的研究。

第三节　研究意义与研究思路

一　研究意义

加拿大批评家诺斯罗普·弗莱（Northrop Frye）在《批评的剖析》（*Anatomy of Criticism*，1957）中曾经指出："正如我们通过物理学、生物学去了解自然一样，我们也只能通过文学批评去学习和研究文学。"[①] 为了全面了解洛奇在文学领域的贡献，本书将对洛奇文学批评进行细致、深入的研究。一方面，长期以来，学界多关注小说家洛奇而忽视其批评家的身份不利于全面评价洛奇，更不利于正确认识洛奇文学批评及其批评实践的价值；另一方面，20 世纪是一个特殊的百年。这里，各种诗学思想云集，有居于主流地位的形式主义、新批评、结构主义、解构主义、巴赫金诗学等，也有虽不属于主流但不甘示弱的酷儿理论、幽灵理

① Northrop Frye, *Anatomy of Criticism*, New Jersey: Princeton University Press, 1957, p. 11.

论、混沌理论等。观察批评家如何在众多诗学流派中取舍、尝试和辨析，会给我们带来诸多思考。应该看到，虽然很多文论已经风光不再，但它们仍属于璀璨的文艺理论星空的一部分，我们从其曾经发出的艺术光芒中会寻得支持、激励和启示。了解洛奇对相关文学理论的认识和接纳过程，会让我们更加客观地认识这些诗学的价值，客观评判其优长、缺陷和意义。诚如 T. S. 艾略特（T. S. Eliot）在《传统与个人才能》中对诗人的要求一样：

> 诗人，任何艺术的艺术家，谁也不能单独具有他完全的意义。他的重要性以及我们对他的鉴赏，就是鉴赏他和已往诗人以及艺术家的关系。你不能把他单独评价；你得把他放在前人之间来对照，来比较。我认为这不仅是一个历史的批评原则，也是一个美学的批评原则。①

文学研究要求我们不但要了解文学传统，更应该懂得文学传统是延续的。

此外，本研究对推动文学史、文学理论、文学批评事业的发展有着重要的学术价值和不可否认的积极意义。雷纳·韦勒克（René Wellek）曾说过："文学理论不包括文学批评或文学史，文学批评中没有文学理论和文学史，或者文学史里欠缺文学理论与文学批评，这些都是难以想象的。"② 洛奇在文学批评中，常常深入文学史和文学理论领域，与其紧密地结合在一起。洛奇的批评

① ［英］托·斯·艾略特：《传统与个人才能》，卞之琳等译，见《传统与个人才能：艾略特文集·论文》，上海译文出版社 2012 年版，第 3 页。

② ［美］勒内·韦勒克、［美］奥斯汀·沃伦：《文学理论》，刘象愚等译，江苏教育出版社 2005 年版，第 33 页。

话语，显示出深谙文学艺术的本质与发展规律、语言表述清晰流畅、可读性强等特点。他的批评论著崇古而不拘古，既踵武前贤，又另辟蹊径。可以说，洛奇的文学批评对整体文学事业的发展具有不可小觑的推动作用。

毋庸置疑，本研究对文学创作的推动作用也是显而易见的。众所周知，有很多作家不但是写作的能手，更是批评界的高手，为世界文学的宝藏增添色泽。列夫·托尔斯泰（Leo Tolstoy）、埃德加·爱伦·坡（Edgar Allan Poe）、查尔斯·波德莱尔（Charles Baudelaire）、亨利·詹姆斯等文豪都承认文学批评对文学创作的促进作用。洛奇更是如此。他的成功绝不是一个偶然。其小说创作，渗透着他的文学批评观和对文学理论的理解。从他自身的批评实践和文学创作历程可以看出，文学实践是离不开文学批评的。研究洛奇的文学批评，对文学实践无疑具有推动作用。

如前所述，本研究将洛奇的文学批评置于20世纪西方文学理论流派的演变过程中进行研究，呈现出洛奇不断变化的批评思想，补充了国内外该方面研究的不足。这一领域的研究也许永远不会成为任何意义上的“时髦”话题，但却毫无疑问是文学研究中不可或缺的一个组成部分。相信本书对洛奇文学批评全面的梳理、考察和辨析，为描绘出其完整的学术历程图景，为推动中国学术界的理论与批评在整个世界文学格局中的进一步创新发展会做出一定贡献。

二 研究思路

1960—1990年间，洛奇在不断兴起的诗学思潮影响下，写下近十部批评著作及文集，展示出不同时期的批评思想。本书以时间为顺序，将洛奇的批评历程划分为四个重要时期，分阶段研究。其中，以新批评、雅各布森的隐喻和转喻理论、结构主义和巴赫金诗学四个时期批评观的变化为主，把握住了洛奇批评著作脉络。这既弥补了国内外对洛奇文论方面研究的不足，又能使很多学者意识到，这种方法不但可以详尽深入地描述每个时期洛奇的批评思想，也为探讨洛奇批评观提供了一个前后照应和逻辑上的思考方便。在以时间为顺序的基础上，本研究结合批评史、文学理论等知识，对洛奇的批评历程进行综合性评价。这种做法有利于我们洞察洛奇在不同时期的不同批评思想，可以更好地了解洛奇的批评生涯及批评观的形成和发展过程，力求做到客观、全面地认识这位为文学事业做出卓越贡献的学者。

本书结合对洛奇有重要影响的诗学思潮，着重阐述洛奇对这些思潮的吸收、接纳、运用和反思过程，揭示不同时期这位批评家的批评思想。为了更加清晰地呈现这一点，本书从以下几个重要阶段开展研究。

第一阶段：在英美新批评派影响下，洛奇对小说语言的关注和重视期。洛奇接受新批评的影响主要体现在20世纪60年代，代表著作为《小说的语言》。当然，新批评给予这位批评家的影响不仅局限于20世纪60年代，它跨过了20世纪70—80年代，甚至到了20世纪90年代，洛奇一直钟爱着新批评“细读”的批评方法。可以说，新批评已然成为洛奇学术生命中不可或缺的一个重要组成部分。

第二阶段：小说的隐喻和转喻问题是洛奇20世纪70年代关注的焦点。雅各布森从失语症病理学角度所划分的隐喻与转喻转化到文学领域之后，在这个领域慢慢生根发芽，并结出了丰硕的果实。洛奇1977年出版的《现代写作模式》正是围绕隐喻和转喻问题而展开的论述。这时的洛奇不再囿于新批评，而是试着用另一种方式来认识和解读文学作品，这成为他学术生涯中十分重要的一个时期。

第三阶段：接受并运用结构主义诗学。英美新批评之后，结构主义浪潮兴起，弥漫了整个欧洲大陆。尤其在法国，结构主义叙事学在罗兰·巴特（Roland Barthes）、热拉尔·热耐特（Gérard Genette）等人的推动下，成为几乎尽人皆知的显学。虽然结构主义进入英国的时间尚晚，但洛奇却在众多学者中脱颖而出，积极接受并运用这一批评方法。其1981年出版的《运用结构主义》正是在结构主义思潮的影响下，应运而生的著作。

第四阶段：巴赫金"之后"的批评。在20世纪80年代，洛奇开始接触后起的巴赫金诗学。经过了新批评、雅各布森和结构主义等诗学的洗礼，洛奇已经有了更加果断的判断力和鉴赏力。然而，即使是这样，他仍然按捺不住对巴赫金的痴迷。1990年《巴赫金之后》的出版，标志着洛奇批评生涯的巅峰。这本著作不但论及巴赫金复调小说、对话理论和"狂欢化"等诗学，还对相关理论进行了运用和延伸，充分展示了20世纪90年代前后洛奇的批评姿态。

总体而言，上述四个阶段的研究突出了洛奇不同阶段的批评思想及其变化，他的文学批评体现出从单纯运用新批评走向多视角的批评历程。当然，需要指出的是，上述四个阶段的划分不是整齐划一的。我们应该知道，任何一位批评家不同时期的批评思想都有内在关联性。除着重这四个阶段的研究之外，本书还着重阐述了洛奇在《小说的艺术》中对小说艺术意趣盎然的论述，以及他对文学批评与文学创作关系等问题阐发的看法进行了梳理，从中可以见出洛奇文学批评的独立性和严整性，读者可以跟随批评家一同思考。

第一章
探究小说的语言

1966年，《小说的语言》问世之时，戴维·洛奇批评家的身份也随之诞生。作为洛奇的第一本系统性批评著作，《小说的语言》从理论和实践两个层面对有关小说的一个核心问题进行了论述：既然小说是由字和词组成的，语言在文学话语中又是自我验证的，那么所有关于小说的批评问题最终一定能还原为关于语言的问题。[①] 初入批评界，洛奇为什么如此重视小说的语言？他又是如何将小说理论与批评实践结合起来的呢？若想厘清这些问题，我们需要从当时批评界对小说语言的看法出发，进行深入了解。

第一节 小说的媒介

1949年，奥斯汀·沃伦（Austin Warren）在与韦勒克合著的《文学理论》（*Theory of Literature*）中不无遗憾地指出："关于小

① David Lodge, *The Modes of Modern Writing*: *Metaphor*, *Metonymy*, *and the Typology of Modern Literature*, London: Bloomsbury, 2015, p. xiv.

说的文学理论与批评在质量和数量上远不如诗歌批评。”[①] 那么，这种长期以来一直延续着的批评状况，真的说明小说语言不值得深入探究吗？在洛奇看来，虽然小说批评在细读上从来没有获得像诗歌一样的成就，但这并不等于说我们可以轻易放弃这一理论。

一　从新批评说起

20世纪60年代初，在文学领域初露头角的洛奇业已发现，小说批评的状况远不如诗歌批评那样乐观。新批评是造成这一现象的直接原因。

这并不是说新批评理论是无效的。洛奇充分肯定了新批评获得的诸种成绩。自20世纪20年代兴起以来，经过近40年的发展，新批评思潮一直处于英美文学理论和批评实践的中心位置，取得了卓越的成就。这种以“文本批评”为基本立场的批评方法，改变了过去一直以来从文学文本外部研究作品的风气。新批评倡导细读文本，在诗歌领域的贡献成就斐然。举例来说，克林斯·布鲁克斯（Cleanth Brooks）和罗伯特·潘·沃伦（Robert Penn Warren）合著的《理解诗歌》（*Understanding Poetry*，1938）一经出版，便获得了成功，成为文学文本研究的典范，在20世纪40年代早期占据着语文学学术研究的堡垒。[②] 克林斯·布鲁克斯所著的《精致的瓮：诗歌结构研究》（*The Well Wrought Urn*：*Studies in the Sturcture of Poetry*，1947）更是被奉为新批评理论的经典之作。布鲁克斯精心选择了约翰·邓恩（John Dunne）的《圣谥》（“The Canonization”，1633）、威

① René Wellek and Austin Warren, *Theory of Literature*, New York: Harcourt, Brace, and Company, 1949, p. 219.

② ［美］雷纳·韦勒克：《近代文学批评史》第六卷，杨自伍译，上海译文出版社2009年版，第272页。

廉·华兹华斯（William Wordsworth）的《不朽颂》（“Ode：Intimations of Immortality”，1807）、约翰·济慈（John Keats）的《希腊古瓮颂》（“Ode on a Grecian Urn”，1820）等十首诗歌，借助有感知的阅读，专章论述了诗中的悖论、反讽、含混、意象等，精彩地展示了对诗歌文本的细读及分析方法。实质而言，新批评对诗歌的偏爱具有普遍性。从 T. S. 艾略特到 I. A. 理查兹，再到 W. K. 维姆萨特（W. K. Wimsatt），都认为优秀的批评实践依靠细读，而他们选取的例证往往都来自诗歌领域，认为诗歌凭借言语形式获得意义和独立身份。

然而，洛奇却发现，被广泛应用于诗歌领域的新批评方法并未给小说解读带来太大的帮助。相比之下，小说批评的成就远不如诗歌方面明显。针对散文或小说语言的文本细读或分析，没有得到充分发展或引起足够重视。克林斯·布鲁克斯和罗伯特·潘·沃伦继《理解诗歌》之后，于1943年出版了《理解小说》（*Understanding Fiction*）一书。此书虽然被作为大学教材，在青年学子中产生过一定影响，但其影响力远不如诗歌那样持久。使洛奇更为不满的是，不乏有批评家将小说语言推到了诗歌语言的对立面，认为小说的语言不值得重视。美国批评家菲利普·拉夫（Philip Rahv）就曾经提出，不要将“精细的适用于诗歌的言语与广泛交流的、功能性的和宽泛的适合于散文的语言相混淆”①，更不能“将小说的内容与所叙述的方式处于矛盾关系之中，那将消解生命的幻觉，从而失去小说的可信性”②。

---

① Philip Rahv，“Fiction and the Criticism of Fiction”，*The Kenyon Review*，Vol. 18，No. 2，1956，p. 280.

② Philip Rahv，“Fiction and the Criticism of Fiction”，*The Kenyon Review*，Vol. 18，No. 2，1956，p. 297.

对于拉夫等批评家来说，小说的语言只是透明的窗户，通过这层玻璃，读者审视生活，而批评家的职责似乎就是要使这层玻璃保持亮度。

洛奇坚持认为，在没有完全将新批评细读文本的方法运用于小说之前，轻言放弃是不合时宜的。20 世纪 60 年代前确实还没出现拉夫所说的“一种理论和一系列令人满意的处理散文的实践步骤”[①]，不过，洛奇认为，将新批评理论用于小说分析与批评是完全可行的。在验证这种理论的有效性前，他并不愿意转向当时正在兴起的诺斯罗普·弗莱的神话批评理论。个别批评家试图借用新批评理论阐释小说并未获得成功，但却并未动摇洛奇对小说语言进行研究的决心。

洛奇这一批评观的形成并非空穴来风，他曾受过诸多学者及其学术著述的潜在影响：韦恩·布斯（Wayne Booth）的《小说修辞学》（*The Rhetoric of Fiction*，1961），约翰·霍洛威（John Holloway）的《维多利亚的圣人：论争中的研究》（*The Victorian Sage*：*Studies in Argument*，1953），马克·肖勒尔（Mark Schorer）的文章《作为发现的技巧》（“Technique as Discovery”，1948）和《小说与类比基质》（“Fiction and the Analogical Matrix”，1949），多萝西·梵·根特（Dorothy Van Ghent）的《英语小说：形式与功能》（*The English Novel*：*Form and Function*，1953），伊恩·瓦特（Ian Watt）的《小说的兴起：笛福、理查逊、菲尔丁研究》（*The Rise of the Novel*：*Studies in Defoe*，*Richardson*，*and Fielding*，1957），维姆萨特的《文字图标：诗歌意义研究》（*The Verbal Icon*：*Studies in the Meaning of Poetry*，1954），尤其是他与比尔兹利（M. C. Beardsley）

① Philip Rahv，“Fiction and the Criticism of Fiction”，*The Kenyon Review*，Vol. 18，No. 2，1956，p. 277.

合写的两篇文章《意图谬见》（“The Intentional Fallacy”，1946）和《感受谬见》（“The Affective Fallacy”，1949），对洛奇批评观启发作用巨大。为了证实新批评理论对小说批评的价值，洛奇追根溯源，证明小说的语言同诗歌的语言一样，是值得给予关注和研究的，它们之间并无本质差异。

二　“语言是一个统一体”

洛奇深知，小说语言之所以不被批评界重视，有其历史根源。在现代批评的主流中或明或暗地认可两个基本前提：一是认为存在两种不同的语言，即文学的语言和非文学的语言；二是认为在文学领域中，抒情诗是文学的典范。洛奇对这两种说法均不赞同，他深度剖析了上述两种观念的根源，提出质疑并一一进行批驳，以找出小说语言被忽略的历史原因。

说到文学的语言，不得不提及 I. A. 理查兹对语言的分类。在《意义之意义：关于语言对思维的影响及记号使用理论科学的研究》（*The Meaning of Meaning*：*A Study of the Influence of Language upon Thought and of the Science of Symbolism*，1923）中，I. A. 理查兹将语言分为两类：“科学的或符号的语言”和“情感的语言”，并认为“情感语言的最高形式是诗歌”，而指涉性语言的典型代表是科学描述①。就语言特征来说，小说接近于科学的描述。因此，小说语言有别于诗歌语言。这样，I. A. 理查兹便将小说的语言放到了文学批评的次要位置。除了 I. A. 理查兹，也有其他学者阐述了相似的观点，诸如威廉·燕卜荪（William

① 参见 C. K. Ogden and I. A. Richards, *The Meaning of Meaning*: *A Study of the Influence of Language upon Thought and of the Science of Symbolism*, London: Routledge & Kegan Paul Ltd., 1949, pp. 185 – 208。

Empson）的“歧义”说，J. C. 兰瑟姆（J. C. Ransom）的“基质”说，布鲁克斯的“反讽”论，等等，都是将文学的语言与其他的语言分开。

而将抒情诗视为文学典范这一观点自浪漫主义以来就极为流行了。对于浪漫主义者而言，诗歌是看待和述说事物的一种特殊方式。在对抗科学的前提下，华兹华斯强调诗歌的功用，认为诗歌可以调和痛苦的人生所引起的悲伤，甚至是“一切知识的起源和终结”[①]。波西·比希·雪莱（Percy Bysse Shelley）在《为诗辩护》（“A Defence of Poetry”，1821）中使诗包含了一切的文学兴趣和价值，并区分了故事和诗，他说：

> 故事罗列了一些孤立的事实，此等事实除了在时间、空间、情势、因与果等方面，并无别的连系；诗则依据人性中若干不变方式来创造情节……故事是局部的，仅能适用于一定的时期和某些永不能重现的际遇；诗则是包罗万象的，诗对于举凡人性各项可能有的动机和行为都有关系，它本身就含有这些关系的萌芽。时间能毁损史实故事的美及其功用，使它失掉了应有的诗意，但是时间反增加诗的美，并且永远发展新奇的方法来应用诗中的永恒真理。……一个史实故事有如一面镜子，模糊而且歪曲了本应是美的对象；诗也是一面镜子，但它被歪曲的对象化为美。[②]

① ［英］华兹华斯：《〈抒情歌谣集〉序言》，曹葆华译，见《十九世纪英国诗人论诗》，人民文学出版社 1984 年版，第 17 页。

② ［英］雪莱：《为诗辩护》，缪灵珠译，见《十九世纪英国诗人论诗》，人民文学出版社 1984 年版，第 126 页。

塞缪尔·泰勒·柯勒律治（Samuel Taylor Coleridge）则更加细微地区分了“诗歌”（poem）和“诗”（poetry）。法国象征派诗人保尔·瓦雷里（Paul Valéry）将散文和诗分别比作走路和舞蹈：“走路，像是散文一样，总是有一个确定的目标……舞蹈就十分不同了。当然，它是一个行动的体系，但行动的目的是其自身。”① 20世纪知名学者艾布拉姆斯在《镜与灯：浪漫主义文论及批评传统》（*The Mirror and the Lamp*: *Romantic Theory and the Critical Tradition*, 1953）、弗兰克·克默德在《浪漫主义意象》（*Romantic Image*, 1957）中对此再次作出肯定。这一切似乎都指向一个事实：小说家所用的语言和诗人所用的语言极为不同，不值得给予小说语言以太多的关注。

洛奇认为，这种将诗歌的话语与其他种类的话语截然分开的做法抑制了对小说语言的研究。这位批评家中肯地提醒我们，断言小说的媒介与诗歌的媒介完全不同，甚至对立起来是十分武断的做法。确切而言，一些批评家同洛奇一样，对上述这种语言归类或阐述的方式并不认可。韦勒克曾直言不讳地反驳道：“我无法苟同陈述语言与情感语言割裂的说法。”② 批评家劳伦斯·勒纳（Laurence Lerner）在《真实的诗》（*The Truest Poetry*, 1960）中根据瓦雷里的理论，大胆地提出：“也许我们应该质疑将语言一分为二的做法，而不是将其描述为一个统一体，在数学和梦的两极之间的统一体。”③ 另一位批评家爱伦·泰特（Allen Tate）则强有力地质疑了这种将诗与散文进行种族隔离式的分类。他认为

① Paul Valéry, “Remarks on Poetry”, in Paul Valéry, *The Art of Poetry*, Trans. Denise Folliott, New Jersey: Princeton University Press, 1958, pp. 206 - 207.

② ［美］雷纳·韦勒克：《近代文学批评史》第六卷，杨自伍译，上海译文出版社2009年版，第281页。

③ Laurence Lerner, *The Truest Poetry*, London: H. Hamilton, 1960, p. 129.

散文和小说中有诗的想象性特点，诗中也不排除叙事和虚构。[①] 洛奇强调，语言是一个统一体，而不是完全分开的两种模式。"如果我们视语言为连续体，只是'情感的'和'指涉的'部分比例不同，而不是完全截然分开的对立面，我们就可以看到小说家的媒介是语言而不是生活。"[②] 那么，应该怎样对待文学作品之间的差异呢？根据洛奇的观点，我们可以依据它们运用语言的情况，把它们放到这个统一体中不同的位置。这种放置不一定与传统的文学分类相一致，也不必与文学价值的序列相符，更不显示一种文学文本的语言比另一种或多或少在表达意义上完整。

应该说，洛奇的方法更加灵活。在这个统一体中，不同语言可根据各自所占比例而确定实际位置。不过，若想提高小说语言的地位，并非是件容易的事。面对上述已经根深蒂固的种种观念，洛奇认为有必要从理论和经验两个层面进行论述，对具有代表性的意见一一辨析。只有这样，才能澄清小说语言和诗歌语言并无本质区别这一问题，确立批评立场。

洛奇提到了学界一种十分常见的现象：在谈论小说的本质时，批评家往往将其与散文的文学身份等同起来，进而与诗歌的本质进行对比。爱伦·泰特曾直言不讳地指出："那些相信诗歌和散文及小说有本质差异的人，认为诗歌有独特的本质；散文是否有本质并不重要，因为它不会有诗歌那样的本质。"[③] 那么，散

① Allen Tate, "Miss Emily and the Bibliographer", in Allen Tate, *On the Limits of Poetry: Selelcted Essays 1928 – 1948*, New York: The Swallow Press and William Morrow Company Publishers, 1948, p. 53.

② David Lodge, *Language of Fiction: Essays in Criticism and Verbal Analysis of the English Novel*, London: Routledge & Kegan Paul plc, 1966, p. 17.

③ Allen Tate, "Miss Emily and the Bibliographer", in Allen Tate, *On the Limits of Poetry: Selelcted Essays 1928 – 1948*, New York: The Swallow Press and William Morrow Company Publishers, 1948, p. 53.

文和小说的本质到底是什么呢？

批评家F. W. 贝特森（F. W. Bateson）在《英语诗歌和英语语言》（*English Poetry and the English Language*，1934）中指出，诗歌用词语的内涵，散文用词语的外延；诗歌通过尾韵、音韵、头韵等产生了一种非逻辑的结构，而散文主要是逻辑性的；散文是发展的，诗歌则静止不动。因此，“如果说诗歌的媒介是言语，那么散文的媒介可能是中心思想”[①]。此外，诗歌主要是一种言语活动，“只有观察单词，人们才能意识到诗歌的结构”，而“在散文中，言语倾向于被他们所表达的中心思想所淹没。一个同义词与另一个词都一样”[②]。

贝特森的观点虽有一定道理，但洛奇不能完全认同。首先，在洛奇看来，散文是不是纯逻辑的这一点值得思考，散文所用的词语没有内在的含义同样站不住脚。此外，同义词的概念本身就是非常复杂的，不能武断地认为同义词可以毫无顾忌地交互使用。根据理查兹的划分，“意义”有纯意义（或思想，或本来意义上的“意义”）、情感、语气和意图四个层面，而只有在纯意义这一层面，同义词才可能存在。因此，小说的语言不可能仅停留在纯意义层面，也不仅仅是“中心思想的透明的容器”[③]。

在对贝特森批驳的基础上，洛奇进一步指出与他有相似批评观的克里斯托弗·考德威尔（Christopher Caudwell）观点的不当之处。批评家克里斯托弗·考德威尔的论点与贝特森的很多见解

---

① F. W. Bateson, *English Poetry and the English Language*, Oxford: Oxford University Press, 1934, p. 16.

② F. W. Bateson, *English Poetry and the English Language*, Oxford: Oxford University Press, 1934, p. 16.

③ David Lodge, *Language of Fiction*: *Essays in Criticism and Verbal Analysis of the English Novel*, London: Routledge & Kegan Paul plc, 1966, p. 15.

如出一辙，但他的主要立场在于："诗歌和小说都用声音唤起外在现实和情感回荡的意象，但在诗歌中情感的回荡是由诗歌的结构组织起来的，在小说中则由其所描述的外在现实的结构组织起来的。"① 洛奇从两点批驳了考德威尔的立场。首先，考德威尔只关注现代诗歌，许多传统诗歌并不在考德威尔的考虑范围。其次，洛奇认为没有任何的话语是完全脱离"外在现实"而自成语言体系的。即使是诗歌，也是如此。维姆萨特和比尔兹利已经在《感受谬见》中十分明确地指出："纯情感的诗是一种幻想……诗歌是一种关于情感和物体，或者是关于物体的情感质量的话语。"②

在对上述批评家见解批驳的基础上，洛奇进行了立论：小说家所组织的现实不仅包括特异的角色、事件和它们代表的事物，而且也包括最初创造这些角色、事件和物体的语言；在小说中，诸如情节、性格等抽象概念都是通过言语所传递的信息积累的。正如沃伦在《文学理论》中所提到的那样："文学总须有趣味，有一个结构和审美的意义，有一个整体的连贯性和效果。"③ 这些都离不开作者的语言表达。如此看来，小说和诗歌一样，在本质上都是由语言构成的，语言的功能在小说中甚至比在其他文学形式中起着更加重要的作用。

除了在理论层面进行立论外，洛奇还选取在实际经验中具有代表性的两种反对意见，试证明以下两种观点：小说翻译与诗歌

---

① Christopher Caudwell, *Illusion and Reality: a Study of the Sources of Poetry*, London: Macmillan and Co. Limited, 1937, p. 272.

② W. K. Wimsatt, M. C. Beardsley, "The Affective Fallacy", in W. K. Wimsatt, William Kurtz, *The Verbal Icon: Studies in the Meaning of Poetry*, New York: The Noonday Press, 1958, pp. 37 – 38.

③ René Wellek, Austin Warren, *Theory of Literature*, New York: Harcourt, Brace, and Company, 1949, p. 219.

翻译无本质区别；以小说拙劣作品为例，认为小说语言劣于诗歌语言是不公平的。

洛奇明确指出，在现代批评中存在一个基本的信条：诗歌本身具有目的、不能同义转译、不可翻译、每一部分都与其他部分相关联，形成了一个有机的整体。的确，在很多人看来，如果试图翻译诗歌，就是在毁坏诗歌的美感，更是不自量力的徒劳之举；而小说则是明显可译的，我们阅读翻译过来的小说时都会有一些信心，可以对作品及作者进行判断。

洛奇对此提出质疑。一方面，固然诗歌由于其特有的声音结构使韵律等难以在另一种语言中找到相似或相同的节奏，但这并不能表示诗歌并非不可同义转译。洛奇指出："对于诗歌来说，细读本身就是一种伪装的转译，它不同于传统的小说批评的转译，原因在于它倾向于扩展而非压缩。"[①] 不论什么时候我们想表达对文学文本的理解和欣赏时，我们都得用不同的单词，从而感到作者用词的独特性。诗歌也并非完全不可译。一首诗里不可能只包含声音，"纯粹由声音组成的诗如同纯粹由感情组成的诗一样，是不可能存在的"[②]。每一首诗的韵虽然不能译出，不过，其中的意象、比喻、隐喻等都可以翻译成另一种文字，每首诗歌都有可译元素。

另一方面，洛奇认为，小说并不是完全可译的。从一种语言翻译成另一种语言是一个极为复杂和神秘的过程，几乎所有翻译过来的作品在读者阅读时，都能被感知，更在阅读过程中时常体

① David Lodge, *Language of Fiction*: *Essays in Criticism and Verbal Analysis of the English Novel*, London: Routledge & Kegan Paul plc, 1966, p. 35.

② David Lodge, *Language of Fiction*: *Essays in Criticism and Verbal Analysis of the English Novel*, London: Routledge & Kegan Paul plc, 1966, p. 25.

会到“数不清的、细微的不确定性、笨拙、反常和语言的模糊等积累效应”①。此外，洛奇指出，在诗歌中的声音活动不是一个有力的理由来说明诗与散文或小说的区别。比如，双关是一个用声音表达意义的技巧，在散文、小说和诗歌中都有大量的例子，总是给翻译者带来麻烦。著名现代主义作家詹姆斯·乔伊斯就特别喜欢用双关，利用语言的声音技巧，使《尤利西斯》（*Ulysses*，1922）比《奥德赛》（*Odyssey*，约公元前9—前8世纪）更难翻译。为了进一步详细说明这一问题，洛奇援引了著名译者司各特·蒙克利夫（Scott Moncrieff）对马塞尔·普鲁斯特（Marcel Proust）的《在斯万家那边》（*Du Côtè de Chez Swann*，1913）中的一段译文，从词序、时态，从句结构和声音模仿使用等层面，说明不论翻译的技巧多么精湛，我们都会失去对很多词语的微妙体验。

即使是在20世纪70年代，洛奇也未放弃这一观点。他曾先后请学生和伯明翰大学法语系的同事翻译法国著名“新小说派”作家阿兰·罗布-格里耶（Alain Robbe-Grillet）的作品《窥视者》（*Le Voyeur*，1955）第一章，译本并没有产生原文那种对码头描写的视觉效果，用词也颇为勉强，最后洛奇不无遗憾地指出：“我们只能对那些从事这一工作（翻译小说）的人深表同情。”② 可见，小说中除了细节难以译得准确，更由于写作手法的变化，在后结构主义那里叙事越来越不连贯等因素，使翻译越发成为一件难事。

通过上述论证可以看出，洛奇既试图说明诗歌不是完全不可

① David Lodge, *Language of Fiction*: *Essays in Criticism and Verbal Analysis of the English Novel*, London: Routledge & Kegan Paul plc, 1966, p. 20.

② David Lodge, *The Modes of Modern Writing*: *Metaphor*, *Metonymy*, *and the Typology of Modern Literature*, London: Bloomsbury, 2015, p. 292.

翻译的，又试图表明小说不是完全可译的。这两种论证似乎并没有很有力地支持洛奇的原初论点。不过，洛奇这样做恰恰与他所持“语言是一个统一体”的观念相吻合：

> 它们（诗歌的可译性和小说的不可译性）指向语言是一个统一体，而不是两种截然分开模式的观点。我们可以根据它们运用语言的方式来决定将文学作品放在这个统一体中……但这种放置并不总是与传统体裁分类相吻合，不会与文学价值的顺序一致，它也不会显示一种文学文本语言的意义比在统一体中另一种与之分别很大的语言更完整或逊色。[①]

来自经验层面的另一种反对意见常从小说的一些拙劣作品中找例证，用来强调小说语言劣于诗歌语言。洛奇认为这种做法如同坚持诗歌是不可译的一样不妥。

对拙劣作品的看法，人们往往从伊恩·瓦特那里寻找证据：“无可置疑的伟大作家，从理查逊和巴尔扎克、到哈代和陀思妥耶夫斯基，通常以并不优美的文字写作，而且时而直接采用粗俗的语言。”[②] 这一观点经常被引用来削弱小说艺术中语言的重要性。有人认为伟大的小说家可以写得很差，但不会影响我们对他们的尊敬。对于这样的非难和指责，洛奇认为并不公平。首先，拙劣文章指的是什么，以及在多大程度上人们愿意接受糟糕的作品，并没有定论。事实上，“当拙劣创作常常出现或影响到一部

① David Lodge, *Language of Fiction*: *Essays in Criticism and Verbal Analysis of the English Novel*, London: Routledge & Kegan Paul plc, 1966, p. 26.

② ［美］伊恩·瓦特：《小说的兴起——笛福、理查逊、菲尔丁研究》，高原等译，生活·读书·新知三联书店1992年版，第26页。

特定作品的重要部分时，不管是在散文中还是在诗歌中，我们一定会相应地修正我们的看法”[①]，没有批评家会将一部从头到尾都写得很差的小说硬说成重要作品。其次，由于小说的长度这一客观事实，偶尔作家可能会用词不当，但这并不会影响我们的最终评价。在小说中，“写得很差的伟大作品”明显就是一个悖论[②]。洛奇认为，在史诗中，也可能存在类似的语言问题。因此，利用拙劣作品将诗歌的语言和散文及小说的语言一分为二是不可取的。

通过上述立论不难发现，洛奇并不是要刻意抬高小说语言的地位，而是通过分析小说语言被忽视的诸种原因，对其作出客观评价，纠正学界长期以来对小说语言的认识，提高人们重视小说语言的意识。洛奇并不割裂小说语言与诗歌语言的做法，强调了它们共存于一个统一体中，即不可人为割裂的语言。这为其接续确定小说的批评原则和批评方法奠定了基础。

第二节　小说的批评原则和批评方法

韦勒克说过，语言是文学艺术的材料。每一部文学作品都只是一种特定语言中文字词汇的选择，正如一件雕塑是一块削去了某些部分的大理石一样[③]。虽然小说语言已被证明同诗歌语言一样值得关注，但从哪方面着手对小说进行研究及确定小说批评的

① David Lodge, *Language of Fiction*: *Essays in Criticism and Verbal Analysis of the English Novel*, London: Routledge & Kegan Paul plc, 1966, p. 27.

② David Lodge, *Language of Fiction*: *Essays in Criticism and Verbal Analysis of the English Novel*, London: Routledge & Kegan Paul plc, 1966, p. 27.

③ ［美］勒内·韦勒克、［美］奥斯汀·沃伦：《文学理论》，刘象愚等译，江苏教育出版社 2005 年版，第 195 页。

合理视角，是洛奇关心的另一个重要问题。

一　小说的批评原则

洛奇认为，维姆萨特和比尔兹利合写的《意图谬见》和《感受谬见》中，有诸多有价值的论点，它们对如何选择小说批评视角十分有帮助。在《意图谬见》中，维姆萨特和比尔兹利认为作品一经产生，作者创作的原初意图就已经脱离了作品，在解读诗歌时，不能依据作者的意图来评判一部作品的优劣，因为“作为一种评判文学艺术作品成功与否的标准，作者的构思或意图既不适用，也不合意”[①]。在《感受谬见》中，他们指出，根据读者的主观感受来研究和评价作品是错误的。这种印象主义批评造成批评时绕开作品本身，而专注于心理效果，其结果会导致传记式印象和相对主义。洛奇对上述观点十分赞同，声称“不考虑维姆萨特及其合作者芒罗·西·比尔兹利在他们论文中关于两个‘谬见’论点的批评家是不可信的”[②]。

不过，在充分肯定“意图谬见”和“感受谬见”观点的同时，洛奇也看到瓦尔特·欧恩（Walter J. Ong S. J.）在《内部的野蛮》（*The Barbarian Within*，1962）中阐述的见解同样很有意义。欧恩认为，新批评虽然鼓励我们要把文学作品孤立出来，去客观化地评论作品，但我们必须认识到“所有的言语，包括文学，都是来自于人内心的一种声音”[③]。可以说，欧恩的论述不无

① W. K. Wimsatt, M. C. Beardsley, “The Intentional Fallacy”, in W. K. Wimsatt, William Kurtz, *The Verbal Icon: Studies in the Meaning of Poetry*, New York: The Noonday Press, 1958, p. 3.

② David Lodge, *Language of Fiction: Essays in Criticism and Verbal Analysis of the English Novel*, London: Routledge & Kegan Paul plc, 1966, p. 71.

③ Walter J. Ong S. J., *The Barbarian Within, and Other Fugitive Essays and Studies*, New York: Macmillan, 1962, p. 28.

道理。然而，洛奇并没有选择从这一视角进行论述。比较而言，他更加肯定只有符合维姆萨特的文本客观说，才能将欧恩的主观性变成客观批评，避免批评滑入情感谬误的泥潭。斟酌之下，洛奇选定了新批评的文本细读方法，将小说作为客体研究对象，摒弃了从心理分析、人物内心活动等更大范畴进行批评活动的方法。

不过，即使确定了以小说文本为核心，小说批评仍然会涉及诸多的问题。洛奇指出，不但小说批评的基本描述性术语——如情节、性格、背景等均不如抒情诗的基本描述性术语——如十四行诗、颂歌、抑扬格等精准，就连对情节、性格等的分析，也并不是小说批评所应涉及的最佳范畴。

首先，洛奇就小说批评以角色为中心提出异议。他十分赞同较早关注小说语言的现代批评家瑞克沃德（C. H. Rickword）的看法："角色只是一个术语，通过这一术语，读者指向通过作者言语安排所做出反应后构成的一个假定的客观形象。不幸的是，一旦形成这一形象，它可以从许多不相关的角度受到批评——道德、政治、社会或宗教意义，好像它真的拥有实在的客体。"[①] 借助维姆萨特的理论，洛奇以简·奥斯丁（Jane Austen）的《曼斯菲尔德庄园》（*Mansfield Park*，1814）中对范妮·普莱斯的性格总结为例，进一步指出以性格为中心的批评方法的不当之处，他认为：

> 在小说批评中，为了使这些术语更加精确，通常的做法是详细描述范妮的性格、牵涉到她的事件的本质等，换句话

① C. H. Rickword, "A Note on Fiction", in William Van O'Connor, *Forms of Modern Fiction*, Bloomington: Midland Book Edition, 1959, p. 282.

> 说，去总结和同义转译。但当我们这样做的时候，我们倾向于把形式描述的语言兑换成道德倾向的语言：不但没有对维姆萨特所推荐的中立分析和普通评价之间进行微妙调解，反而我们从前者到后者得到了一种迅速扩增。①

由此可见，洛奇对这种以性格或人物为核心的小说批评并不看好。

不以性格为中心对小说进行分析固然有道理可言。不过，小说分析若不考虑情节，单从“词语安排”角度来研究小说，则会遇到更大的阻力。自亚里士多德（Aristotle）以来，在悲剧的六要素（情节、性格、思想、言辞、形象与歌曲）中，一向十分看中情节，认为没有好的情节，就不会产生好的悲剧。亚里士多德指出：

> 六个成分里，最重要的是情节，即事件的安排；因为悲剧所摹仿的不是人，而是人的行动、生活、幸福……悲剧的目的不在于摹仿人的品质，而在于摹仿某个行动……情节乃悲剧的基础，有似悲剧的灵魂；“性格”则占第二位。悲剧是行动的摹仿，主要是为了摹仿行动，才去摹仿在行动中的人。“思想”占第三位。……“思想”指证明某事是真是假，或讲述普遍真理的话。语言的表达占第四位……②

---

① David Lodge, *Language of Fiction*: *Essays in Criticism and Verbal Analysis of the English Novel*, London: Routledge & Kegan Paul plc, 1966, p. 73.

② ［古希腊］亚理斯多德：《诗学》，罗念生译，见《诗学　诗艺》，人民文学出版社 1962 年版，第 21—24 页。

芝加哥学派的批评家科瑞恩（R. S. Crane）将亚里士多德的《诗学》（*Poetics*，约公元前330年）发展成了极为全面的批评体系，在他的论文《情节的概念和〈汤姆·琼斯〉的情节》（“The Concept of Plot and the Plot of *Tome Jones*”，1952）中，科瑞恩将情节分为三种：“行动的情节，性格的情节和思想的情节”[①]，并对这三种情节给予了具体的分析和描述。

洛奇指出，虽然科瑞恩的分类有一定的道理，但这种综合性原则是不可取的，不但因为这种类似数学分类式的方式不适用于文学研究，更因为“不可能没有角色表现的行动；不可能没有角色去想的思想；更不可能有既不行动也不去想的角色。……所有文学结构的‘综合原则’都是语言：所有的情节都是语言的情节”[②]。此外，在洛奇看来，即使是好的情节或中心思想，也未必会产生好的作品。比如，如果亨利·菲尔丁（Henry Fielding）将《汤姆·琼斯》（*Tom Jones*，1749）的情节讲述给另一个人并让其代笔，肯定会与菲尔丁自己的创作大相径庭，其美学价值也不能等同。如果将威廉·戈尔丁（William Golding）的《蝇王》（*The Lord of the Flies*，1954）的情节说给我们听，我们也不一定会觉得是一部优秀的作品，直到这部作品形成文字，有血有肉后，我们才能发现这是一部优秀的作品。

可以说，洛奇结合作品实际创作经验，给出了关注小说语言重要性的理由。或许，我们还可以试着从洛奇的角度考虑：“只要我们认为小说家使用语言作为一种技巧有别于他创造角色和行

---

① Ronald S. Crane ed., *Critics and Criticism: Ancient and Modern*, Chicago: University of Chicago Press plc, 1952, pp. 620 – 621.

② David Lodge, *Language of Fiction: Essays in Criticism and Verbal Analysis of the English Novel*, London: Routledge & Kegan Paul plc, 1966, p. 74.

动的能力，关于小说家艺术的困惑就可能持续。……去把握词语就是把握意义；就小说情况来说，我们通过‘情节’和‘角色’这样的概念总结这样的意义。”[①] 在此，与其说洛奇的目的是要减少情节、性格等在作品中的重要性，毋宁说他在强调语言在小说中的不可分割性。可以看出，洛奇从语言的特定角度出发，对小说中语言在诸要素中的作用进行了进一步的澄清。

不可否认，小说的创作带有天赋的成分，这种天赋中就存在运用语言的技巧。洛奇指出，在小说批评中，“所有好的批评都是对其语言创造性使用的一种回应”[②]。情节、性格于小说固然重要，但我们越是考虑这一情节、那个性格时，我们就会发现我们在考虑形成这些的语言。由此，洛奇确立了其批评原则——从小说的“词语安排”入手对小说展开分析。

二　小说的批评方法

英国当代小说评论家马尔科姆·布雷德伯里曾指出：“我们大多数人承认对小说批评的现状都有一种失落感；不仅是对实际批评实践失望，当遇到并试图描述和评估特定的小说，我相信，对构成当前实践并暴露一种混乱和矛盾普遍状态的宽泛的诗学更加不抱幻想。”[③] 毋庸置疑，对洛奇来说，在小说诗学领域找到行之有效的批评方法，对其小说批评实践有着不容忽视的重要意义。不过，在论述洛奇所采用的批评方法之前，首先应明了他为

---

① David Lodge, *Language of Fiction*: *Essays in Criticism and Verbal Analysis of the English Novel*, London: Routledge & Kegan Paul plc, 1966, p. 76.

② David Lodge, *Language of Fiction*: *Essays in Criticism and Verbal Analysis of the English Novel*, London: Routledge & Kegan Paul plc, 1966, p. 78.

③ Malcolm Bradbury, "The Language Novelists Use", *The Kenyon Review*, Vol. 29, No. 1, 1967, p. 123.

何不借用被证明是较为科学的文体研究方法。

长期以来，对小说文本的分析通常会从文体角度出发，对文本做出这样或那样的解读。批评家约翰·米德尔顿·默里（John Middleton Murry）曾将文体做了三种解释："文体，作为个人的特质；文体，作为解释的技巧；文体，作为文学的最高成就。"①

第一种概念最为人们所熟知。浪漫主义鼓励表达个性，19 世纪更是出现了许多具有特异性的文体，对后人甄别一些著作的著作权给予了很大的帮助。洛奇充分肯定了这一范畴文体研究的价值及将其用于文学批评的合法性。不过，在洛奇看来，这一方法运行的路径是从文体特征到展示个体特征的个人作品，再从这一作品到同一作家的其他作品，将作品整体视为此人的文字发音。在这样做的过程中，"我们从文体直接移动到人，忽略了遇到这一文体的特殊虚构制品，我们从文学批评的领域移动到了心理或传记推断领域"②。可想而知，这一方法并不适合洛奇意义上的具体小说批评实践分析。

第二种概念起源于古典和新古典的修辞学。这一方法可以长久以来一直受用，足以表明其用于言语表达的诸如明喻、隐喻、悖论、矛盾修饰法等修辞手法的价值。不过，洛奇对采用这一方法进行小说文本分析表示担心："这一文体概念最大的坏处也许是滋养了卡梅隆（J. M. Cameron）所说的一种'迷信'，即我们可能将一种思想和思想被表达的方式当成两个独立的实体。"③ 事

① J. Middleton Murry, *The Problem of Style*, London: Oxford University Press, 1922, p. 8.

② David Lodge, *Language of Fiction: Essays in Criticism and Verbal Analysis of the English Novel*, London: Routledge & Kegan Paul plc, 1966, p. 50.

③ David Lodge, *Language of Fiction: Essays in Criticism and Verbal Analysis of the English Novel*, London: Routledge & Kegan Paul plc, 1966, pp. 50 – 51.

实上，这二者有着内在的共通性，是不能截然分开的。

相比而言，第三个范畴比前两个范畴所涵盖的意义都更加广泛，大到洛奇认为成了一个包容式的概念，甚至可以“包含我们在文学艺术作品中重视的一切”①。然而，事实上，诗歌并不在此讨论范畴之内，而且，根据弗莱，“文体……是应用于一般被归类为非文学的散文式作品的核心术语”②，在现代诗学中，散文式作品主要指随笔、讽刺文及散漫式的论辩等作品。由此，洛奇指出了小说处于一种尴尬的困境之中：“‘文体’这一术语在讨论小说时不如讨论散漫的散文中重要，但在讨论诗歌时文体明显在前者（小说）中更有用。”③

不难看出，通过对上述三种概念的辨析，洛奇并不怀疑文体研究对文学批评的贡献。借助文体概念，文学研究无疑可以取得很大的成绩。不过，这位批评家也清楚地表明，这一方法对小说批评并不十分适用。如果完全采用文体的方法来讨论小说，那么就会显得我们不是在谈论整部小说，因为除了涉及分析，小说批评还涉及文体并不关心的领域，即评价问题。正如韦勒克所看到的那样：“当然，如果没有一般语言学的全面的基础训练，文体学的探讨就不可能取得成功，因为文体学的核心内容之一正是将文学作品的语言与当时语言的一般用法相对照。……文体学不论算不算一门独立的学科，都有自己明确的问题要讨论。”④ 看来，洛奇并

① David Lodge, *Language of Fiction*: *Essays in Criticism and Verbal Analysis of the English Novel*, London: Routledge & Kegan Paul plc, 1966, p. 51.

② Northrop Frye, *Anatomy of Criticism*, New Jersey: Princeton University Press, 1957, p. 268.

③ David Lodge, *Language of Fiction*: *Essays in Criticism and Verbal Analysis of the English Novel*, London: Routledge & Kegan Paul plc, 1966, p. 51.

④ ［美］勒内·韦勒克、［美］奥斯汀·沃伦：《文学理论》，刘象愚等译，江苏教育出版社2005年版，第198—200页。

未选择这一倾向于用科学的方法进行小说批评是有充分理由的。

此外，洛奇对利维斯所推崇的从道德角度对小说进行解读的方法也并不满意。洛奇在肯定其价值的同时，也指出了该方法的局限性。他看到，自17世纪弗朗西斯·培根（Francis Bacon）以来，英国经验主义所涉及的领域远远超出了哲学的界限，文学批评活动无疑在这种思想的影响下渐渐得到了发展和巩固，比从诸如道德角度进行批评活动要合理。相比而言，洛奇在从事小说批评时，更愿意诉诸看似“不太科学”但却行之有效的、需要感知参与的经验式分析方法。

洛奇从珀西·卢伯克（Percy Lubbock）那里得到了启发。在《小说的艺术》（*The Craft of Fiction*，1921）中，卢伯克从阅读小说经验出发，指出由于小说篇幅特别长，常导致阅读小说时容易忘记一些内容的情况发生，这使得小说批评家在对小说语言进行分析时需采取一些措施。① 因此，“他被迫比诗歌批评家更断然地去选择，可供选择的路径是：其一，有目的地或任意地剥离一段或更多的段落，使之接受细读和详尽的分析。其二，通过整部小说的语言找出有重大意义的贯穿全文的主线”。② 这两种方法，前者被称为“文本的”（textual）分析方法，后者被称为“结构上的”（structural）分析方法。

洛奇指出，文本的分析方法被广泛用于教学，常会产出有洞见的批评成果，价值颇大。不过，其局限性也十分明显。小说中任何段落的意义都由总体语境决定。即使是没有上文的第一段，也会由于它力图引起读者的阅读兴趣而设定悬念，给批评分析带

① Percy Lubbock, *The Craft of Fiction*, London: the Travellers' Library, 1926, pp. 1 - 3.

② David Lodge, *Language of Fiction: Essays in Criticism and Verbal Analysis of the English Novel*, London: Routledge & Kegan Paul plc, 1966, p. 78.

来困难。从结构上分析小说会涉及小说的开头、中间和结尾，因此比较有吸引力。通过阅读，可以发现一些重要的主线，诸如有价值的词汇、语法结构等，进而形成时间或空间上的图解。然而，洛奇也同样看到了这一方法的不足之处："这一批评的价值完全取决于那是否是一条很棒的路径，它应该与整个地势形状相符，从任何一侧都能观望到最好的景色。"① 有时，为了使结构的方法显示出对作品的解释趋于合理，可能会出现将文学文本进行人为扭曲，甚至硬塞入分析结构里的现象发生。洛奇更进一步地提醒我们必须认清，某些词永远也代替不了其他词语的微妙作用，就如同树木永远也不可能代替整片森林一样。

在对上述两种方法的优缺点掌握十分清楚的情况下，洛奇将二者结合起来，既对小说言语分析采取了结构上的分析方法，同时也选取了一些段落进行细读和文本分析。当然，他这样做也不无疑虑，或许会被指责有"扭曲，甚至硬塞"之嫌，但洛奇认为，既然所有小说批评都涉及方法论的问题，尤其当涉及小说语言的批评时，困难更加明显，那么，在阅读时，我们要靠直觉有感知地阅读，不应该在一开始阅读时就刻意注意意象等的使用。批判地阅读小说是一个非常精细的和复杂的活动，里面充满了惊喜和意外的发现，这些都是不能提前预知的。当我们阅读雷纳·韦勒克、利奥·施皮策（Leo Spitzer）等批评家的文章时就会发现，他们的批评多种多样，异彩纷呈。这成为洛奇为其所采取的批评方法申辩的理由。

为了进一步说明其所选取方法的有效性，洛奇从"重复"的意义着手，指出其特别的价值。洛奇认为，在很长的文学文本

① David Lodge, *Language of Fiction*: *Essays in Criticism and Verbal Analysis of the English Novel*, London: Routledge & Kegan Paul plc, 1966, p. 79.

中，尤其是小说中，重复是运用语言的第一步。但这并不代表重复越多，它所表达的意义就越重要。洛奇不无风趣地说："如果是那样，计算机可以为我们做最初的批评工作了。"[①]

那么，这些重复是作者有意安排还是无心插柳产生的呢？对于这一点，为了避免滑入维姆萨特所说的"意图谬见"的误区，洛奇觉得我们无须去考证作者的原初意图，或去获得作者的认可，那并不影响读者去观察、指出重复这一重要方式。对于小说中一些词语的重复，我们每个人在阅读的过程中都有所体会。重复的意义也不一定需要大多数读者认同。只要是自己认为很重要的，并能够通过一些论证证明的，都可以算是有意义的重复。

此外，在洛奇看来，任何种类的重复本身都不赋予文学文本以价值，其重要性在于总体结构和丰富的文本特异性。有些重复在阐释的过程中可能得出相反的结论，如单调、乏味等。因此，重复本身并没有意义和价值。它们可能提供、也可能不提供有用的价值。这全靠批评家如何运用它们了。说到底，"批评引起我们注意的不是作为一系列数据或作为一系列结论，而是作为人类的话语"[②]。由此可以清楚地得知洛奇所持的批评观点：单纯谈论方法论是毫无意义的，批评方法应该由它们的实际应用所决定和证明。洛奇的批评实践恰恰很好地印证了这一点。

第三节　小说批评实践

在《小说的语言》第二部分批评实践中，洛奇用了大量的例

① David Lodge, *Language of Fiction: Essays in Criticism and Verbal Analysis of the English Novel*, London: Routledge & Kegan Paul plc, 1966, p. 85.

② David Lodge, *Language of Fiction: Essays in Criticism and Verbal Analysis of the English Novel*, London: Routledge & Kegan Paul plc, 1966, p. 87.

证展示了他对小说的细读及分析方法，博得了很多批评家的赞赏。托尼·泰纳（Tony Tanner）曾这样评论道："洛奇先生的成就、他对小说地位与传统风格均势且开放的理论探讨，以及所有的探讨必须基于小说具体词语的主张，似乎对我都是有益的、有价值的。"① 可以说，在第一部分小说理论构建的基础上，第二部分的批评实践展示出了巨大的魅力。从洛奇分析例证的选择上就可以看出其与众不同的批评思想。

一 例证的选择

在批评实践中，洛奇选取了英国文学史上有影响力的七位作家，包括简·奥斯丁、夏洛蒂·勃朗特（Charlotte Brontë）、查尔斯·狄更斯（Charles Dickens）、托马斯·哈代（Thomas Hardy）、亨利·詹姆斯、H. G. 威尔斯和金斯利·艾米斯等，对其作品做了具体的文本细读和分析阐释，写下了《〈曼斯菲尔德庄园〉的词汇》（"The Vocabulary of 'Mansfield Park'", 1966）、《火与"爱"：夏洛蒂·勃朗特的尘世元素之战》（"Fire and Eyre: Charlotte Brontë's War of Earthly Elements", 1966）、《〈艰难时世〉的修辞》（"The Rhetoric of 'Hard times'", 1966）、《苔丝、自然和哈代的声音》（"Tess, Nature, and the Voices of Hardy", 1966）、《在河边的斯特瑞泽》（"Strether by the River", 1966）、《〈托诺－邦盖〉和英国环境》（"'Tono-Bungay' and the Condition of England", 1966）、《现代、当代、艾米斯的重要性》（"The Modern, the Contemporary, and the Importance of Being Amis", 1966）等7篇批评文章。可以看出，洛奇所选取的作家中并不含有当时已经

① Tony Tanner, "*Language of Fiction: Essays in Criticism and Verbal Analysis of the English Novel* by David Lodge", *The Modern Language Review*, Vol. 62, No. 4, 1967, p. 708.

被大量讨论过的詹姆斯·乔伊斯、约瑟夫·康拉德（Joseph Conrad）、弗吉尼亚·伍尔夫等现代主义作家。其实，洛奇局限于讨论简·奥斯丁等作家作品并不是一种随意性选择，而是经过斟酌和缜密思考的。

虽初入批评界，但洛奇发现，在小说语言的研究过程中有一种“现代运动”，即：关心小说家如何使用语言的批评家，只关心诸如福楼拜、詹姆斯·乔伊斯等现代小说家，并将他们的小说作为唯一的例证来源。由于受象征主义的极大吸引，他们在作品中经常喜欢用反讽、含糊语、修辞等手段，另有许多词只停留在音韵上，使他们的作品经得起现代诗式的验证。洛奇认为，小说中的“现代运动”这种做法是不可取的。在小说的研究中，我们不能只看重一个时期的作品，而忽略了其他时期的小说。如果这样做，对早期的小说家是不公平的。那似乎是在否认早期小说家的成就，也似乎在鼓动一种不公平的对比。如果是那样的话，“我们可能把一等奖颁发给福楼拜，而把末等奖颁发给乔治·艾略特了”[①]。作为小说批评家，应该涉及所有相关的材料，而不应该仅仅局限于小说整体中的一部分。

可以说，洛奇准确地把握了20世纪60年代前后小说批评界中存在的诸多问题。他对《简·爱》（*Jane Eyre*，1847）、《曼斯菲尔德庄园》等传统小说文本进行分析的目的，就是要证明不仅为人们所熟知的现代主义小说值得研究，一些经典作家的作品通过文本分析，同样能展示文学语言的本质。不论是传统小说，还是现代小说，所用的媒介没有实质的差异，都是语言。简言之，

① David Lodge, *Language of Fiction*: *Essays in Criticism and Verbal Analysis of the English Novel*, London: Routledge & Kegan Paul plc, 1966, p. 30.

洛奇批评实践的目的性十分明了，他仅想展示一点：小说家的媒介是语言。正如托尼·泰纳所看到的那样："人们赞扬诸如陀思妥耶夫斯基和康拉德等作家笔下高尚的或意义深远的题材和主题，但对他们写作风格中的失败或过度却表示遗憾。然而，小说的题材只有在小说家的词语中才富有生命。"[①] 下面，借助洛奇的批评实践文章《火与"爱"：夏洛蒂·勃朗特的尘世元素之战》和《现代、当代、艾米斯的重要性》，探讨这位批评家是如何对小说展开文本细读和分析的。

二　例证之一

夏洛蒂·勃朗特的《简·爱》是一部浪漫主义爱情小说，女主人公的自强精神让无数的读者和批评家展开多种讨论和品鉴，见仁见智。洛奇的解读更是别开生面，耐人寻味。从《火与"爱"：夏洛蒂·勃朗特的尘世元素之战》这篇文章，我们完全能够领悟到洛奇精湛的分析能力。

不言而喻，《简·爱》的诞生离不开浪漫主义运动，作品中的浪漫主义元素不但包括"阁楼里的疯女人"等哥特式因素，还有很多风景、阳光、月亮等具有浪漫色彩的意象。但洛奇认为，《简·爱》绝不仅仅是"浪漫主义的纯粹表达"[②]，这里有热情，有不受道德约束的冲动，当然还有控制冲动的理智。洛奇从细读文本入手来解读这部作品，不是由于浪漫主义元素不重要，恰恰由于他看到了作者夏洛蒂创造了一种文学结构，将

---

① Tony Tanner, "*Language of Fiction*: *Essays in Criticism and Verbal Analysis of the English Novel* by David Lodge", *The Modern Language Review*, Vol. 62, No. 4, 1967, p. 707.

② David Lodge, *Language of Fiction*: *Essays in Criticism and Verbal Analysis of the English Novel*, London: Routledge & Kegan Paul plc, 1966, p. 115.

现实世界与热情的自我意识的浪漫世界结合在一起，突出了这部作品的伟大性。洛奇指出，我们在《简·爱》这部作品中，常常会回忆起两种完全不同的场景。一种是简·爱小的时候所受的孤独、羞辱和无助的场景；另一种则是想象的和诗意的、可唤起人们高度情感的画面。洛奇所关心的，不是“去展示夏洛蒂·勃朗特如何将这两种体验（现实世界和自我意识世界）分成两个层次使其独立存在，而是去表明作者如何将它们结合在一起的”[①]。

基于此，洛奇在讨论《简·爱》时，没有从主题、性格等传统小说分析手段入手，而是借用了T. S. 艾略特的“客观对应物”理论，直接从小说的文本出发，探讨小说中土（尤其指岩石或石头）、水（尤其指冰，雪和雨）、空气和火等自然之物的运用。根据批评家提尔亚德（E. M. W. Tillyard）的观点，这四种元素既有其等级性（从低到高的排列顺序为土、水、空气、火），也代表着不同的意义：土是冷的、干的，水是冷的、湿的，空气是热的、湿的，火是热的、干的。[②]洛奇认为，在这四种自然之物中，火在《简·爱》中占据了主要的位置，常常与快乐和狂喜的状态相连，他以火这一尘世元素为主线，通过与土、水、风等尘世元素进行对比呼应，对整部小说展开细读和探讨。

火有很多的象征意义。根据希腊罗马神话，普罗米修斯从宙斯那里偷来了火种，驱逐了黑暗，火从那时起就是光明的象征。在宗教中，不论是表示精神上的洗罪还是犯罪后会堕入永恒的地

① David Lodge, *Language of Fiction*: *Essays in Criticism and Verbal Analysis of the English Novel*, London: Routledge & Kegan Paul plc, 1966, p. 119.

② E. M. W. Tillyard, *The Elizabthan World Picture*, London: Chatto & Windus, 1943, pp. 55 – 65.

狱，也都离不开火。洛奇指出："所有这些指称意义和隐含意义都能在《简·爱》中找到。"[①] 洛奇对《简·爱》中与火相关的事件进行了详细统计，指出小说中一共有 85 处描写家庭之火（另附 12 处关于壁炉的引用），43 处有关火的比喻，约 10 处字面意义上的大火（与伯莎的纵火相连），以及 4 处对地狱之火的描写。这些关于火的描写往往同时掺杂其他自然之物的出现，如雨、雪、风等，这就使火的重复出现不但赋予文学文本以价值，而且丰富了总体结构和文本的特异性。洛奇从火的字面意义与比喻意义两个方面，论述了这一观点。

洛奇列举了很多例证，证实在《简·爱》中火有丰富的字面意义。例如，在洛伍德学校，谭波尔小姐的房间里"旺旺的火炉，显得很舒服"[②]，被邀请去喝茶的简和海伦·彭斯都感到很温馨、舒适；当简来到桑菲尔德庄园，与罗彻斯特第二次见面交谈时，她看见了炉火照耀下的主人的表情。这里，炉火的作用已超出了单纯取暖的作用。火与其他尘世元素的同时出现，更增加了火这种意象的意义。从下面洛奇所举的三个例证中，就可以说明这一点。例证之一来自简·爱小时候寄居在舅妈家的一段描写。舅妈和她的两个孩子在火炉旁最优越的位置，简·爱坐在靠窗子的位置，不时地望着窗外的凄雨。例证之二来自简·爱长大后再次回到舅妈家的场景。当舅妈临死的时候，壁炉里的火也正要熄灭，窗外更是风雨交加。例证之三是当简·爱与罗彻斯特重逢后的一个晚上的情景。那是一个大风天，天气令人伤感，细小刺骨

① David Lodge, *Language of Fiction: Essays in Criticism and Verbal Analysis of the English Novel*, London: Routledge & Kegan Paul plc, 1966, p. 121.

② ［英］夏洛蒂·勃朗特：《简·爱》，吴钧燮译，人民文学出版社 1999 年版，第 83 页。

的雨一直下着。罗彻斯特坐在被人忽略的一小堆火旁。在三处引文中，火主要与活力相关联，而雨与风则代表了潮湿和阴冷，与死亡相关联。雨、风等尘世元素的出现，与火这种尘世元素形成了鲜明的对比。

除了火的字面意义，洛奇进一步对《简·爱》中火的比喻意义进行了详尽阐述。洛奇指出："比喻意义上，一般情况下火与激情和情感的内心生活相关联，"[①] 并给出了有趣的例证。当简·爱小时候受到不公正的待遇时，难以控制怒火。比如，当简·爱被锁在红屋子里时，这种愤怒之火就已经开始萌生，在童年时期，她常会表现出这种愤怒的感情，以至于她的舅妈都感到十分惊愕："我永远也弄不懂，你怎么九年里不管受到什么对待，都能一声不响忍耐着，到第十年上却火气十足地全都爆发了出来。"[②] 当简·爱的舅妈将死的时候，她的憎恨之火熄灭了。洛奇指出，简·爱学会了控制这种怒火，意味着她走向成熟。

此外，洛奇还表明《简·爱》中主人公内心的剧烈情感常与道德相矛盾，对道德起约束作用的《圣经》中更是常常出现各种火。例如，当勃洛克赫斯特先生与简·爱谈话时提起邪恶的人死后去哪儿，简·爱回答说地狱，那是"一个大火坑"[③]。在简·爱和罗彻斯特之间，有一种相互爱慕的男女之情。这种似火的感情推进了故事情节。然而，当简得知罗彻斯特已经有妻子之后，不

---

① David Lodge, *Language of Fiction*: *Essays in Criticism and Verbal Analysis of the English Novel*, London: Routledge & Kegan Paul plc, 1966, p. 131.

② ［英］夏洛蒂·勃朗特：《简·爱》，吴钧燮译，人民文学出版社 1999 年版，第 304 页。

③ ［英］夏洛蒂·勃朗特：《简·爱》，吴钧燮译，人民文学出版社 1999 年版，第 34 页。

能接受再待在他身边，而是选择了逃离。这使道德与情感之间的冲突达到了高潮。

当代表内心情感之火与其他尘世元素一起使用时，寓意则更加深刻。在简·爱从罗彻斯特的庄园逃离后，圣·约翰一家人救了她。当圣·约翰要求简·爱随行去印度陪他传道时，她拒绝了，因为他是“一块冰”。简·爱知道，在圣·约翰身上，她是找不到罗彻斯特所给予的那种温暖的。如果简·爱陪同圣·约翰去布道，跟随一个自己不爱的人，那她将永远生活在冰天雪地之中。

种种例证表明，《简·爱》是一部经典之作。通过细读，洛奇不但突出了火这一尘世元素的主导地位，更说明火与雨、火与雪、火与风等尘世元素形成鲜明对比时，突出了小说的浪漫色彩。同时，也再次证明了洛奇对《简·爱》采用这一视角进行细读的初衷：夏洛蒂“不但在单一的结构中将其包含在内，而且力图说服我们：它们可以在单一的意识中共存，并且可以和解”[①]。毋庸置疑，洛奇的细读方法比仅仅从性格、角色等视角的单一分析，更能揭示作品的深刻内涵。

洛奇对《简·爱》的文本细读，使我们看到火这一尘世元素有着如此多的意蕴。这不仅会让人猜想，勃朗特是否曾有意强调火在小说中的作用呢？对于这一点，洛奇强调，勃朗特并不像乔伊斯或康拉德那样，是一位自我意识很强的小说家，她不会有意用一些象征性的词语。如果在《简·爱》中刻意去找有序的、严格的意象元素和指代，那将是不合适的。洛奇之所以从这一角度来探讨这部小说，不是因为他发现还没有批评家从

① David Lodge, *Language of Fiction*: *Essays in Criticism and Verbal Analysis of the English Novel*, London: Routledge & Kegan Paul plc, 1966, p. 119.

类似角度来阐述《简·爱》这部小说的语言[1]，而是想用这种解读方式证明，隐喻的语言能够警示我们小说语言可能有更大的主题意义。

在《简·爱》中，火的存在的确对环境的现实性描述起到了不可磨灭的作用。然而，诚如洛奇所感，在小说中具体的语言并不总是任意性的，言语也并不总是中性的。在小说中，有大量描写火的词：好的、令人愉快的、明亮的、极好的、温柔的、超级好的、大的、清亮的、复活的、耀眼的、大方的等。用这些不同的词来形容火，我们可以看出洛奇证明了其所提出的论点：重复本身并没有意义。他们可能提供，也可能不提供有用的价值。这全靠批评家如何运用它们了。说到底，批评需要我们注意的不是作为一系列的数据或一系列的结论，而是作为人类的话语。[2] 通过洛奇的分析我们看到，在尘世元素之战中，简·爱发现她找到了生活的意义。“黑夜跟随白天，雨后总有天晴。火能给人带来

---

① 罗伯特·黑耳曼（Robert B. Heilman）的论文《夏洛蒂·勃朗特，理智与月亮》（“Charlotte Brontë，Reason and the Moon”，1960）涉及了勃朗特小说中的月光，尤其是《简·爱》这部作品中月光的意义。洛奇认为，黑耳曼将月光作为其分析的客观对应物，体现了女主人公情感生活的多个层面。然而，这篇文章最大的缺点是没有把月亮放在一个更大的语境下，即其他元素和意象之中进行考虑。洛奇列举了黑耳曼避而不谈的一个例子。当罗彻斯特告知养女阿黛尔他将结婚时，编了一个故事，说将要和简·爱到月亮上去住，养女将被送往寄宿学校学习。阿黛尔对月亮上的生活条件提出了质疑，包括吃什么，没有火怎么办，洛奇认为，飞往月亮的旅程就是罗彻斯特向简·爱求婚的过程，但月亮上什么都没有，这便象征着欺骗和空无。没有食物，也没有水，这象征着如果简·爱同意这次求婚，那她面对的生活可能是非常糟糕的，虽然有时可以靠月亮上的火山取暖，那也只是一刻的激情。黑耳曼没有谈及这一例证，明显是一个失误。洛奇不能赞同黑耳曼论点的另一处例证来自关于阳光的探讨。黑耳曼认为，白天连着黑夜，白天使人不再害怕黑夜，是《简·爱》的一个基本旋律。洛奇对此进行了更正，在全书中提到阳光的地方极为有限，不论是从数量上还是质量上，阳光这种意象都不占有主要的地位。参见 Robert B. Heilman，“Charlotte Brontë，Reason and the Moon”，*Nineteenth Century Fiction*，Vol. 14，No. 4，1960，pp. 283 – 302。

② David Lodge，*Language of Fiction*：*Essays in Criticism and Verbal Analysis of the English Novel*，London：Routledge & Kegan Paul plc，1966，p. 87.

温暖和光明，然而，当雪雨敲打窗子之时，火则尤其使人快乐。”①洛奇将《简·爱》中这些尘世元素结合起来进行对比分析，得出了有意义的结论。

1984年，《小说的语言》再版。在再版后记中，洛奇反思和修正了当初小说批评方法和批评实践中的一些不足。值得一提的是，他再次强调了两位作家及其作品。其中一位是托马斯·哈代，洛奇感慨道：“随着我越来越多地阅读他的作品，我对他的尊敬越来越大。”② 无疑，在洛奇的心中，哈代这位小说家已占据颇高的地位。另一位是夏洛蒂·勃朗特，这位批评家说：“自从第一次着手写关于这部小说的论文后，如今又一次一页一页重读了《简·爱》。我发现在论文中我所强调的重点还是十分正确的。”③大约20年前对《简·爱》所做的细读分析，在若干年后仍能得到批评家本人中肯的评价，肯定当初的写作主旨，足以看出洛奇初入批评界时已经具备了一位优秀批评家的素养。

三　例证之二

如果说以《简·爱》为代表的经典作品解读与分析显示出洛奇精湛的批评实践能力，那么，以艾米斯为中心的批评文章《现代、当代、艾米斯的重要性》则显示出不同的批评取向。它不仅涉及文本细读，还展示了洛奇对英国当代小说家写作技巧、对英国20世纪50年代后小说走向等问题的关注和思考。

---

① David Lodge, *Language of Fiction*: *Essays in Criticism and Verbal Analysis of the English Novel*, London: Routledge & Kegan Paul plc, 1966, p. 143.

② David Lodge, *Language of Fiction*: *Essays in Criticism and Verbal Analysis of the English Novel*, London: Routledge & Kegan Paul plc, 1966, p. 268.

③ David Lodge, *Language of Fiction*: *Essays in Criticism and Verbal Analysis of the English Novel*, London: Routledge & Kegan Paul plc, 1966, p. 269.

从《现代、当代、艾米斯的重要性》这一题名可以看出，艾米斯之前冠有两种不同的文学流派。若以时间为序进行划分，艾米斯无疑应该属于当代作家。现代主义这一术语被广泛应用是在 20 世纪初期几十年，尤其是第一次世界大战后，具有新颖独特的主题、形式、理念和风格的文学和其他艺术作品，都受到现代主义思潮影响。詹姆斯·乔伊斯的《尤利西斯》、T. S. 艾略特的《荒原》(*The Waste Land*，1922)、弗吉尼亚·伍尔夫的《雅各布的房间》(*Jacob's Room*，1922) 等，是现代主义创新文学的几座丰碑。这些作家用支离破碎的语言代替了规范化的句法节奏，有意打乱传统诗歌的前后连贯结构，破坏传统的叙事语言的基本规范，使现代主义作品拥有了与以前作品迥然不同的特点。

然而，同文论家史蒂芬·斯彭德 (Stephen Spender) 一样，洛奇并不满足于仅以时间为序的划分方式。根据斯彭德 1963 年的著作《现代的斗争》(*The Struggle of the Modern*)，20 世纪只有两种作家，一种作家拥有革命乐观主义精神，他们奋笔疾书，改善社会政治环境，斯彭德称他们是“当代作家”，包括萧伯纳 (George Bernard Shaw)、H. G. 威尔斯等；另一种作家对外在环境极为失望，不愿用实际行动改善社会，他们只通过语言表达自己的感情，找寻失去的传统。斯彭德称他们是“现代小说家”，包括 T. S. 艾略特、詹姆斯·乔伊斯和弗吉尼亚·伍尔夫等。[①] 除了对现代和当代不同的划分标准，斯彭德还指出上述两类小说家之间时常发生文学论争，比如，弗吉尼亚·伍尔夫对贝内特 (Arnold Bennett) 的攻击中涉及许多关于文学价值的问题。

在洛奇看来，虽然斯彭德“现代”和“当代”的划分方式未

① Stephen Spender, *The Struggle of the Modern*, California: University of California Press, 1963, pp. 71 – 73.

必恰当，但却是有意义的。双方产生论争的原因之一是对生活意义的不同理解。对于当代作家来说，生活是人与社会之间的关系，如上学、恋爱、结婚等。而现代小说家则持不同见解。他们认为生活是令人困惑的、主观的、逃避的、多重的。此外，当代作家有一个单纯的想法，认为普通的散文话语可以代表生活。正由于此，当代作品结构松散，缺少复杂的情节，忽视形式美，引起读者的不满。通过将现代小说家詹姆斯·乔伊斯 1916 年的《青年艺术家的画像》（*A Portrait of the Artist as a Young Man*）与当代颇具名气的英国学院派小说家约翰·布莱恩（John Braine）1957 年的《往上爬》（*Room at the Top*）部分段落对比分析，洛奇十分有力地说明了二者在语言、用词、结构等方面的不同，高度赞扬了乔伊斯。

那么，洛奇为什么仍选取与约翰·布莱恩有着基本同样创作倾向和文学地位的学院派作家金斯利·艾米斯呢？他是否想要从同一个角度说明同一种问题呢？“艾米斯的重要性”题名已经透露，洛奇的目的绝不是要贬低艾米斯。纵使乔伊斯等现代作家的地位比艾米斯等人的要高，但并不是说他们就因此不可相提并论。洛奇指出，事实上，“能表明现代与当代作品不同之处最恰当的方式就是分析其语言”①，而最终能够说明文学批评中的一些问题，如道德严肃性、心理学洞察力和社会意识等时，“语言是唯一可以触及到的证据”②。洛奇从特定的视角，对艾米斯展开了层层分析。从洛奇的分析中，我们可以反观他对这位当代作家的

---

① David Lodge, *Language of Fiction*: *Essays in Criticism and Verbal Analysis of the English Novel*, London: Routledge and Kegan Paul plc, 1966, p. 245.

② David Lodge, *Language of Fiction*: *Essays in Criticism and Verbal Analysis of the English Novel*, London: Routledge and Kegan Paul plc, 1966, p. 250.

认可、评价和接受程度。

作为英国小说家、诗人、批评家，金斯利·艾米斯由于其第一部小说《幸运的吉姆》（*Lucky Jim*，1953）而一夜成名，该小说赢得1955年的毛姆小说奖。艾米斯的才华使他被列入“愤怒的青年”（Angry Young Men）的行列，虽然作家本人并不喜欢这个称谓。在《现代、当代、艾米斯的重要性》这篇文章中，洛奇探讨了艾米斯的四部小说：《幸运的吉姆》、《那种莫名的感觉》（*That Uncertain Feeling*，1955）、《我喜欢这里》（*I Like It Here*，1958）和《找一个像你这样的女孩儿》（*Take a Girl Like You*，1960）。在四部小说中，洛奇着重论述了《幸运的吉姆》和《我喜欢这里》。

洛奇对《幸运的吉姆》的分析是从其体裁开始的。他将《幸运的吉姆》定义为喜剧小说，认为这个故事有着类似菲尔丁小说《约瑟夫·安德鲁传》（*Joseph Andrews*，1742）式的简单的情节：吉姆大学毕业后在一所大学被聘任为临时讲师，他希望度过试用期被继续聘任。为了实现这一目标，他不得不讨好系主任威尔奇教授，说违心的话，做不情愿做的事。由于种种挫折，吉姆为发泄心中不满而饮酒过量，醉倒在延聘的公开演讲中，导致了一场闹剧。丢了大学的工作，他再也不用违心做人，却意外与美貌女子结缘，并获得了一份理想的文秘工作，故事圆满收场。

洛奇从几个方面分析了这部作品的喜剧特点。同菲尔丁的喜剧相似，《幸运的吉姆》从人物行为与动机的不一致展开故事。吉姆的外在表现和他的内心世界形成鲜明对比。从外表上看，吉姆是勤奋的、可敬的、表现良好的年轻人，但他所做的一切仅仅是为了改变自己的身份和地位，他的思想对他伪装出来的一切表示出一种轻蔑和嘲讽。刚开始，他为了改变自己的身份而竭力做的一切，与内心有着强烈的冲突。当他失去了想竭力保住的工作，变得一无所有时，却因为内心世界与外在表现相一致而获得了一直梦寐以求的东西。洛奇指出："只有当吉姆愿意将内在世界与他的外部世界保持一致时，故事中的问题才能被解决。"[①] 思想与言行的一致，内心世界与外在世界的协调，使吉姆身边的一切都变得顺顺当当了。洛奇进一步指出，读者之所以能够接受这种解决方法，是因为"小说的喜剧模式允许用简单的方式来使其成为可能"[②]。

除了对《幸运的吉姆》小说喜剧特点的分析，洛奇也注意到艾米斯笔下的语言特点，认为这部小说极具当代小说的特点：结构清晰，语言细腻，句法结构合理。虽然整部小说构思比较简单，但艾米斯与其他人不同的是，他坚持形式和内容是不可分割的。洛奇指出，不论是现代作家，还是当代作家，都应该认识到这一点。如果我们同意形式与内容的统一性，我们就不会将《幸运的吉姆》"看成是社会档案，而是把它当成一件文学艺术品了"[③]。

《我喜欢这里》这部作品没有引起批评界重视。不过，洛奇发现，这是一部值得重视的小说，它"是一种十分有趣的特殊文体的例证"[④]。之所以特殊，是因为小说并没有描述外部世界，而是转向了对文学艺术及文学艺术家自身的描述。这部小说的主人公加尼特·博文是一个作家，他通过写作挣钱，但没写出过什么称心如意的作品。博文笔下的小说中经常会讨论一些文学问题，

① David Lodge, *Language of Fiction*: *Essays in Criticism and Verbal Analysis of the English Novel*, London: Routledge and Kegan Paul plc, 1966, p. 255.

② David Lodge, *Language of Fiction*: *Essays in Criticism and Verbal Analysis of the English Novel*, London: Routledge and Kegan Paul plc, 1966, p. 255.

③ David Lodge, *Language of Fiction*: *Essays in Criticism and Verbal Analysis of the English Novel*, London: Routledge and Kegan Paul plc, 1966, p. 250.

④ David Lodge, *Language of Fiction*: *Essays in Criticism and Verbal Analysis of the English Novel*, London: Routledge and Kegan Paul plc, 1966, p. 261.

也有一些文学玩笑和仿拟。这种写作手法的运用，使“作者能够与他的文学身份产生令人出乎意料的一段距离”[①]。此外，在整部小说中，艾米斯经常用一些晦涩的话和古怪的发音，或一些错误的言语，以及一些无意识的双关，这使他的小说被认为更接近“现代”小说。在小说中，文学争论一直贯穿其中。主人公博文多次对自己的作品进行讥讽，他既承认现代模式有极大的吸引力，又发现自己难以接近它。博文这一形象极具讽刺意味：他希望像老一代作家那样写作，进入“现代”传统，却又明知那样做不可能，肯定是一个糟糕的作家。在洛奇看来，《我喜欢这里》并不在于显示“成为艾米斯的重要性”，而是显示了“成为艾米斯的困难性”，是力图成为詹姆斯·乔伊斯那样的作家，写一些高雅、晦涩、难懂的拙劣模仿，还是坚持自己的创作风格，已然成了第二次世界大战后英国文坛无法忽视的一个问题。

随着时间的推移，洛奇在20世纪60年代对这一问题仍进行着长期的思考，表现出他对小说家面临种种困惑的关心。在1971出版的《处于十字路口的小说家》中，他给出了这样一种回答：“或许，……小说是对先前叙事传统的一种新的综合，而不是他们中任何单一叙事手法的延续，或者是一种完全史无前例的现象，它说明小说形式的广博的多样性和包容性……”[②] 洛奇对小说变化的时时关注，无疑丰富了他的批评视角和批评思想。

批评家洛奇运用细读的方法，清晰地展示了《幸运的吉姆》与《我喜欢这里》之间强烈的对比和差异。从结构和语言上极为

① David Lodge, *Language of Fiction*: *Essays in Criticism and Verbal Analysis of the English Novel*, London: Routledge and Kegan Paul plc, 1966, p. 261.

② David Lodge, *The Novelist at the Crossroads and Other Essays on Fiction and Criticism*, London: Ark Paperbacks, 1971, p. 4.

简单的《幸运的吉姆》，到具有现代小说意识和写作手法的《我喜欢这里》，艾米斯的小说创作发生了很大的转变。洛奇之所以认为有必要论述艾米斯，是因为他看到艾米斯的小说、诗歌、评论都集中体现了战后中产阶级知识分子的态度。在艾米斯作品的深处，给读者带来的是即刻的理解和愉悦。进一步说，艾米斯是克服困难，努力致力于“比大多数伟大的‘现代’艺术所基于的原则更可靠，但更趋单调的美学、哲学和道德原则”[①]。洛奇指出，也许艾米斯的小说并不十分成功，但“艾米斯敏锐地意识到了这种境况、意识到文学传统的讽刺功能、意识到他自己立场的局限性。最重要的是，他成功发现了一种可以表达他们那一代人秉性的语言，这使他成为一个真正‘重要的’作家”[②]。洛奇看重的是艾米斯并没有摒弃他那一代人的语言，是一个地地道道的“反现代主义者”[③]。

通过上述的批评实践分析，我们不难发现，洛奇对以夏洛蒂·勃朗特为代表的论述让我们再次品评了伟大传统小说家笔下的经典之作，对当代作家金斯利·艾米斯的论述，让我们理解了洛奇的一种批评观点：也许，单纯地将任何一个作家划分在一个时期之内，都并非明智之举。每位作家都曾继承传统，也有自己独特的创作天分。不难发现，艾米斯的作品是为他那一代人而写的，他不打算用现代主义的语言写作。同其他同时代作家相比，艾米斯显然由于他用那一代人的语言表达了那一代人的思想而更

① David Lodge, *Language of Fiction*: *Essays in Criticism and Verbal Analysis of the English Novel*, London: Routledge and Kegan Paul plc, 1966, p. 267.

② David Lodge, *Language of Fiction*: *Essays in Criticism and Verbal Analysis of the English Novel*, London: Routledge and Kegan Paul plc, 1966, p. 267.

③ David Lodge, *Consciouness and the Novel*, Massachusetts: Harvard University Press, 2002, p. 185.

加值得关注。

坦诚而言，洛奇对艾米斯的论述未必是深入的，不过，我们却看出了洛奇的意图：注意小说家使用的语言不仅仅对享有盛名的经典文学文本适合，也能帮助批评家完成其他任务，例如文学历史的归纳，对新作品的评估，以及通过一系列的作品，对作家文学身份的定义。[①] 可以说，洛奇的观点与韦勒克提出的“透视主义”（perspectivism）不谋而合，即应将作品放在一定的历史语境之中进行评价。我们应该“从各种不同的、可以被界定和批评的观点认识客体”[②]，因为文学在不同时代都在发展着，变化着，可以相互比较，而且充满各种可能性。

毋庸置疑，通过上述分析，我们不难看出洛奇理论论述的视角和批评实践的重点所在。《小说的语言》出版之后，学界发出了不同的声音。拉尔夫·科恩（Ralph Cohen）、马尔科姆·布雷德伯里、罗伯特·布朗（Robert M. Brown）等批评家都对该书进行了评论。另外，全英国报刊上也出现了几份较有影响力的书评：《卫报》（*The Guardian*）、《每日电讯报》（*The Daily Telegraph*）、《新政治家》（*New Statesman*）和《旁观者》（*The Spectator*）等。

当然，批评家们对《小说的语言》的评价并非都是赞誉之词。在各种评论中，争议最大的问题就是关于理论陈述和批评实践孰优孰劣，以及批评实践是否验证了洛奇的理论构建这一问题。有人认为，洛奇的批评实践优于该书的理论部分。例如，美国爱荷华大学的罗伯特·斯科尔斯就持这样的观点。他认为

---

① David Lodge, *Language of Fiction*: *Essays in Criticism and Verbal Analysis of the English Novel*, London: Routledge and Kegan Paul plc, 1966, p. 92.

② ［美］勒内·韦勒克、［美］奥斯汀·沃伦：《文学理论》，刘象愚等译，江苏教育出版社 2005 年版，第 174 页。

“《小说的语言》是理论与实践分裂的一个较为愉快的例证，之所以用愉快来形容就是因为理论部分过于薄弱，而实践部分却十分充分”。[①] 对于罗伯特·斯科尔斯的评论，洛奇在次年（1968）曾撰文，对其所提出的问题作出回应。他十分坦率地承认，在《小说的语言》中理论和实践之间或许存在不连续性，但这并不能动摇小说的媒介是语言这一基本立场，这将为小说感兴趣的读者提供更广阔的思考空间。[②] 劳伦斯·勒纳虽然赞成洛奇的说法，即不应该将语言分为两种，而是应该看成一个连续体，但他也同时承认，当读到他的具体小说批评时，才感到他是一个非常出色的批评家。他认为，这些批评文章绝大多数是非常有启发性的，其中关于《简·爱》和《苔丝》的两篇文章最为优秀。[③]

客观而言，当我们站在新的历史阶段遥望20世纪60年代洛奇小说批评观初步形成之时，并不难以对其作出恰当而准确的评价。由于洛奇囿于新批评的视角，一味地想要证明小说语言也同诗歌语言一样，没有本质区别，一味地强调这二者之间的相似性而回避它们之间实质性的差异，使他此时的批评观难以不受到质疑。事实上，洛奇试图将小说所有的意义和价值问题都归于特殊词语的使用问题，是其理论辨析中的一个缺陷，影响了《小说的语言》的批评力。应该承认，小说的语言永远都不可能与诗歌的语言具有同样的元素，因为“语言是人类活动中最为碎片化的，

① Robert Scholes, “*Language of Fiction* by David Lodge”, *Wisconsin Studies in Contemporary Literature*, Vol. 8, No. 4, Autumn, 1967, pp. 574 – 577.

② David Lodge, “‘*Language of Fiction*’: A Reply”, *Contemporary Literature*, Vol. 9, No. 4, Autumn, 1968, pp. 574 – 577.

③ Laurence Lerner, “*Language of Fiction. Essays in Criticism and Verbal Analysis of the English Novel* by David Lodge”, *The Review of English Studies*, New Series, Vol. 18, No. 71, Aug., 1967, p. 357.

诗意的语言是最为碎片化的面貌”①。洛奇为小说语言的极力申辩，恰恰说明了他拘谨的批评观。更何况，在小说中有大量只是为了铺垫而出现的描写景色的词语，洛奇在批评实践中并没有涉猎。当然，随着对小说批评研究的不断深入，洛奇渐渐意识到，以新批评为主导的小说批评中存在某种难以自圆其说的困境。该如何脱离这种困境，已然超出了新批评理论所能解决的范畴。带着无法得到满意答复的些许疑问和困惑，洛奇不停地思考。这为洛奇接受雅各布森的隐喻和转喻理论埋下了伏笔。

① Northrop Frye, “On Translation”, in Joseph Adamson, Jean Wilson, ed. , *The Secular Scripture and Other Writings on Critical Theory 1976 – 1991* (collected works of Northrop Frye, Vol. 18), Toronto: University of Toronto Press, 2006, p. 180.

第二章
对雅各布森诗学的认同和延伸

20 世纪 60 年代中期以后，洛奇尝试接触一些来自英国以外的新近批评思想。法国批评家罗兰·巴特的《写作的零度》(*Writing Degree Zero*, 1953) 及《符号学原理》(*Elements of Semiology*, 1965) 是洛奇最初接触到的著作。不过，啃这些"硬骨头"并没有使洛奇得到太大启示。内容晦涩、夹杂着各种生僻术语的文章甚至使洛奇质疑法国兴起的结构主义诗学价值。这一情形在俄国形式主义重要代表人物罗曼·雅各布森出现后得以转变。他的文章《语言的两个方面和两种失语症紊乱》("Two Aspects of Language and Two Types of Aphasic Disturbances", 1956) 不但使洛奇茅塞顿开，为解决新批评所留下的诸种困惑提供可能，更使洛奇在雅各布森诗学下，对英国 20 世纪 20 年代至 50 年代的文学走向进行了观察和概括，提出"钟摆"理论。通过洛奇的"钟摆"理论，可以观察现代主义、反现代主义潮流钟摆式变化。洛奇发现，借助雅各布森诗学，有希望突破新批评的局限，对小说从美学角度进行分析。如何从小说本身而不是从诗歌那里借来分析工具阐释小说的形式技巧，是自称"形式主义批评家"[①] 的洛奇20世纪70年代十分关心的话题。

第一节　雅各布森对诗学的独特贡献

20世纪60年代后期，洛奇接触到了《叙事的本质》和《结尾的意义》等新批评以外的著作，这使洛奇看到了文学批评不是单一的，它可以从多个角度进行。随着小说批评的不断深入，洛奇虽然仍然坚持文学作品中语言的首要地位，但他渐渐发现仅从文字本身来认识文学作品已显示出诸种弊端。20世纪70年代初，英美批评界的很多人都已经转向欧洲大陆的结构主义研究，洛奇也是其中一个，并毫无例外地受到了罗曼·雅各布森的影响。罗曼·雅各布森虽然被冠以多种称谓，诸如"20世纪语言学的领袖之一""文学理论家""斯拉夫语文学家""符号学家"[②] 等，但洛奇对他的了解是从另一个身份开始的——俄国形式主义者。

一　隐喻和转喻的"两极"

罗曼·雅各布森被誉为"一个犹如普罗米修斯式的人物"[③]，他把俄国形式主义的思想火种带到国外。肇始于20世纪初的俄国形式主义经过三个阶段[④]的发展后，由于斯大林政府当局对知识分

---

① David Lodge, *The Modes of Modern Writing: Metaphor, Metonymy, and the Typology of Modern Literature*, London: Bloomsbury, 2015, p. xiii.

② ［美］爱德华·斯坦科维茨：《导论》，见［美］罗曼·雅柯布森《雅柯布森文集》，钱军选编译注，商务印书馆2012年版，第ix页。

③ 杨冬：《文学理论：从柏拉图到德里达》，北京大学出版社2012年版，第460页。

④ 俄国形式主义大致经历的三个阶段可以概括为：1916—1921年为自我确立的阶段，形式主义者反对象征派的形而上学和学院派的折中主义，致力于同以往的文学理论决裂，集中探讨诗歌语言和散文语言问题，把文学批评建立在对事实的科学研究基础上；1921—1928年为发展阶段，取得了丰硕的研究成果：尤吉伊·提尼亚诺夫(Jurij Tynyanov)的《陀思妥耶夫斯基和果戈里》(*Dostoevsky and Gogol*, 1921)，(转下页)

子的打压和迫害，使处于蓬勃发展中的形式主义沉寂下来，很多人被迫中止研究，有人转向了其他研究领域。正是在当时占统治地位的意识形态的压力下，雅各布森从俄国前往捷克斯洛伐克、丹麦、挪威等国，最后在美国扎根，继续从事学术研究活动。

雅各布森在诗学上的创举主要体现在《现代俄国诗歌》（“Modern Russian Poetry”，1921）、《论艺术的现实主义》（“On Realism in Art”，1921）以及与尤吉伊·提尼亚诺夫（Jurij Tynjanov）联名发表的《文学和语言学的研究问题》（“Problems in the Study of Language and Literature”，1928）等论著中。加上其后期从失语症角度进行的研究，使雅各布森的诗学从语言学中分离出来。被收录在他和莫里斯·哈勒（Morris Halle）合著的《语言的基础》（*Fundamentals of Language*，1956）中的《语言的两个方面和两种失语症紊乱》以及1958年雅各布森在美国印第安纳州关于语言文体会议上发表的《结束陈词：语言学和诗学》（“Closing Statement：Linguistics and Poetics”，1958）两篇文章，体现了雅各布森不同寻常的诗学思想，他对隐喻和转喻的阐述尤其引起了洛奇的关注和兴趣。

作为书面语言或日常口语的常用修辞格，隐喻和转喻并不是一个新话题。自古希腊以来对它们就有了研究。亚里士多德认为，隐喻是为某物起一个本属于他物的名字。这种迁移或是从

（接上页）罗曼·雅各布森的《论捷克诗》（“On Modem Czech Poetry”，1923），鲍里斯·艾亨鲍姆（Boris Eichenbaum）的《文学透视》（*Through Literature*，1924），维克多·什克洛夫斯基（Viktor Shklovsky）的《散文理论》（*Theory of Prose*，1925），鲍里斯·托马舍夫斯基（Boris Tomashevsky）的《文学理论》（*Theory of Literature*，1925）等，主要对整个复杂的文学问题重新审视，同时转向对文学史的研究；1928—1935年为解体阶段，迫于政治的干预和文学上的批判，形式主义最终因解体而偃旗息鼓。参见René Wellek，*A History of Modern Criticism*（Vol. 7），New Haven and London：Yale University Press，1991，pp. 319－320；李思孝：《简明西方文论史》，北京大学出版社2003年版，第429—430页。

"属"到"种"，或是从"种"到"属"，或是以类比为依据。若要想出一个好的隐喻词，须能从不大相似的事物中看出它们的相似之处。[①] 由于转喻与隐喻都有迁移或"替换"的性质，因此在亚里士多德那里，它们有着几乎同样的功效。这一思想延续了两千余年。到了20世纪，学者们在亚里士多德的基础上，进行了不同程度的延伸。根据美国学者艾布拉姆斯的解释，转喻（源自希腊文，意为"易名"）是指"用一事物的字面名称指代因日常中与其经常发生联系而关系密切的另一事物"。如："王冠"或"王仗"成了国王的代名词。而被从转喻中划分出来的提喻（源于希腊文，意为"代全"）则表示"以事物的局部代其整体，或（罕见）用整体代局部"。如："十把手"（ten hands）指代十位工匠。[②]《简明牛津英语词典》（*Shorter Oxford English Dictionary*，2007）及理查德·兰汉姆（Richard A. Lanham）在《文学术语手册》（第二版）[*A Handlist of Rhetorical Terms*（2nd *Edition*），1990] 中也给出了类似的定义。诸种定义虽有差异，却不能说它们是内在矛盾的。隐喻、转喻、提喻在大的属中仍属于同一范畴，都涉及用一个词语替换另一个词语。

洛奇对雅各布森的认识恰恰是从后者对隐喻和转喻所做的不同阐释开始。在雅各布森看来，表面看似具有同种属性的隐喻和转喻实质上处于对立关系。隐喻涉及相似性替换，转喻涉及毗邻性替换。而相似性和毗邻性正与费尔迪南·德·索绪尔（Ferdinand de Saussure）意义上的符号之横向组合和纵向聚合的关系相

① ［古希腊］亚理斯多德：《诗学》，罗念生译，见《诗学 诗艺》，人民文学出版社1962年版，第73—81页。

② ［美］M. H. 艾布拉姆斯：《文学术语词典》，吴松江等编译，北京大学出版社2009年版，第197—198页。

关联，它们构成了语言的“两极”。

二 对“两极”理论内涵的延伸

由于雅各布森在《语言的两个方面和两种失语症紊乱》中对隐喻和转喻两极的阐述被压缩在7页之内，洛奇觉得这“看起来像是对语言紊乱特殊研究的一种补充想法”[①]，很难使业余文学爱好者洞察其见地。即使是从事文学研究的专业学者，多半也会因其过于概略而将之束之高阁，或将其与失语症的语言现象研究相联系，忽略雅各布森在诗学上的贡献。因此，洛奇认为有必要从人们所熟知的关于语言和文化的结构主义思想角度入手，对雅各布森的隐喻和转喻诗学进行有益的充实，增加隐喻和转喻区分的丰富程度和意蕴。

罗兰·巴特《符号学原理》是结构主义符号学力作，洛奇通过介绍巴特意义上对衣服的选择和结合过程，试说明源于索绪尔的横向组合关系和纵向聚合关系等语言规则。在巴特看来，当一个女孩儿穿着T恤、牛仔裤和凉鞋的时候，一种信息就出现了：她是什么样的人，正在做什么，情绪怎样。她从众多的具有同样功能的可以遮住上半身的衣服中挑选出T恤，又从众多可以遮住下半身的衣服中挑选出牛仔裤和凉鞋，说明她对她衣柜里的衣服有一种分类，从中选择出一种。而将这些所选出来的衣服结合在一起，说明她知道穿衣服的规则：T恤要和牛仔搭配，脚下要穿凉鞋。这种“T恤—牛仔裤—凉鞋”[②] 的搭配和句子形成的原理

① David Lodge, *The Modes of Modern Writing: Metaphor, Metonymy, and the Typology of Modern Literature*, London: Bloomsbury, 2015, p. 91.

② 参见［法］罗兰·巴特《符号学原理》，王东亮等译，生活·读书·新知三联书店1999年版，第16—18页。

基本相同。

在巴特的基础上，洛奇阐述了雅各布森的语言观点。在雅各布森看来，如同其他的标记系统一样，语言有双重特点，“话语暗含着对某些语言字符的选择，这些字符结合成更高复杂体的语言单位”①。在词汇方面，这是显而易见的。雅各布森指出：

> 如果讯息的主题是“孩子”，说话者从现存的、多少有些相似的名词中选择一个，诸如孩子、小孩、少年、幼儿，在某一领域中它们具有等价性，之后，为了谈论这个话题，他可以从语意上同源的动词中选择一个——睡觉、打盹、瞌睡、小睡。选择的两个词语都组合在话语链上。选择所产生的基础是等价性，相似和相异，同义和反义；而组合作为次序的建构，基于邻近性。诗学功能将等价原则从选择轴投射至组合轴。等价性被提升为次序的构建手段。②

也就是说，“说话者选择词语，根据他所用的句法系统将其结合成句子；句子转而又构成言辞”③。简言之，在雅各布森看来，言语行为中使用两种基本排列模式——选择和结合。

雅各布森的论述是精彩的，但由于其所举例证甚少，洛奇在雅各布森的基础上增加了必要的例证，并对语言的选择和结合过程进行了分析。洛奇指出，“船只渡过大海”这句话是通过选取

---

① Roman Jakobson, Morris Halle, *Fundamentals of Language*, Mouton & Co., Printers: The Hague, 1956, p. 58.

② ［俄］罗曼·雅各布森：《闭幕陈辞：语言学和诗学》，刘琳娟译，见杨乃乔主编《比较诗学读本（西方卷）》，首都师范大学出版社 2014 年版，第 37 页。

③ Roman Jakobson, Morris Halle, *Fundamentals of Language*, Mouton & Co., Printers: The Hague, 1956, p. 58.

某些语言字符并将其结合成一个更高级的语言单位而构成的：从属于同一语义领域的词如小船、舰、轮船等中，选出具有相同语法功能的“船只”；同理，选出“渡过”和“大海”。选择完之后，根据可接受的语法规则将这些字符结合起来，进而组成了这句话。

为了进一步说明雅各布森对隐喻和转喻的区分，洛奇在上述例证的基础上进行了深入论述。他指出，由于选择涉及对相似性的观察，这便意味着替换，如用“女衬衫”代替“T恤”，用“轮船”代替“船只”。因此，在这一过程中，隐喻也就产生了，“因为隐喻是基于某种相似性的替换”①。如果将“船只渡过大海”变成“船只犁过大海”，显然是用“犁过”替换了“渡过”，犁过和渡过之间动作上有一定的相似性。当然，注意到二者之间的差异对隐喻的使用也十分重要。洛奇十分赞同史蒂芬·乌尔曼（Stephen Ullmann）的说法：“隐喻很重要的一个特征是在喻的和喻矢②之间有某种距离。它们的相似性必须还要伴有一种差异感；它们必须属于不同的思维领域。”③ 通过这一言简意赅的例证，洛奇更加清晰明了地说明了雅各布森的隐喻理论。

对于转喻理论，雅各布森曾给出过这样的描述：

> 在浪漫主义和象征主义文学流派中，隐喻手法的首要性

---

① David Lodge, *The Modes of Modern Writing: Metaphor, Metonymy, and the Typology of Modern Literature*, London: Bloomsbury, 2015, p. 93.

② I. A. 理查兹在《修辞哲学》中，为了区分隐喻或明喻中的两种成分，创造了“喻的”和“喻矢”两个术语。以彭斯的“啊，我的爱人是朵红红的玫瑰。”为例：在广为接受的隐喻用法中，喻的指代被比喻物，如上述的“我的爱人”；喻矢指代比喻词本身，如“玫瑰”。参见 I. A. Richards, *The Philosophy of Rhetoric*, New York, Inc.: Oxford University Press, 1936, p. 96。

③ Stephen Ullmann, *Style in the French Novel*, Cambridge: Cambridge University Press, 1957, p. 214.

> 已不止一次被认可，但构成所谓“现实主义”的基础并实际上对其有预先决定作用的转喻主导性并没有被充分认识，“现实主义”潮流属于浪漫主义走向衰落象征主义继而崛起的过渡阶段，并与二者迥然不同。[①]

根据雅各布森的论点，由于隐喻和转喻产生于对立性的原则，因而它们是相对的。不过，在英美批评界对转喻及包含其内的提喻的认识远不如隐喻。在雅各布森看来，对转喻结构的探索比隐喻领域要少并不是一种巧合，他说：“诗歌比喻的研究已经被主要指向隐喻，以及与转喻原则密切相关的、所谓的现实主义依然不尊重阐释，纵然同样的语言学方法论——诗学在分析浪漫主义诗歌的转喻结构时使用这种方法论——完全可以用于现实主义文章的转喻结构。”[②] 雅各布森列举了安娜·卡列尼娜自杀时托尔斯泰强调站台上的手提包等几个例证，说明提喻手法与隐喻的不同。

洛奇十分赞同雅各布森的见解，并进一步补充说明了转喻这一修辞手法。他指出，如果将“船只渡过大海”改成“龙骨渡过深渊”，就用到了一个提喻“龙骨”和一个转喻“深渊”。这并不是基于相似性，而是毗邻性。“龙骨”可以代表船并不是因为它们相似，而是因为它是船只的一部分。深渊可以代表大海也不是因为它们相似，而是因为大海很深这样一个特征。为了反驳可能来自他方的质疑，认为不论怎样细分都涉及一个替换的过程，即“龙骨”替换了“船只”，“深渊”替换了“大海”，与隐喻并无

① Roman Jakobson, Morris Halle, *Fundamentals of Language*, Mouton & Co., Printers: The Hague, 1956, pp. 77 – 78.

② ［俄］罗曼·雅各布森：《闭幕陈辞：语言学和诗学》，刘琳娟译，见杨乃乔主编《比较诗学读本（西方卷）》，首都师范大学出版社 2014 年版，第 50 页。

多少差异，洛奇在雅各布森原有术语的基础上，创造性地引入“删除”这一术语。

在雅各布森看来，选择与结合相对，替换与构文[①]相对。洛奇引入“删除”这一术语是想表明“删除对结合有如替换对选择”[②]。在洛奇看来，转喻和提喻是构文的凝缩，并对“龙骨渡过深渊”进行了扩句：“船的龙骨渡过了深深的海洋。”洛奇指出，通过删除，“产生了一种修辞格，而不是一个概要，是因为删除的部分不是那些逻辑上看似最可省去的。由于船只包含了龙骨的概念，‘龙骨’逻辑上是冗余的，在简述事件时是很明显的省略对象，‘深渊’一词也同样如此。简言之，转喻和提喻是从一个自然的组合中通过删除一个或多个部分而产生，但这些部分不是最应删除的：这种不合逻辑等同于在隐喻中同时存在的相似性和差异性”。[③]

当然，洛奇意识到在语用学层面转喻仍然可以被视为一个替换的过程，“选择（相应地，替换）处理的是在语码中而不是在特定信息中结合的实体，而在语码和特定信息中都产生结合，或只出现在实际信息中”[④]。但这并不影响隐喻和转喻基本的结构对立——分别建立在选择和结合之上的修辞格。也就是说，隐喻属于语言的选择轴，转喻和提喻属于语言的结合轴。

---

① 根据雅各布森，在“构文”（contexture）这个过程中，“任何的语言单元一度是更简单语言单元的语境，并（或）在一个更复杂的语言单元中寻求其自身语境”。参见 Roman Jakobson，Morris Halle，*Fundamentals of Language*，Mouton & Co.，Printers：The Hague，1956，p. 60。

② David Lodge，*The Modes of Modern Writing*：*Metaphor*，*Metonymy*，*and the Typology of Modern Literature*，London：Bloomsbury，2015，p. 94.

③ David Lodge，*The Modes of Modern Writing*：*Metaphor*，*Metonymy*，*and the Typology of Modern Literature*，London：Bloomsbury，2015，p. 95.

④ Roman Jakobson，Morris Halle，*Fundamentals of Language*，Mouton & Co.，Printers：The Hague，1956，p. 61.

三　不同文本的隐喻和转喻性

在雅各布森看来，语言中隐喻和转喻过程的区别不仅在语言的个别表达层次上，在更大的话语模式上都可以看到。雅各布森指出："话语的发展可以沿两条不同的语义路线进行：一个话题是通过相似性或毗邻性关系导向另一话题。由于这两种关系分别在隐喻和转喻中得到最为集中的表现，那么，'隐喻方式'将是指称前种情形的最恰当术语，而'转喻方式'则适用于后种情形。"[①] 基于此，雅各布森对文学现象进一步做了具体的分类。

根据雅各布森的观点，在语言艺术中，通过选择、结合实现相似性和毗邻性的联系时，可以展示出个人的风格、语言趣味及偏好。在语言层面上，语素、词汇、句法、表达方式上都会出现相似性和毗邻性联系，每一个层面都会在两方中的一方创造出可能醒目的布局。雅各布森指出："在俄国抒情歌曲中，隐喻结构占据主导，而英雄史诗中转喻方式则明显突出。"[②] 根据相似性和毗邻性关系，雅各布森对现实主义作品和浪漫主义及象征主义作品也做了分析。他指出："现实主义作家根据毗邻关系方法，转喻性地从情节转到了氛围、从角色转到了时空背景。"[③] 这与在浪漫主义和象征主义文学流派中占主导地位的隐喻手法明显不同。在《战争与和平》（*War and Peace*，1869）中，托尔斯泰用"上唇边的唇毛"和"裸露的肩膀"等提喻式描写，代表具有此类特

---

① ［俄］罗曼·雅各布森：《语言的两个面向与两种失语症》，郭西安译，见杨乃乔主编《比较诗学读本（西方卷）》，首都师范大学出版社2014年版，第26页。注：由于原译文名词与笔者所译有出入，笔者略作改动。

② Roman Jakobson, Morris Halle, *Fundamentals of Language*, Mouton & Co., Printers: The Hague, 1956, p. 77.

③ Roman Jakobson, Morris Halle, *Fundamentals of Language*, Mouton & Co., Printers: The Hague, 1956, pp. 77 – 78.

征的女性人物。

实际上，雅各布森进一步将这种两极原则扩大，认为他所讨论的二元现象“对所有言语行为和一般的人类行为都有至关重要的意义和影响”[①]。比如，绘画史上的立体主义就是转喻的，它把物体转化呈现为一系列提喻；超现实主义画家则持有明显的隐喻态度。戏剧主要是隐喻的，它与生活很类似；电影主要是转喻式的，其变换角度、透视及浸透聚焦等，与传统剧场迥然有别，并有广泛提喻式的特写和转喻式场景。因此，在任何一部文学作品中，话语都是根据相似性或毗邻关系——也就是根据隐喻或转喻思维过程——来转换主题的。雅各布森强调，我们需要一个既能解释诗歌又能解释散文的诗学，它将把注意力集中在所有层次上和所有种类的话语中的隐喻和转喻功能。在雅各布森看来，不同的文学风格可根据它们对哪一种过程的偏好而加以区别。

洛奇十分赞同雅各布森的说法，认为他的阐释是“最系统和全面的”[②]。他不但将雅各布森并不明显的隐喻和转喻二分模式以图表形式呈现出来，更对文学范围内的诗歌与散文、戏剧和电影等做了进一步的阐述，突出隐喻和转喻在不同文本中有不同的表现，进一步证实和拓展了雅各布森“两极”理论的有效性。

洛奇说：“雅各布森将散文描述为‘主要靠毗邻性进展’与散文是描述概念间或实体间或事件间逻辑关系恰当的媒介这一常

---

① Roman Jakobson, Morris Halle, *Fundamentals of Language*, Mouton & Co., Printers: The Hague, 1956, p. 79.

② David Lodge, *The Modes of Modern Writing: Metaphor, Metonymy, and the Typology of Modern Literature*, London: Bloomsbury, 2015, p. 91.

识观点相一致。诗（即诗歌）的形式规则——韵律、韵脚、诗节形式等——基于相似关系，切断了话语的逻辑联系。”[①] 从散文与诗歌的每行尾句中，能看出明显区别。前者不带有特别意义，只是为了延续下一行话语，但诗歌每行末尾则讲究得多。相似的音韵、相仿的意义、联想的对比等，都突出了诗歌的不同特点。

在论述戏剧的隐喻性时，洛奇不但重申了雅各布森的戏剧主要是隐喻的观点，指出戏剧与现实生活类似，由于其诗意的、强调相似性和差异性的语言获得了极高成就，更强调不论是古典戏剧还是塞缪尔·贝克特（Samuel Beckett）的荒诞戏剧，都由于其公认是一种表演而主要是隐喻的。也就是说，“我们在戏剧中的快乐依靠我们不断地、自觉地意识到我们不是现实的观众，而是一种样式化了的现实模型的观众，这种模型是通过演员在我们面前说不属于自己而是隐身剧作家提供的话构建起来”。[②] 电影则与戏剧截然不同。电影并不显示表演和现实之间的差距，其逼真效果使观众易于接受电影镜头里的“真实”。在洛奇看来，这种逼真性可以被解释成电影媒介转喻特点的一种功能。在雅各布森的基础上，洛奇解释道：

> 我们线性地在时空中移动，我们的感觉体验是连续的毗邻关系，电影基本单元（镜头和场景）的构成是沿着邻近和结合同一条线，这种手法使一件又一件事情体验更加激动人心、意味深长，它们（手法）是沿着同一个轴运行的典型转

---

① David Lodge, *The Modes of Modern Writing: Metaphor, Metonymy, and the Typology of Modern Literature*, London: Bloomsbury, 2015, p. 109.

② David Lodge, *The Modes of Modern Writing: Metaphor, Metonymy, and the Typology of Modern Literature*, London: Bloomsbury, 2015, p. 103.

> 喻手法：提喻的特写以部分代替整体，慢镜头序列使连续的自然速度延迟但并没有断裂，使“陌生化”的或高或低的视角镜头没有背离其聚焦的行动。[①]

当然，这并不意味着电影中就没有隐喻。雅各布森认为，电影中的蒙太奇主要就是隐喻的。洛奇解释说：“雅各布森将蒙太奇归类于隐喻，大概是因为并列的意象是基于相似性（或对比）而不是在时空上的连续性。”[②] 虽然洛奇在延伸这一部分的论述时发现，从不同的角度对同种事物可以有转喻或隐喻不同的解释[③]，但很明显，他在雅各布森区分的基础上对戏剧和电影的延伸是必要的。可见，洛奇通过鲜明的例证，使雅各布森的隐喻和转喻理论得到了进一步的扩展和延伸。

客观而言，雅各布森在语言学上的贡献远大于其在诗学上的成就。借用这样一位学者的见解，是否有公信力呢？实际上，雅各布森本人早已对这一问题给予了回应：

> 如果有一些批评家依然质疑语言学家是否有能力涵盖诗学领域，我个人认为，某些视界狭窄的语言学家在诗学方面的能力不足被错认为了语言学科学本身的不足。然而，我们在座的诸君，毫无疑问地认识到了，一位语言学家对语言的

---

① David Lodge, *The Modes of Modern Writing: Metaphor, Metonymy, and the Typology of Modern Literature*, London: Bloomsbury, 2015, pp. 104 – 105.

② David Lodge, *The Modes of Modern Writing: Metaphor, Metonymy, and the Typology of Modern Literature*, London: Bloomsbury, 2015, p. 105.

③ 洛奇举例说明这一点：比如，渴望食物的眼神和火鸡晚宴的蒙太奇如果出现在《圣诞颂歌》改编剧中，我们应该转喻性地解释；如果插入有关饥饿动物的纪录片中，则是隐喻性的。参见 David Lodge, *The Modes of Modern Writing: Metaphor, Metonymy, and the Typology of Modern Literature*, London: Bloomsbury, 2015, p. 105。

> 诗学功能充耳不闻，一位文学研究者对语言学的问题漠不关心，以及对语言学方法毫不熟悉，就等于公然落伍于时代。[①]

洛奇给予了这位形式主义者高度的评价，做好了运用这一理论的充分准备。他说："我相信它有价值，因为这一二分系统能够在不同普遍性水准上应用于不同的数据，这是一个一方优于一方的理论，它们之间并不相互排斥。"[②] 洛奇从雅各布森诗学思想中找到了解读文本的新方法。正如杜威·佛克马（Douwe Fokkema）和爱尔如德·易布思（Elrud Ibsch）所言：

> 俄国形式主义的许多假说和价值观念，现在比以往任何时候似乎都更富于活力……欧洲各种新流派的文学理论中，几乎每一流派都从这一"形式主义"传统中得到启示，都在强调俄国形式主义传统中的不同趋向，并竭力把自己对它的解释，说成是唯一正确的看法。[③]

将洛奇对雅各布森隐喻和转喻理论的解释说成"唯一正确的看法"有些言过其实，不过可以肯定，洛奇在与雅各布森的接触中得到了诸多前所未有的启示。事实证明，洛奇的延伸不但使学界对雅各布森在诗学上的贡献有了更加客观的认识，更为洛奇在这一理论的启发下对20世纪上半叶英国小说分期描述产生了一定的影响。

---

① ［俄］罗曼·雅各布森：《闭幕陈辞：语言学和诗学》，刘琳娟译，见杨乃乔主编《比较诗学读本（西方卷）》，首都师范大学出版社2014年版，第53页。

② David Lodge, *The Modes of Modern Writing*: *Metaphor*, *Metonymy*, *and the Typology of Modern Literature*, London: Bloomsbury, 2015, p. 100.

③ ［荷兰］佛克马、［荷兰］易布思：《二十世纪文学理论》，林书武等译，生活·读书·新知三联书店1988年版，第13—14页。

第二节 “钟摆”理论

如果说洛奇对雅各布森隐喻和转喻理论的阐释是嫁接在他人理论之上的发挥性论述，那么，洛奇所提出的“钟摆”理论则是在雅各布森启发下的一种创造性论述，具有深刻的内涵。

一 “钟摆”理论的内涵

D. H. 劳伦斯曾发表过这样一段鄙视文学批评的言论：

> 批评家读书有感而发，这种感受之理性的道白就是文学批评。批评永远也不会是一门科学，这是因为：首先，批评太个性化了；其次，它所关心的正是科学所冷落的那些个价值。批评的试金石是情感而绝非理性。衡量一部作品的标准是它对我们真挚而生机勃勃的情感产生何种影响而不是别的什么。批评家们关于文体和形式的废话，那些貌似科学、像分析植物似的对书进行的分类和分析实在是不切肯綮，是无聊的臆语。[①]

洛奇并不赞同 D. H. 劳伦斯的观点。他已经看到，20 世纪的文学批评比以往任何时期都更加活跃，催化了各种理论的诞生。面对这样一个时代，不应该再沿用旧有的衡量标准来看待文学理论与文学批评的作用和意义。不过，如何证明文学批评可以成为一门科学，其术语不是无用的废话呢？虽然文学的分

① ［英］D. H. 劳伦斯：《论高尔斯华绥》，黑马译，见《劳伦斯文艺随笔》，漓江出版社 2004 年版，第 249 页。

类法永远也不会达到如同植物学分类法那样精细和准确，但洛奇却指出“任何文本的充分阅读，都涉及根据内容、体裁、风格、时期等将其在与其他文本的关系中辨别出来并分类”。[①] 因此，他将20世纪上半叶比较复杂的文学发展动态做了必要的分析和梳理。

回望20世纪20—50年代，洛奇发现了一个有趣的文学现象：几乎每十年左右文学创作都与前期有别，在现代主义和反现代主义之间犹如钟摆一样来回地摆动着。在洛奇看来，类似规律性的摆动在20世纪之前就已经出现了。18世纪末之前，包括英国在内的许多西方国家一直都延续着古老的文学传统，认为“艺术模仿生活”。19世纪的现实主义小说发展更是巩固了这一传统。直到19世纪末，以奥斯卡·王尔德（Oscar Wilde）为代表的作家一反传统，宣称“生活模仿艺术”，强调文化对构建现实生活的重要意义，成为唯美主义的基本信条。第一次世界大战使整个社会的文化、经济、政治等发生了巨大的变化，传统被割裂。正是在这样的社会背景下，现代主义产生了，也是洛奇“钟摆”理论论述的真正开端。

“钟摆”的一端是20世纪20年代前后兴起的现代主义。现代主义者反对传统艺术中模仿的理念，用自主活动的艺术理念取而代之。沃尔特·赫拉胥·佩特（Walter Haratio Pater）反对传统的标准和态度，其唯美主义思想受到了现代主义者的青睐。《荒原》、《尤利西斯》、《达洛维夫人》（*Mrs Dalloway*，1925）等作品，不再以传统的因果关系或时间顺序来组织故事，其词句与普通的指涉性话语不再相同，句法极为混乱，语境转换令人不解，

---

① David Lodge, *Working with Structuralism: Essays and Reviews on Nineteenth and Twentieth Century Literature*, London: Routledge & Kegan Paul Ltd., 1981, p. 4.

字面意义被隐含意义所裹缠，没有叙述或逻辑的高潮，作品中充斥着各种各样暗示性的、模棱两可的意象和象征。詹姆斯·乔伊斯、约瑟夫·康拉德等作家都在故事中引用文学模式、神话原型、意象、象征等，使故事不再易懂。洛奇概括了这一时期的写作特点，指出他们从“经验世界的常识性追求转到了个人意识、或潜意识，并最终到了集体无意识”①，因而完全摒弃了传统的叙事结构和技巧。

不过，现代主义阶段的创作也不尽然都是现代主义的。洛奇早已注意到了这一点，称之为“反现代主义者”，并指出：

> 这种作品延续现代主义所反对的传统，它相信在考虑到人类知识和物质环境变化下适当做些调整，传统现实主义仍是可行的、有价值的。反现代主义不渴求音乐的境界，而是力求历史的境界。其散文不接近诗歌，诗歌却趋同于散文。它视文学为一种现实的交流，这种现实的存在先于并独立于交流行为。②

可以说，现代时期现代主义和反现代主义两种写作同时存在。

根据洛奇的观察，到了20世纪30年代，原本并不占主流地位的“反现代主义”潮流开始接替现代主义的位置，现实主义再次受到欢迎。这一时期钟摆摆向了另一面。1939年，史蒂芬·斯彭德在一个叫《新现实主义》（*The New Realism*）的小册子中称，

---

① David Lodge, *Working with Structuralism: Essays and Reviews on Nineteenth and Twentieth Century Literature*, London: Routledge & Kegan Paul Ltd., 1981, p. 6.

② David Lodge, *Working with Structuralism: Essays and Reviews on Nineteenth and Twentieth Century Literature*, London: Routledge & Kegan Paul Ltd., 1981, p. 6.

20世纪30年代的艺术家有一种公开转向现实的倾向，因为形式的实验阶段已经证明是无果的。反现代主义作品优先考虑内容，这一时期的许多年轻作家渐渐脱离现代主义那种晦涩的语言，写易读的、现实主义的作品。他们不重视作品在形式上的革新，认为这阻止了交流活动。他们的语言是平实的，内容几乎成了一切。在洛奇看来，这种做法虽然有些过激，但却可以反映这一时期的写作特点，他说：

> 这十年中小说代表作家——奥威尔，伊舍伍德，格林，沃——渐渐摆脱现代主义小说神话般、诗意偏见的影响，用从电影中学来的技巧翻新了传统小说。正如史蒂芬·迪达鲁斯所说，历史不再是作家力图从中醒来的恶梦，而是一项他积极参与的事业——西班牙内战提供了可效仿的机会。30年代的创作倾向于模仿历史性质的话语——自传，目击记、旅行日志：《一次战争旅行》，《来自冰岛的信》，《通往威根码头之路》，《没有地图的旅行》，《秋天日记》，《柏林日记》都是一些典型的标题。①

奥登（W. H. Auden）、伊舍伍德、戴·刘易斯（Day Lewis）等人批评上一代现代主义作家的文化构想，认为他们没能与公众成功交流。

在30年代占主要地位的这一思潮，到了40年代却又被一股回归现代主义浪潮取代。洛奇指出："二战之后，钟摆再次朝着现代主义一极摆回。虽然并不很彻底，但却到了一种明显可察觉

① David Lodge, *Working with Structuralism: Essays and Reviews on Nineteenth and Twentieth Century Literature*, London: Routledge & Kegan Paul Ltd., 1981, p. 8.

的程度。”[①] 一些作家沿袭了20年代的文学传统，重拾“实验”的写作手法，向着已被定名为现代主义、象征主义、难懂的、隐喻的方向发展，文学风尚的钟摆再次以明显可见的程度摆回。其中，最有代表性的人物是查尔斯·摩根（Charles Morgan），其作品《空房间》（*The Empty Room*，1941）是典型代表作。马文·匹克（Mervyn Peake）大量使用前期作家克里斯托弗·伊舍伍德（Christopher Isherwood）等认为应该从他们的作品中清除出去的幻想。在诗歌和戏剧中也有明显的复兴，主要体现在T. S. 艾略特和克里斯托弗·弗赖（Christopher Fry）的作品中。也许钟摆运动最为明显的领域是在诗歌范畴。洛奇指出，T. S. 艾略特和威廉·巴特勒·叶芝（William Butler Yeats）的诗歌挺过了20世纪30年代对他们的反击，名声再起。当时备受欢迎的青年诗人狄伦·托马斯（Dylan Thomas）在其诗作中也明显地延续了现代诗歌的传统，洛奇认为他是一个可以被称为“隐喻”的作家。

到20世纪50年代中期，英国文坛情况更加复杂化。洛奇指出，新一代作家开始对钟摆的另一端施加压力，并列举了这一时期众多的代表人物：金斯利·艾米斯，菲利普·拉金，约翰·韦恩（John Wain），约翰·奥斯本（John Osborne），唐纳德·戴维（Donal Davie），恩赖特（D. J. Enright），艾伦·西利托（Alan Sillitoe），托姆·甘（Thom Gunn），等等。此外，还有一些50年代成名的作家，他们与上述这些作家有着相同的目标，并对50年代做出了积极的贡献，如威廉·库帕（William Cooper），斯诺（C. P. Snow）及其妻子帕米拉·汉斯福德·约翰逊（Pamela Hansford Johnson），科林·麦克尼斯（Colin McInnes），安格斯·威尔森

① David Lodge, *Working with Structuralism*: *Essays and Reviews on Nineteenth and Twentieth Century Literature*, London: Routledge & Kegan Paul Ltd., 1981, p. 8.

(Angus Wilson)，约翰·布雷恩 (John Braine)，等等。

洛奇指出，20世纪50年代的作家怀疑并经常对现代主义运动表现出明显的敌意，当然不可能去尝试“实验性”写作。狄伦·托马斯概括他们所厌恶的一切：言辞晦涩、玄学自负、自我放纵的浪漫主义，强制性的隐喻手法是其声称的错误。50年代的作家是经验主义者，在逻辑实证主义和“普通语言哲学”的影响下，他们的目的是清晰、真诚地将其对世界的洞察以本来面目呈现出来。技巧上，这些小说家喜欢用20世纪30年代的现实主义手法，虽有改动但并不明显。他们的原创性主要体现在基调、态度和主题上，反映二战所引起的英国文化和社会的变化。诗人用枯燥无味的韵文表达对世界的感知。洛奇给出了如下概括：“简言之，他们是反现代主义者，易读的、现实的，属于两极分类中的转喻一方。”①

根据洛奇的梳理和分析，我们可以将英国20世纪上半叶的文学动向概述为：20世纪20年代为现代主义时期。到了20世纪30年代，反对用现代主义那种晦涩的语言和难以理解的辞藻写作的作家占据主流，即洛奇意义上的“反现代主义”。步入20世纪40年代，尤其是二战后又有一些作家重拾现代主义的遗产，写作手法上明显趋同于现代主义。20世纪50年代最为复杂，以艾米斯为代表的作家对现代主义写作手法明显摒弃，他们用平实的语言表达他们那一代人的思想。小说中“愤怒的青年”和诗歌中的“运动”(The Movement) 成为主流。可见，这种变动有如钟摆有规律的摆动一样，即洛奇著名的“钟摆”理论。

① David Lodge, *The Modes of Modern Writing*: *Metaphor*, *Metonymy*, *and the Typology of Modern Literature*, London: Bloomsbury, 2015, p. 261.

二 “钟摆”现象的成因

洛奇的“钟摆”理论无疑促进了我们对20世纪上半叶英国文学潮流走向的理解，对学术研究具有积极的推动意义。不过，为什么会出现这种规律性的变化呢？从外部环境来看，一战和二战给人们带来的震惊和无秩序、20世纪30年代出现的集权主义等无疑会导致包括文学在内的诸多社会变革。不过，我们或许更应该同洛奇一样，从诗学角度来阐释这一现象的成因。

在俄国形式主义者维克多·什克洛夫斯基看来，当一种东西已经变得十分熟悉时，就不再引起人们的重视，因此就不能引起人们的兴趣和关注，他指出：

> 习惯吞噬了物体，衣服，家具，妻子和对战争的恐惧……艺术之所以存在，是为了使人恢复对生活的感觉，为了使人感觉到事物，为了使石头成为石头。艺术的目的就是要使人感觉到事物，而不是知道事物。艺术的手法就是要使对象“陌生”，要使形式变得困难，以增加感觉的难度和时间长度。①

根据俄国形式主义“陌生化”理论，洛奇对“钟摆”现象有着这样的一种理解：当一种新的写作模式变成习惯的时候，在自动化的习惯性过程中，人们就丧失了对它们的感觉。新的事物需要以崭新的、奇特的面貌呈现，重新唤起人们对生活的敏锐感

① Victor. Shklovsky, “Art as Technique”, in Lee T. Lemon, Marion J. Reis, ed., *Russian Formalist Criticism*: *Four Essays*, Lincoln and London: Univeristy of Nebraska Press, 1965, p. 12.

觉。20世纪20年代的实验性写作手法，经过了一定阶段的发展后，必然不再给人带来新意。文学上新的理念代替了旧有的理念，30年代文学上变化的写作手法，使文学以一种“新”的面貌得以呈现，虽然这种“新”并不是完全而彻底的，但至少使人们重新唤起了对文学的兴趣和敏感度。

此外，我们也可以跟随洛奇的思路，用20世纪30年代盛行的布拉格学派的“前景化”理论解释“钟摆”现象成因。根据这一理论，“前景化是自动化的对立面，也就是对一个行为的去自动化；一个行为越多的自动化，就越少有意识地被执行；越多地被前景化，也就越多地成为有意识的行为”。[①] 前景化不仅依靠自动化，还依靠与其相对应的“背景”等成分。洛奇指出：“在话语中，任何由于其本身而备受关注，不再仅作为交流工具的部分就是被前景化了。……用习惯了的和可以预知的方式使用语言不会引起注意。”[②]

根据这两种理论，我们可以说20世纪20年代现代主义作品被前景化，其背景是现实主义文学传统；到了30年代，20年代的“文学传统”成为新文学走向的背景。在这一过程中，原来前景化的东西会成为后起事物的背景，而再次出现的新事物又会不断使原来前景化的事物成为新的背景，如此往复循环。洛奇对T. S. 艾略特诗歌的解读，对乔治·奥威尔（George Orwell）、奥斯卡·王尔德等人的短篇小说进行的分析等，不仅让我们从具体现象中看到了这一理论的价值，也让我们感到主宰文学批评发展

① Paul L. Garvin, *A Prague School Reader on Esthetics*, *Literary Structure*, *and Style*, Washington D. C.: Georgetown University Press, 1964, p. 20.

② David Lodge, *The Modes of Modern Writing*: *Metaphor*, *Metonymy*, *and the Typology of Modern Literature*, London: Bloomsbury, 2015, p. 4.

的潮流也存在一种“前景”和“背景”的转换，文学发展就是在不断推陈出新，这是一种内在规律。

作为一位批评家，洛奇在“新”“旧”传统之间、“前景”和“背景”更替交迭的过程中发现，20世纪英国文学不同时期有不同时期的特点，但并不赞同它们之间是一种割裂关系。他说，我们“不但没有看到在现代主义文本和现实主义文本之间的完全割裂，我们还看到了一种从可能连续体的一端到另一端的钟摆式摇摆，一种贯穿文学史的摇摆”①。这段话表明洛奇所强调的两个要点。一方面，他所说的“摆动”是以文学主流方向为依据，他并不排除每个时期的文学支流中必然隐含着不同的话语类型，因而“现代主义文本”和“现实主义文本”是不能完全割裂的。另一方面，“贯穿文学史的摇摆”并非夸张。前文已经提到了“艺术模仿生活”及“生活模仿艺术”的摆动，而在20世纪80—90年代论及模仿和叙事时，洛奇指出，“模仿和叙事就如同隐喻和转喻一样，是基本的，在一定层面上是包含一切范畴的表现形式，通过评定一个比另一个更占支配地位，可以确立文本的类型”。② 可见，在洛奇那里，“钟摆”运动贯穿始终。

第三节　运用“两极”理论的批评实践

洛奇的“钟摆”理论无疑使我们很好地洞察了20世纪上半叶英国文学的走向与动态。根据雅各布森的隐喻和转喻“两极”

① David Lodge, *After Bakhtin: Essays on Fiction and Criticism*, London: Routledge, 1990, pp. 48 – 49.

② David Lodge, *After Bakhtin: Essays on Fiction and Criticism*, London: Routledge, 1990, p. 49.

理论，洛奇对不同时期的作品进行解读，得出了令人意想不到的效果。他不仅验证了隐喻和转喻区分可以应用于更多问题的可能性——“文学中时期、流派和运动的区别”[①]，更“通过作家的全部作品考察了一个作家的发展历程”[②]。在对比下，他对以詹姆斯·乔伊斯为代表的现代主义作家、以菲利普·拉金为代表的反现代主义作家和以塞缪尔·贝克特为代表的后现代主义作家作品的解读尤显透彻和深刻，其中不乏精辟见地。

一　现代主义作家作品分析

虽然詹姆斯·乔伊斯是一个现代主义作家，但洛奇指出，他的创作历程是发展和变化的。从描写爱尔兰首都人们生活缩影的《都柏林人》（*Dubliners*，1914），到具有隐喻性质的《青年艺术家的画像》，再到以神话为模板的《尤利西斯》，最后到具有双关用法的《芬尼根的守灵夜》（*Fennegans Wake*，1939），洛奇分析了乔伊斯作品的变化历程，即从转喻手法转换到隐喻的过程。

洛奇指出，《都柏林人》是一个提喻性的标题，暗示着这是有关爱尔兰首都生活的故事。仅从标题而言，人们会将这部小说集与传统现实主义小说《大卫·科波菲尔》（*David Copperfield*，1849—1850）、《巴彻斯特教堂尖塔》（*Barchester Towers*，1857）、《米德尔马契》（*Middlemarch*，1871—1872）等同起来。不过，在阅读中却会发现，这部短篇小说集与传统现实主义小说并不一样。乔伊斯的故事中，没有了传统现实主义小说的连贯性、易读性、逻

① David Lodge，*The Modes of Modern Writing*：*Metaphor*，*Metonymy*，*and the Typology of Modern Literature*，London：Bloomsbury，2015，p. 152.

② David Lodge，*The Modes of Modern Writing*：*Metaphor*，*Metonymy*，*and the Typology of Modern Literature*，London：Bloomsbury，2015，p. 152.

辑性和可信性。洛奇以第一篇故事《姐妹们》（“The Sisters”，1914）为例，说明这里的现代主义元素。题目透露，这应该是关于姐妹的故事，但实质上却更多地描述了她们的弟弟。阅读过程中，读者需要不断地修正前期的推想，不知道这个故事是关于什么的，更不确定故事将揭示什么。他们期待故事结尾时的高潮被“反高潮”取代，这会使他们惊讶，怀疑故事是否余音未了。洛奇指出：“《都柏林人》的高潮（昭显）按照经典易读文本的标准看通常令人扫兴。”① 因此，只有《姐妹们》等两三篇文章在当时得以顺利发表。

此外，洛奇还通过对比句式形式分析了《都柏林人》的特点。洛奇强调，在《爱玛》（*Emma*，1815）等传统小说中，“角色们一般都说完整的句子，任何偏离这种规范都被前景化”②。而在《姐妹们》中，“不仅一个角色说话中断，这在所有成年角色中十分普遍。因此可以说这是故事的一个基本特征，它被传统的标准（由简·奥斯丁和狄更斯等代表的传统）前景化了”③。与成人角色使用语言不同，《姐妹们》中未成年的叙述者用的是完整的句子。这在一定意义上也构成了成人角色话语中断的背景。洛奇指出：“这正是那些想要从自然主义小说转向象征主义早期现代主义作家喜欢的策略。”④

乔伊斯笔下的15篇小说刻画了形形色色的都柏林人的生活情

① David Lodge, *The Modes of Modern Writing: Metaphor, Metonymy, and the Typology of Modern Literature*, London: Bloomsbury, 2015, p. 156.

② David Lodge, *The Modes of Modern Writing: Metaphor, Metonymy, and the Typology of Modern Literature*, London: Bloomsbury, 2015, p. 158.

③ David Lodge, *The Modes of Modern Writing: Metaphor, Metonymy, and the Typology of Modern Literature*, London: Bloomsbury, 2015, p. 158.

④ David Lodge, *The Modes of Modern Writing: Metaphor, Metonymy, and the Typology of Modern Literature*, London: Bloomsbury, 2015, p. 158.

景：人声鼎沸的集市，细雨迷蒙的街道，灯光炫目的酒吧等。很明显，“早期作品《都柏林人》在较大程度上更是受到易卜生、莫泊桑与契诃夫等现实主义巨匠的影响”①。因此，虽然此时乔伊斯对传统的颠覆和创新已经在言语形式中大量体现，但“隐喻的相似性仍然附属于转喻的毗邻性……诸如《姐妹们》这样的故事更倾向于被当做现实生活的梗概或生活的部分，而不是微妙的相互交错主旨的象征主义作品”②。

在此基础上，洛奇继续推进分析。他认为，如果说《都柏林人》多少还带有一定现实主义色彩，那么《青年艺术家的画像》则可以说完全是现代主义的。主人公斯蒂芬的姓氏迪达勒斯具有象征性——神话中的艺匠。乔伊斯的叙事虽然是线性发展的，但却明显有一些叙事漏点，作者并不去补充这些漏掉的信息。小说中更有诗意化的语言：“她的胸脯也像一只海鸟的一样柔和而纤巧，纤巧而柔和得像一只长着深色羽毛的鸽子的胸脯。可是她的淡黄色的长发却充满了女儿气：她的脸也带着小姑娘气，但却点缀着令人惊异的人间的美。”③ 洛奇强调：“此刻隐喻的相似性在某种程度被优先考虑，超过了现实主义转喻的毗邻性规则。”④

在《芬尼根的守灵夜》中，洛奇发现乔伊斯的作品更强调相似性，小说中存在大量的隐喻、暗示、双关、幻象等，在心理上、主题上、结构上、文体上都有所体现。他说：“在《芬尼根

① 孙梁、宗白：《传统·真实·创新——代序》，见［爱尔兰］詹姆斯·乔伊斯《都柏林人》，孙梁等译，上海译文出版社 1984 年版，第 iii 页。

② David Lodge, *The Modes of Modern Writing*: *Metaphor*, *Metonymy*, *and the Typology of Modern Literature*, London: Bloomsbury, 2015, p. 160.

③ ［爱尔兰］詹姆斯·乔伊斯：《青年艺术家的画像》，黄雨石译，外国文学出版社 1998 年版，第 192 页。

④ David Lodge, *The Modes of Modern Writing*: *Metaphor*, *Metonymy*, *and the Typology of Modern Literature*, London: Bloomsbury, 2015, p. 161.

的守灵夜》中，乔伊斯达到了艺术发展的逻辑终点，相似性几乎完全控制话语。”[①] 首先，洛奇指出小说中的双关这种强调相似性用法的修辞在小说中大量存在，标题中的“芬尼根”（Finnegans）有“再次好起来”（fine again）的意思，也不排除“再次结束”（finish again）之意；“守灵”（wake）另一个意思是“醒来”；小说中的篡改文字“cropse”更是包含了庄稼（crop）、死亡（corpse）、再生（植物给人带来生命）等意义。此外，洛奇指出，《芬尼根的守灵夜》中用来形成句子的语法大多数不完整，甚至几乎被忽略掉。虽然有时句式简短，但很少有从头到尾的叙述，有时更是缺少中间或结尾，有时最后一句与第一句相连，使读者摸不着头脑。其次，语义上，文本缺少协调性和连续性。读者平常依靠悬念、假设等对未来情节的设想，在《芬尼根的守灵夜》中也无济于事，其人物的不稳定和经常变形，或相互替换，行动没有过去、现在，也没有未来，所有的时间都同时是当前的等因素，造成的“结果是系统地解构正统历史意识中小说的现实主义根基”[②]。

通过洛奇的分析，我们可以对上述三部作品作如下描述：乔伊斯的创作经历了一个从具有现实主义因素、到脱离现实主义因素、再到解构现实主义体系的创作历程。也就是雅各布森意义上的从偏重于转喻，到隐喻占据上风，到全部都是隐喻性的创作历程。

当然，洛奇并没有忽略《尤利西斯》这部重要的著作。这部介于《都柏林人》和《芬尼根的守灵夜》之间的作品，在洛奇利

---

① David Lodge, *The Modes of Modern Writing*: *Metaphor*, *Metonymy*, *and the Typology of Modern Literature*, London: Bloomsbury, 2015, p. 164.

② David Lodge, *The Modes of Modern Writing*: *Metaphor*, *Metonymy*, *and the Typology of Modern Literature*, London: Bloomsbury, 2015, p. 166.

用雅各布森的隐喻和转喻理论分析下，尤显别具一格。

洛奇仍然从标题入手，展开分析。《尤利西斯》的标题明显具有隐喻性，乔伊斯从荷马史诗《奥德赛》那里借来的结构，使现代社会和古代社会之间有一种平行性的类比：布鲁姆和奥德修斯，史蒂芬和特勒马科斯，莫莉和佩涅洛佩，现代都柏林，地中海，古代社会之间的对应性在结构上构成隐喻。荷马式的平行当然从一开始就存在，不过洛奇强调，故事每一个情节都有其主旋律——其特殊的艺术、色彩、器官、标志、"技巧"等隐喻性的事件。它基于相似性插入话语中很多事件，加强了《尤利西斯》中百科式的主题，不再是现实主义小说中的个人经验。因此，乔伊斯并没有将自己局限于或奴役般地模仿荷马的模板。故事中只有一些素材与荷马相关，很多素材来自乔伊斯自身的观察和生活经验，小说中商店的名字、街道等都是真实存在的。如果忽略标题，可以把《尤利西斯》的第一章当成心理现实主义小说阅读。随着小说的进展，模仿和拼接越来越多，在"太阳神的牛"和"刻尔吉"两章中达到高潮。洛奇说："乔伊斯之所以能够用这些隐喻性想象，是因为其作品的转喻基础十分牢固；在结尾一章中，他返回到那个基础。在《尤利西斯》中，转喻模式被改变并被扩充，但没有被隐喻模式所覆盖（像在《芬尼根的守灵夜》中）。"①

从意识流角度研究《尤利西斯》的不计其数，但洛奇认为他们并没有区分主角的意识差异，他感到有必要对其进行进一步分析。在洛奇看来，可以通过变换话语隐喻和转喻"两极"的邻近关系而考察角色的意识差异。他分别对史蒂芬、布鲁姆和布鲁姆

---

① David Lodge, *The Modes of Modern Writing: Metaphor, Metonymy, and the Typology of Modern Literature*, London: Bloomsbury, 2015, p. 172.

的妻子莫莉的意识进行了分析。史蒂芬的意识主要是隐喻的，他经常将他所看到的东西变成意象或概念，这里有一种相似性关系。因此，洛奇强调，“普罗调”是头三章中最“难懂”的。布鲁姆的意识主要是转喻的，读者经常能了解他在做什么，他在哪儿及所处时间节点。在他的所想和所做之间，有一种直接的联系。当他的意识有利于所做事情之时，他的联想仍然从连续性而不是相似性上保持联系。与史蒂芬相反，洛奇指出，莫莉很少从隐喻上对不同事物进行联系。即使有，也不是她的创造，而是来自约定俗成。她没有想象力，是地地道道的实用主义者。莫莉的意识比他的丈夫更“转喻”。莫莉经常让布鲁姆解释一些词，但对答案表示不满。因为它们指的是语言系统的意义，而不是生活中的意义。

在洛奇的分析下，我们对《尤利西斯》有了更深一层的理解，充分认识到洛奇下述论断的合理性：“因此，《尤利西斯》将现实主义和创作神话的两种完全不同的、（理论上）对立的写作原则结合了起来。……那么，《尤利西斯》是一个现实主义或转喻性的小说（关于布鲁姆，史蒂芬和莫莉），有着一种创作神话的或隐喻性的结构。”① 可以说，洛奇的分析很好地弥补了以往意识流分析的不足。一方面，洛奇有别于意识流的分析使我们了解到乔伊斯创作上的变化、体会乔伊斯作品的丰富性、洞察乔伊斯作品的独特魅力；另一方面，洛奇可以灵活运用雅各布森诗学，不仅让我们感到雅各布森诗学不是僵化的，更让我们感到洛奇的批评方法是值得我们学习的。他灵活的思维方式和处理文本的强大能力，无疑证明了他的精辟论断：“既然正统文学史向我们表

① David Lodge, *The Modes of Modern Writing: Metaphor, Metonymy, and the Typology of Modern Literature*, London: Bloomsbury, 2015, pp. 168 – 171.

明现代主义小说以这样或那样的方式反对19世纪现实主义，并受到象征主义诗歌和诗学的深刻影响，我们应该能发现它倾向于雅各布森划分中隐喻的一极。”[①] 在《小说的语言》中坚持一定要以现实主义文本为研究对象的洛奇，在遇到雅各布森的隐喻和转喻理论后，对《尤利西斯》等作品的分析同样是成功的。或许，正是由于他在《小说的语言》中选取文本的集中性，集中探讨了现实主义小说，到20世纪70年代才更加关注现代主义文本。这种变化，不仅是认知层面的提高，更是批评思想升华的一种表现。

二　反现代主义作家作品分析

沃尔特·艾伦（Walter Allen）在《每日电讯报》（*Daily Telegraph*）上曾对菲利普·拉金的诗歌选集《20世纪牛津英语诗选》（*The Oxford Book of Twentieth Century English Verse*，1973）有高度评价，认为这部选集使20世纪诗歌“色调更清亮，更轻描淡写，更随意，更有对话性，更具方言特点，在某种程度上比叶芝的更民主和更关心生活”[②]。其实，这段评论完全可以用在评价菲利普·拉金本人的诗歌创作倾向上。在论述反现代主义作品特点时，洛奇正是以具有代表性的诗人菲利普·拉金为例，呈现其诗歌的转喻性特点。

洛奇指出，从拉金的第一本诗集《北方船》（*The North Ship*，1945）中可以察觉到，他已经脱离了叶芝的象征主义影响，更多

---

① David Lodge, *The Modes of Modern Writing: Metaphor, Metonymy, and the Typology of Modern Literature*, London: Bloomsbury, 2015, p. 155.

② Philip Larkin, *The Oxford Book of Twentieth Century English Verse*, Oxford: Oxford University Press, 1973, p. cover 2.

地沿袭了19世纪诗歌传统和哈代的衣钵。拉金几乎没有受到现代主义的影响，“与其说他排斥现代主义不如说他无视它”[①]。拉金公开承认他不喜欢T. S. 艾略特的诗歌，认为T. S. 艾略特的诗里有太多的现代主义元素。为了进一步认识拉金诗歌的特点，洛奇建议将其定义为一个“转喻”型诗人，并从其诗作中找出该方面的特征。

洛奇意识到他的这种做法会面临一种困境。“诗歌，尤其是抒情诗，是一种内在的隐喻模式。”[②] 况且，这种“实验性”的大胆做法可能不会得到拉金本人的认同。不过，既然维姆萨特在《意图谬见》中已经指出批评家可以忽略作者本人的意图进行批评，洛奇便进行了大胆的尝试。他没有从雅各布森所说的“抒情诗基本是隐喻结构”[③] 入手。他察觉到，作为反现代主义代表，菲利普·拉金的诗歌和现代主义诗歌有很大的差别。拉金一直被认为是中下阶层作家，发出的是一种“真正的”声音，而不被“高雅文学”的要求束缚。洛奇认为，拉金承传了华兹华斯的“诗是强烈情感的自然流露”[④] 这一创作理念。

此外，拉金的诗歌中常见方言、“低级”措辞、平凡的日常生活用语等，很少用矫揉造作的词语。这一点也与华兹华斯不谋而合，他竭力采用“人们真正使用的语言”创作。洛奇以《布里尼先生》（“Mr Bleaney”，1964）的部分诗行为例进行说明：

---

① David Punter, *Philip Larkin: The Whitsun Weddings and Selected Poems*, London: York Press, 2003, p. 88.

② David Lodge, *The Modes of Modern Writing: Metaphor, Metonymy, and the Typology of Modern Literature*, London: Bloomsbury, 2015, p. 262.

③ Roman Jakobson, Morris Halle, *Fundamentals of Language*, Mouton & Co., Printers: The Hague, 1956, p. 77.

④ ［英］华兹华斯：《〈抒情歌谣集〉第二版序言》，曹葆华译，见《十九世纪英国诗人论诗》，人民文学出版社1984年版，第7页。

布里尼先生躺过的地方，在同一个
纪念品碟子上摁熄烟卷，试着
用药棉塞住耳朵，掩盖
收音机里他怂恿她买东西的喋喋不休。
我会了解他的习惯——他什么时候下楼，
他不爱肉汁偏爱酱油，为什么
他不断地填充四注足球彩票——①

可以看出，在上述诗行中，“烟卷”“酱油”等词让人联想起底层社会。无疑，诗歌主人公布里尼属于这一世界。“四注足球彩票”是底层社会的用语，暗指在弗林顿镇和斯托克城的足球赛赌注。《高窗》（“High Windows”，1974）、《建筑物》（“The Building”，1974）等多首诗篇在措辞上都倾向于底层社会用语。

洛奇指出，拉金从现实生活中选择语言，他从普通的城市工业生活中选择出商店、火车、医院、街道或公园等，将这些融入诗作，主题上有表现对神秘的性的渴望，也有描述死亡的场景，更有孤独和迷茫等人类情感，对应了拉金自称为一个现实主义者的说法。此外，洛奇发现，拉金大量用现实主义小说家惯用的提喻手法，唤起人们对景色、性格、文化等的感情。虽然个别诗篇曾出现过类比的写作手法，但这样的例子也是很罕见的。在《日子》（“Days”，1964）或《下午》（“Afternoons”，1964）等多数诗篇中，根本就找不到隐喻。诗歌却由于平淡无奇的词语重复运用、气度宏大的写作手法而浑然一体。

洛奇指出：“在他最好最有特色的诗中，隐喻被前景化了，背

① ［英］菲利普·拉金：《布里尼先生》，舒丹丹译，见［英］菲利普·拉金《高窗：菲利普·拉金诗集》，上海人民出版社 2016 年版，第 123—124 页。

景被转喻所主宰，而转喻这一背景又被前景化了，其背景是（隐喻的）诗学传统。”[①]《降灵节婚礼》（“The Whitsun Weddings”，1964）就是这样的例证之一。诗中，主人公乘火车旅行。火车开得很慢，整个气氛都是慢悠悠的，拉金带我们步入了很寻常的乡间火车旅行。第一诗节十分口语化，也很随意：

> 那个降灵节，我动身得晚：
> 直到大约
> 一点二十，在那个阳光灿烂的星期六，
> 我那四分之三空着的火车才开动，[②]

这里的“一点二十”“四分之三空着”等词，似乎在讲述一个真实的故事，构成事件的背景，后续诗节少量的隐喻“额上洒满皱纹，母亲们响亮又臃肿”中的“洒满皱纹”，在诗歌中已经被明显前景化。不过，这首诗歌的转喻和提喻用法发挥了很大的作用，后续诗行“拙劣地追赶时髦，高跟鞋加面纱”，以“高跟鞋和面纱”等词用部分代替整体，表现出结婚时的盛装打扮。可以说，洛奇从拉金的诗歌中看到了诸多与现代主义的不同之处。正如戴维·潘特（David Punter）所说：

> 20世纪50年代的选集中，拉金发表的作品相当于为一群英国诗人“运动”写的宣言，拉金的作品被视为这一诗歌

---

① David Lodge, *The Modes of Modern Writing: Metaphor, Metonymy, and the Typology of Modern Literature*, London: Bloomsbury, 2015, p. 265.

② ［英］菲利普·拉金：《降灵节婚礼》，舒丹丹译，见［英］菲利普·拉金《高窗：菲利普·拉金诗集》，上海人民出版社2016年版，第142页。

趋势的中心。本质上，“运动”形成其观点是为了反对英国诗歌先前的运动。当T. S. 艾略特和20世纪20年代的现代主义者鼓吹费解的价值，并接受英国文学过去传统和来自欧洲和美国创作的影响时，“运动”代表了简单，甚至表达的口语化，坚定地采取了大不列颠的——或也许是英国的——价值和形式。当W. H. 奥登和20世纪30年代的政治派诗人赞扬诗人的社会角色和社会变化的必要性时，“运动”转向日常生活，毅然决然地脱离政事。当狄伦·托马斯和20世纪40年代的“新天启派”言说他们强烈的情感，并因此用普通的句法错位书写时，“运动”为能严格控制情感，将诗歌视为每日人与人交流的一部分而颇感自豪。[①]

在洛奇的分析下，拉金的诗歌展示出了鲜明的特点。拉金的诗歌是易读的，如《树》（“Trees”，1974）；拉金的诗歌主题是贴近生活的，毫不晦涩，如《水》（“Water”，1964）；拉金的诗歌又是真实无比的，即使描述性爱时，也毫不掩饰，《奇迹迭出的一年》（“Annus Mirabilis”，1974）的开头两行“性爱始于/1963年”[②]足以让在隐喻下成长的作家们大吃一惊。无疑，这使拉金成为“英国最有名的诗人，也是引用率最高的一个”[③]。洛奇将拉金定义为一位“转喻”型作家，是有道理可言的。

根据“钟摆”理论，通过对现代主义作家乔伊斯和反现代主

① David Punter, *Philip Larkin: The Whitsun Weddings and Selected Poems*, London: York Press, 2003, pp. 97 – 98.

② ［英］菲利普·拉金：《奇迹迭出的一年》，舒丹丹译，见［英］菲利普·拉金《高窗：菲利普·拉金诗集》，上海人民出版社2016年版，第228页。

③ David Punter, *Philip Larkin: The Whitsun Weddings and Selected Poems*, London: York Press, 2003, p. 97.

义诗人菲利普·拉金的阐释，洛奇向我们展示了“钟摆”的一面是现代主义者，他们的创作特点是象征主义式的、神话式的、难懂的、隐喻的；另一面是反现代主义者，他们的创作特点是现实的、易读的、转喻的。“钟摆”理论也显示，革新的东西一定会有传统作为背景，而在不同时期背景又会被前景化。当然，我们应该意识到，洛奇所说的并不是一种教条式的归纳和总结，他十分知晓文学作品的丰富性和复杂性，“如果说多少可以预知与每个阶段相关的批评见解，却无法预知实际创作，人类的想象会对世俗历史抛出的新素材进行无限变化，使其丰饶”①。毋庸置疑，利用雅各布森的隐喻和转喻理论，洛奇对“钟摆”运动下不同时期作品的分析彰显了雅各布森“两极”理论的深刻意义，更凸显了其日臻完善的批评和解析能力。

三　“失语”的后现代主义作家作品分析

后现代主义文学在第二次世界大战以后成为影响广泛的文学思潮，在20世纪70—80年代达到高潮。后现代主义既发展和延伸了现代主义，批判传统叙事手法，力图革新，又是对现代主义的反叛和决裂，认为现代主义在发展过程中变得日益陈旧，其内容和形式已经不合时宜。洛奇不仅阐述了现代主义和反现代主义作品的特点，证明了雅各布森隐喻和转喻“两极”理论的有效性，而且也对雅各布森诗学能否解释后现代主义文学进行了积极的探讨。毕竟，这一当代先锋派艺术具有诸多与此前文学不同的特点。

根据洛奇的理解，如果雅各布森是正确的，语言是在隐喻和转喻两极之间，就应该可能将后现代作品归为其中一类。根据这

① David Lodge, *The Modes of Modern Writing: Metaphor, Metonymy, and the Typology of Modern Literature*, London: Bloomsbury, 2015, p. 270.

一理论，所有话语的一个主题会与另一个相连。要么因为它们相似，要么因为它们在某种意义上有邻近性。也就是说，通过找出文本的相似性和邻近性的关系而获得意义。

为了展现后现代主义的特点，洛奇从其代表性人物塞缪尔·贝克特的作品开始进行分析。塞缪尔·贝克特早年受过现代主义影响。他青年时曾帮助失明的乔伊斯整理其手稿《芬尼根的守灵夜》，他还写过关于乔伊斯和普鲁斯特的论著。因此可以说，贝克特对现代主义传统并不陌生。不过，他并没有亦步亦趋地延续这一传统，而是尝试一种新的创作方式。在对贝克特的分析中，洛奇选取了《但丁和龙虾》（*Dante and the Lobster*，1934）、《莫菲》（*Murphy*，1938）和三部曲《莫洛伊》（*Molloy*，1951）、《马龙之死》（*Malone Dies*，1951）、《无法称呼的人》（*Unnamable*，1953）等作品。

洛奇指出，贝克特在《但丁和龙虾》中就已经表现出与现代主义割裂的迹象。一方面，《但丁和龙虾》与《尤利西斯》有相近之处，作者对现代生活的叙事都是建立在神话基础之上，“表面无端的平庸系列事件通过谨慎布置的多个主题，导向最终的主题顿悟”①；另一方面，在文本中有很多无法按照现代主义术语解释的事件。故事中，主人公在市场为姑姑买了一只龙虾，脑子却想着第二天一个杀人犯将被吊死的事。在姑姑下厨做龙虾时，主人公情不自禁地喊道：“上帝！它还活着！”在洛奇看来，主人公狂热的、自我迷恋的、古怪的类似行为无法得到合理解释，就连故事结尾时主人公终于认可龙虾死得越快越好，“上帝帮助我们所有人”也有问题。更别说故事的最后一句话“并非如此”是以作者的角度对主人公态度的一种讽刺，这似乎表明上帝与痛苦死

---

① David Lodge, *The Modes of Modern Writing*: *Metaphor*, *Metonymy*, *and the Typology of Modern Literature*, London: Bloomsbury, 2015, p. 273.

亡问题无关，使读者感到很不自在。

如果说《但丁和龙虾》还可以让我们想到乔伊斯，在小说《莫菲》中，一切则“没有秩序、没有具象或意义”[①]。洛奇指出，小说一开篇就迎来了许多问题：主人公莫菲赤身裸体地坐在摇椅里，他用七条围巾将自己捆绑成奇异的姿势。或许，读者可以将这一切理解成他愿意用这种方法使自己完全沉浸在思想之中。不过，洛奇指出了破绽，莫菲是如何在没人帮助下把自己用七条围巾绑起来的呢？而且，作者只交代其中六根所绑身体位置，并没有提及第七根。类似的难解之处频繁在小说中出现。因此，这部作品不但“摈弃了乔伊斯描写都柏林时的神话平行手法，它还忽视并讥笑20世纪30年代一些小说家所代表的现代主义传统”[②]。洛奇借用小说第二章开篇来说明这一点。贝克特用一系列数字和事实描述了谢丽雅的形象：

年龄	无关重要
头部	小而圆
眼睛	绿色
肤色	白色
头发	黄色
口鼻	交融
……[③]	

① David Lodge, *The Modes of Modern Writing: Metaphor, Metonymy, and the Typology of Modern Literature*, London: Bloomsbury, 2015, p. 273.

② David Lodge, *The Modes of Modern Writing: Metaphor, Metonymy, and the Typology of Modern Literature*, London: Bloomsbury, 2015, p. 274.

③［爱尔兰］萨缪尔·贝克特：《莫菲》，曹波等译，湖南文艺出版社2016年版，第11页。

类似20项罗列后，贝克特总算交代完了这个人物的外貌特点。在这种写法下，读者几乎无法预知将会发生什么，文本的可读性极低。贝克特用这样的手法，实现了文本拒绝被解释，犹如“世界拒绝被解释”[①] 一样。在《莫菲》之后的创作中，如三部曲《莫洛伊》《马龙之死》《无法称呼的人》有更多的不确定性和难以查明原因的写作动机。此外，贝克特还十分喜欢排列组合这种写作手法。洛奇指出：“隐喻和转喻的写作模式都涉及选择，选择就涉及省略掉某物。后现代作家则经常违背这一原则，在同一文本中包含另类的叙事路线……一种更加激进的不去履行选择职责的做法是穷尽在一个既定领域中所有可能的结合。”[②] 最具代表性的例子是贝克特的《瓦特》（*Watt*，1953）中的一段：

> 至于他的脚，有时他每只脚穿一只短袜，或者一只脚穿一只短袜，另一只脚穿一只长袜，或一只靴子，或一只鞋，或一只拖鞋，或一只短袜和靴子，或一只短袜和鞋，……[③]

几乎一页半都在讨论袜子、长筒袜、拖鞋、靴子、鞋的组合。洛奇指出：“如果说所有后现代主义作家都怀有贝克特那样特别的哲学神往和困扰一定不对。但世界抵制人类意识强制性的阐释、人类的状态在某种意义上是‘荒谬的’这样的普遍想法的确构成后现代作品的基础。”[④] 贝克特的作品已然表明，试图将雅

① David Lodge, *The Modes of Modern Writing*: *Metaphor*, *Metonymy*, *and the Typology of Modern Literature*, London: Bloomsbury, 2015, p. 275.

② David Lodge, *The Modes of Modern Writing*: *Metaphor*, *Metonymy*, *and the Typology of Modern Literature*, London: Bloomsbury, 2015, p. 281.

③ Samuel Beckett, *Watt*, New York: Grove Press, 1959, p. 100.

④ David Lodge, *The Modes of Modern Writing*: *Metaphor*, *Metonymy*, *and the Typology of Modern Literature*, London: Bloomsbury, 2015, p. 276.

各布森的隐喻或转喻理论硬性镶嵌其中是不合时宜的。

洛奇认为，如果用雅各布森的术语单独分析某个后现代作家作品或许可能，但结果一定不会理想，因为后现代主义并不呈现偏向哪一极。后现代的小说像是“迷宫”一样，让人找不到出口。虽然小说的结尾可以算作一个出口，但也是谜团重重，“我们得到多重结尾、误置性结尾，嘲弄性结尾或拙劣模仿性结尾”①。因此，洛奇采取了一种果敢的行为，“藐视在两极之间选择的职责”②，用一种新的方式来展示后现代主义“集体性”的形式特点。他将后现代主义归纳出六个特点：矛盾、排列组合、间断性、随意性、过度、短路。除上述已经非常明显的排列组合、随意性等特点外，洛奇还对其他几点进行了具体举例分析。

比如，当说到矛盾时，洛奇不但提及《无法称呼的人》结尾句“我就在那里，我不知道，我永远都不会知道，在沉默中人们是不知道的，必须继续下去，我不能继续，我将继续”③，这样的句式中充满了莫名的自相矛盾情感，更提到了《未被发现的世界》（*The Undiscovered Country*，1968）中主人公亨利变成了一个女人，又变成了一种雌雄同体的生物，并追求一个不知性别的美丽的生物。这些例证说明了在后现代主义作品中充满了无法解释或解决的矛盾。

当提到间断性时，有着丰富写作经历的洛奇认为，所有的作品都会坚持使作品保持连贯。正因为有连贯性，才会使一篇论

① David Lodge, *The Modes of Modern Writing: Metaphor, Metonymy, and the Typology of Modern Literature*, London: Bloomsbury, 2015, p. 277.

② David Lodge, *The Modes of Modern Writing: Metaphor, Metonymy, and the Typology of Modern Literature*, London: Bloomsbury, 2015, p. 280.

③ ［爱尔兰］萨缪尔·贝克特：《无法称呼的人》，余中先等译，湖南文艺出版社2016年版，第237页。

文、散文、一本书从一个主题过渡到另一个主题。虽然读者有时难以从隐喻作品中发现连贯性，但并不是不可以辨别的。然而，洛奇指出，后现代主义怀疑连贯性。贝克特用不期而至的语调、元小说旁白、在文本中留有空白页、矛盾和排列组合来打断连续性话语。一些最近的美国作家更进一步发展话语的间断性，他们会用大写字母、数字或排字技巧来突出强调部分之间的间断性。

当提到过度时，洛奇指出，一些后现代作家也会用到修辞，但他们的目的不是运用，是“摧毁”以“逃离其专制”[①]。他以理查德·布劳提根（Richard Brautigan）的《在美国钓鳟鱼》（*Trout Fishing in America*，1967）为例，说明了作品中古怪的明喻。在作品中，有着这样的句子：“太阳像是一个巨大的五角硬币一样，这枚硬币被人泼了煤油，之后用火柴点上……”[②]“街道又白又干，像是高速公路上一个墓地和一个装满面粉的卡车相撞了一样”[③]等。这些比喻都基于非常特异的相似性的知觉，经常从叙事中脱离出去，发展成小的自我独立的故事。

如果这些句子并没有使明喻达到崩溃点，洛奇提醒我们注意《在美国钓鳟鱼》这一标题。作品中显示，它可以是一个人、一具尸体、一个旅店的名字，还可以是一个形容词，也可以是一个钢笔尖儿。“简言之，布劳提根想让《在美国钓鳟鱼》变成什么，就会成为什么。”[④]洛奇指出，这种修辞手法的过度运用和排列组

---

① David Lodge, *The Modes of Modern Writing*: *Metaphor*, *Metonymy*, *and the Typology of Modern Literature*, London: Bloomsbury, 2015, p. 288.

② Richard Brautigan, *Trout Fishing in America*, New York: Dell Publishing Co., Inc., 1967, p. 6.

③ Richard Brautigan, *Trout Fishing in America*, New York: Dell Publishing Co., Inc., 1967, p. 60.

④ David Lodge, *The Modes of Modern Writing*: *Metaphor*, *Metonymy*, *and the Typology of Modern Literature*, London: Bloomsbury, 2015, p. 290.

合一样，会产生一个多义的文本，读者经常不知道描述的是什么，更抓不住描述的主旨。

当提到短路时，洛奇提到了他曾经说过的一种观点："文学是隐喻的，非文学是转喻的。"[①] 洛奇指出，他之所以这样言说，是认为文本与世界之间、艺术和生活之间有空隙，"而后现代主义作品试图以短路来使读者震惊，从而抵制被文学传统范畴同化"[②]。在一部作品中，他们可以将明显的虚构和明显的事实结合运用，更可以毫无顾忌地将作者引进文本。洛奇以弗拉基米尔·纳博科夫（Vladimir Nabokov）《微暗的火》（*Pale Fire*，1962）为例，说明虚构与事实结合这种后现代写作手法。这部小说内容涉及一首诗和诗评。诗往往是虚构的，诗评往往是事实。然而，在这部小说中，疯狂的诗评家金波特的评论比诗更具虚构性，里面充满了幻想和荒谬的想法，而所评诗歌反倒像是对个人经历的一种可信的回想。而将作者突然引入文本之中，更是后现代小说家乐此不疲的写作手法。库尔特·冯内古特（Kurt Vonnegut）的《第五号屠宰场》（*Slaughterhouse 5*，1969）中，描述主人公贝利时会突然冒出"那就是我，那就是我，那就是这本书的作者"这样的话。

上述种种例证表明，后现代主义非常像是一种漫不经心的事件。不过，在洛奇看来，他们的作品中有着高度想象的自由，有着更大的开放性写作空间。他说：

---

① David Lodge, *The Modes of Modern Writing: Metaphor, Metonymy, and the Typology of Modern Literature*, London: Bloomsbury, 2015, p. 293.

② David Lodge, *The Modes of Modern Writing: Metaphor, Metonymy, and the Typology of Modern Literature*, London: Bloomsbury, 2015, p. 293.

> 如果后现代真的成功将秩序从现代作品（不论是以隐喻或转喻的形式表达）中驱逐走，那么它真的就通过毁坏了我们所看到的越轨规范而废止了自己。一个没有背景的前景不可避免地成为其他事物的背景。后现代主义不能依赖于现代主义和反现代主义作品的历史记忆作为其背景，因为它主要是一种打破规则的艺术。除非人们仍然坚持规则，否则没有任何意义打破它们，也没有兴头看这些规则被打破。[①]

洛奇之所以说出这样的言论，正是因为他看到了后现代的意义。虽然后现代既不属于雅各布森的隐喻范畴，也与转喻疏远，却以“失语”的姿态，述说着另一种含义。

雅各布森认为隐喻和转喻是相对的两极，这种对立性来自与其并行的语言失语症研究的选择轴和结合轴。洛奇相信，雅各布森对失语症的研究不仅对临床研究有意义，它也直接关系到现代文学研究和名声不佳的“晦涩”问题。

传统上，失语症的研究是从发送和接收词语信息两方面着手。然而，正如洛奇所指出的，雅各布森使他的方法论从不同角度“切入”，沿着选择和结合轴展开。雅各布森说：“我们区分出两种基本的失语症类型——这取决于主要缺陷是在于选择或替换上，有着相对稳定的结合和构文能力，还是相反，主要缺陷是在于结合和构文上，而有着相对正常的选择与替换的记忆力。”[②] 根据雅各布森的观点，语言选择能力缺失（相似性混乱）的失语症

---

① David Lodge, *The Modes of Modern Writing*: *Metaphor*, *Metonymy*, *and the Typology of Modern Literature*, London: Bloomsbury, 2015, p. 300.

② Roman Jakobson, “Two Aspects of Language and Two Types of Linguistic Disturbances”, in Jakobson and Halle, in *Fundamentals of Language*, Mouton & Co., Printers: The Hague, 1956, p. 63.

患者主要依靠语境，例如，靠邻近性去维持话语。“其表达越是依赖于语境，他就越好地应对其言语任务。他会感到，对交谈对象的提示或真情实境说不出一句话。除非说话者看到真的在下雨，否则他说不出‘下雨了’这个句子。”① 对这种失语症来说，语境是必不可少的和决定性的因素。他的言谈完全是反应式的：他能轻易地进行对话，但是发起话题却有困难。这类失语症患者倾向于犯“转喻性”错误，会用“叉子”替代“刀”，“吃”替代“烤箱”。语言结合能力缺失（毗邻性混乱）的失语症患者表现为，词序混乱，语法的主从关系解散，纯语法功能的词如介词、连词、代词、冠词等最先消失。句子主语通常很模糊，常由“事物”或“它”代表，甚至省略或不存在。有时用一个字代替一句话，而这个字常常与所要表达的事物有相似性。这种失语症类型会犯“隐喻性”错误，例如用“小型望远镜”取代“显微镜”、用“火”取代“煤气灯”等。

在洛奇看来，当面对后现代主义作品时，它们不但有选择轴上的问题，结合轴上也出现了问题。洛奇说：“如果许多现代文学异常地难以理解，只是因为它们在语言选择或结合轴上有了某种移位和扭曲，一些现代作品就是如此，例如格特鲁德·斯泰因和塞缪尔·贝克特的作品，毫不夸张地说，它渴望着失语的状态。”② 可以说，后现代主义作品具有相似性混乱和毗邻性混乱这些“失语症患者”的双重特点。这不仅会让人们感到好奇，他们为什么选择“失语”？后现代主义作品的种种失语特点不得不让

① Roman Jakobson, “Two Aspects of Language and Two Types of Linguistic Disturbances”, in Jakobson and Halle, in *Fundamentals of Language*, Mouton & Co., Printers: The Hague, 1956, p. 64.

② David Lodge, *The Modes of Modern Writing: Metaphor, Metonymy, and the Typology of Modern Literature*, London: Bloomsbury, 2015, p. 98.

人思考：后现代主义作品到底有没有意义？

对于后现代主义的意义问题，批评界一直众说纷纭。莱斯利·菲德勒（Leslie Fiedler）认为，后现代主义作品是革命性的创举。弗兰克·克默德则认为，它只到了旧有的现代主义发展的边缘。在洛奇看来，上述两种意见都能站得住脚，两者在某种意义上都是“真的”，这完全取决于个人立场和看法。关于洛奇本人对后现代主义的态度，他说：

> 我的本意不是依据价值，而是依据形式对现代主义者、反现代主义者和后现代主义者的模式进行区分。我希望我已经展示了每一种模式根据不同的、可辨的形式原则运行，因此没有意义根据一些标准判断一种创作形式源自于另一种。为了使区分更加明晰，即使的确涉及一定的术语，对我来说也是在学术语境中研究文学的恰当目的，这会最终服务于作者，因为它会扩大读者的接受能力。①

洛奇并没有游离于文本形式分析之外，仍一如既往地在进行着小说文本研究。他不但对各种文学流派都持尊重态度，还力图使这些流派真正地“服务于作者”。当有人问起洛奇如何将其文学创作归类时，他这样答道：“基本是反现代主义的，但也有现代主义和后现代主义元素。”②《小世界》中所提及的英国中部的卢密奇（Rummidge）确凿无疑是一个转喻性的地名，但《好工

① David Lodge, *Working with Structuralism*: *Essays and Reviews on Nineteenth and Twentieth Century Literature*, London: Routledge & Kegan Paul Ltd., 1981, pp. 15 – 16.

② David Lodge, *Working with Structuralism*: *Essays and Reviews on Nineteenth and Twentieth Century Literature*, London: Routledge & Kegan Paul Ltd., 1981, p. 16.

作》中的尤福利亚州立大学（Euphoric State）是虚构的加利福尼亚大学伯克利分校，显然是一种隐喻，而《换位》的结尾是一个属于后现代写作手法的短路。洛奇兼收并蓄的批评思想，推动了他的创作，使他的作品受到了大众的喜爱。

当1977年《现代写作模式》出版时，洛奇发现欧洲大陆已经有了一种新的理论倾向，结构主义受到威胁，后结构主义时代到来了。这一新潮流在演进的过程中产生不同分支，其中，罗兰·巴特“读者的诞生应以作者的死亡为代价来换取”[①] 的论断影响力很大，它试图抵消作者的存在。身为一位小说家，洛奇认为，有时读者所理解的意思的确会超出作者的预想范围，但这并不意味着他们可以漫无边际地阐释。作者也有权利对一些读者的看法表示意见。因此，在洛奇的批评生涯中，我们没有看到他对结构主义的接受和认同。或许正是由于洛奇在20世纪70年代已经显露出一位出色小说家特质的缘故，在告别后结构主义中“作者之死”的论断时，这位批评家果断地走向了结构主义批评。

① ［法］罗兰·巴特：《作者的死亡》，怀宇译，见《罗兰·巴特随笔选》，百花文艺出版社2005年版，第301页。

第三章
与结构主义"并行"

当结构主义诗学进入英国之后，洛奇这位积极尝试新思潮的批评家对其在文学上的应用表现出了强烈的兴趣和热情，尤其对结构主义叙事学的接受和运用，促进了洛奇批评思想的进一步成熟。当然，与前期相比，20 世纪 80 年代的洛奇已经对文学潮流的发展有了更加客观的认识，他不再只是从现行诗学理论立场竭力践行批评实践，而是试着既接受新思潮的优长，又大胆与其"并行"，阐发与该诗学思想齐头并进的批评见解。

第一节 结构主义诗学的传入与价值的认可

20 世纪 70 年代后期，当欧洲大陆等地正传承雅克·德里达（Jacques Derrida）等人的思想，如火如荼地进行着各种解构研究时，英国却刚接触结构主义思潮运动不久，进行着积极的尝试。那么，为何结构主义诗学进入英国有如蜗行牛步？诸如洛奇等批评家对这一姗姗而至的思潮又持有怎样的态度呢？在阐述诸问题前，有必要对结构主义诗学的生发及其进入英国的传播过程给予鸟瞰，以了解其主要诗学思想及其应用于文学领域的特定价值。

一　结构主义概述

二战后，欧洲的人文社会科学发生了巨大的变化。各种新思潮、新思想和新的思维方法竞相出现。在这种时代背景下，结构主义应运而生，成为新思潮中非常活跃的一种。结构主义最大的一个特点是它并不是由一个人开创的理论，而是经过多人的合力发展而成的。经过了几十年的发展，结构主义对哲学、语言学、心理学、历史、自然科学或数学都产生了影响。自瑞士语言学家费尔迪南·德·索绪尔以来到20世纪60年代以法国巴黎为中心的结构主义的形成，再到英国批评界对其的接受过程，大致经历了以下几个发展阶段。

索绪尔的《普通语言学教程》（*Cours de Linguistique Générale*）于1915年出版，1959年被翻译成英文后影响不断扩大。在这本书中，索绪尔不但将语言活动分为言语和语言两大层次，将语言系统分为能指和所指，而且将语言学系统分为共时语言学和历时语言学，这些概念对后来结构主义思想的形成影响很大。此外，索绪尔还指出了符号之间的横向组合和纵向聚合的区别，被引入并应用于文学研究之中。著名艺术评论家罗伯特·休斯[①]（Robert E. Scholes）在其著作《文学结构主义》（*Structuralism in Literature*，1974）中，对横向组合和纵向聚合的关系做了进一步阐述：

① Robert E. Scholes 一生著述颇丰，他的一些著作被不同译者译成中文，因此这一名字在国内有不同的翻译方式。其《叙事的本质》的译者将其翻译为罗伯特·斯科尔斯；而《文学结构主义》的译者则将其翻译为罗伯特·休斯。本书遵从译者在不同著作中的翻译方式，没有硬性统一，避免造成困惑或混乱。

> 语言的横向组合因素，与确定一个语词在任何一句话中的位置有关。例如，在一个特定的句子中，一个单词的意义部分地是由它在这个句子中所占据的位置以及它与同句中的其他单词和语法单位的关系所决定的。这就是这个词的横向组合（线性、历时）方面。人们经常把它设想成一个水平轴，句子沿轴线依照它的必要顺序伸展开来。一个单词在句中的意义也是由它与一些词汇种类的关系所决定的。这些不同种类的词实际上并不出现在句中，但却存在于这个词的纵向聚合（或“垂直的”、共时）关系中。①

索绪尔横向组合和纵向聚合的二分法更为后来俄国形式主义者雅各布森的隐喻和转喻理论带来了很大的启示。而雅各布森的隐喻和转喻理论转而又对文学结构主义产生了极大的影响。到了60年代，以反对让－保罗·萨特（Jean-Paul Sartre）存在主义学说运动为宗旨的结构主义以巴黎为中心，不断扩大影响。这时，索绪尔的结构语言学和克洛德·列维－斯特劳斯（Claude Lévi-Strauss）的结构人类学抢占高地，一种全新的思想进入文学理论。

1966年，美国年轻学者乔纳森·卡勒（Jonathan Culler）在哈佛大学毕业后，赴英国牛津大学攻读比较文学硕士学位。由于其学业表现十分出色，1969年毕业后留校继续攻读博士学位，同时兼任剑桥大学塞尔汶学院研究员。1972年，卡勒完成了博士学位论文《结构主义：语言学模式的发展及其在文学研究中的应用》（“Structuralism: the Development of Linguistic Models and Their Ap-

① ［美］罗伯特·休斯：《文学结构主义》，刘豫译，生活·读书·新知三联书店1988年版，第28页。

plication to Literary Studies")。该论文得到了答辩委员会的认可和高度评价。1975 年，在增补和修订该博士论文基础上，卡勒出版了专著《结构主义诗学：结构主义，语言学和文学研究》(*Structuralist Poetics*: *Structuralism*, *Linguistics*, *and the Study of Literature*)，由美国康奈尔大学出版社出版。该书为英国学界乃至世界其他国家接受结构主义诗学发挥了很大的作用。

二　对结构主义的接受

在卡勒等人的影响下，20 世纪 70 年代以后英国逐渐开始接受结构主义诗学，这比地理上相距并不遥远的结构主义中心所在地法国晚了约十年。英国接受并运用结构主义时，出现过两种不同的声音。一种声音来自支持者的赞许，另一种则是来自反对派，他们甚至充满敌意地阻止该思潮进入英国。洛奇对后一种情况产生的原因分析到：

> 当然，仍有持不同意见者和异议阻力阵营，仍有很多英美国家（及其他地区）的专业学者认为，如果他们一直保持置之不理的态度，结构主义的争论自会平息；或者，更大胆地说，操纵期刊以保护经验主义、人文主义、新批评等等。①

虽然结构主义在欧洲大陆获得了蓬勃的发展，其方法已被用于多个领域，不过，英国学界对此态度并不积极，无疑显示出了影响英国文坛长达两代人之久的“新批评”有关文学批评的目的、作用和方法等观念仍发挥着巨大作用，这套思想仍然

---

① David Lodge, *Working with Structuralism*: *Essays and Reviews on Nineteenth and Twentieth Century Literature*, London: Routledge & Kegan Paul Ltd., 1981, pp. vii – viii.

在潜移默化地影响着文坛。洛奇指出：“由于旧有的批评，如同旧有的物理一样，似乎对大多数实际目的都完成得不错，普通读者（及普通学生）可以理解为何不愿去掌握新生发的一种批评。”① 正是在这种思想的操纵下，产生了对待结构主义的消极心态。

其实，诚如洛奇所感，英国知识分子一向对文学理论心怀敌意。回溯这一古老民族的历史，会发现他们排外的例子并不鲜见。比如，18 世纪时作家和文学报界人士联合起来，极度害怕和厌恶文学批评。而之所以常常会有类似的现象发生，洛奇认为，很大程度上与这些人墨守成规的思维有关。可以说，英国对待任何外来新鲜事物的接受时间都不算短。尤其英国批评界相对保守，甚至有些过分挑剔的毛病，更是延缓了对新事物接受的进程。英国当代马克思主义理论家特里·伊格尔顿（Terry Eagleton）曾对英国这种现象做了极为风趣、又不失体面的总结：

> （从欧洲大陆）各种想法越过英吉利海峡，所需的时间通常为十年左右。可以说，这些文学批评家像是移民官员一样：他们的工作是站在多佛尔码头，当新流行的思想从来自巴黎的船只卸下时，逐一对它们进行细致检查。如果这些观念大体上与传统批评技巧相一致，就会亲切地挥手放行；如果有爆炸性的设备商品（马克思主义，女性主义，弗洛伊德主义），则不准进入国内。凡是与中产阶级趣味相符的，都发给一个工作证明；不太充满生命力的思想，则装进下一船

① David Lodge, *Working with Structuralism: Essays and Reviews on Nineteenth and Twentieth Century Literature*, London: Routledge & Kegan Paul Ltd., 1981, p. viii.

只，遣送回国。[1]

尽管阻力重重，由于新批评的源泉已经干涸多时，人们十分热切地希望出现一种新的批评方法，并能从中获得养分和滋润，因此，结构主义诗学在英国得到了洛奇这样专业人士的认可。在近半个世纪的演变与发展后，结构主义最终向英国学界证明了自身的价值和顽强的生命力，拿到进入英国的许可证明。

对于这种长期以来形成的滞后思想，洛奇提出了强烈的反对意见。在洛奇看来，一味地排斥新思想，不论从学术内部还是学术之外来看，都是弊端颇大的。就学术内部而言，这种做法会使教学和研究之间发生脱节。比如，一个人上午用过时的方法讲述《米德尔马契》，下午可能研究另一个领域。在学术之外的报纸、杂志和书评上的文章可能会用到全新的批评术语，这多半会使那些墨守成规的人提不起兴趣，无法接受新的、前沿的学术思想。

洛奇意识到，对结构主义始终持怀疑态度的英国批评界来说，他们迟迟不肯接受和运用结构主义的关键在于，能否从本国的文化传统中找到与结构主义这一外来思潮的某种联系，并以令人信服的成果说明这一外来思潮非但不与本国传统违逆，而且还可使本国的文学传统发扬光大。像许多批评家一样，洛奇希望将结构主义概念和方法运用到具体的批评实践之中，既能说明这种理论的有效性，又能沿袭英国的伟大传统。因此，洛奇对结构主义诗学做出了积极的回应。

在洛奇看来，结构主义是一个非常有弹性的标签，涉及广阔的知识领域。他将结构主义分为两个主要的分支：一种是经典结

① ［英］特里·伊格尔顿：《文学理论导论》，王大林译，外语教学与研究出版社2004年版，第106—107页。

构主义，另一种被称为后结构主义。经常与后结构主义联系在一起的显赫的名字——雅克·德里达、雅克·拉康（Jaques Lacan）、米歇尔·福柯（Michel Foucault）等不在洛奇的讨论范围之内。比较而言，经典结构主义更令洛奇倾心。在洛奇看来，“打开德里达或他的弟子的书或文章，会感到使读者困惑不解后受到恐吓是这一分支的最终目的”。[①] 而经典结构主义却不相同，这一分支的理论高度抽象，采用特殊的术语：

> 它（指经典结构主义）涉及将文化的分析和理解作为多个系统中的一个系统，其中语言通常为解释目的而存在的是理想的模范。这一结构主义目的是为文学、神话、食物或服装服务——语法为语言服务：理解解释这些系统如何运行的，在其内的规则和限制是什么，凭借这些生成意义，进行交流。[②]

经过了十余年的酝酿和钻研，1981 年，洛奇出版了《运用结构主义》一书，充分展示了他对结构主义思潮的理解和接受。《运用结构主义》中的诸多文章都表明洛奇努力去吸收并同化这一诗学。除了少数初步接触结构主义方法的人之外，洛奇认为多数文章能被读者理解。他不但将新批评、雅各布森诗学和罗兰·巴特等人的思想兼收并蓄，更在批评实践中践行了这些诗学思想。对《雨中之猫》不同角度的分析，集中体现了这一批评观。

---

① David Lodge, *Working with Structuralism*: *Essays and Reviews on Nineteenth and Twentieth Century Literature*, London: Routledge & Kegan Paul Ltd., 1981, p. viii.

② David Lodge, *Working with Structuralism*: *Essays and Reviews on Nineteenth and Twentieth Century Literature*, London: Routledge & Kegan Paul Ltd., 1981, p. ix.

第二节　对《雨中之猫》的多重解读与分析

亚里士多德关于戏剧的规定性规则为后来的许多理论提供了依据，其中包括叙事学理论。只是在近两千年的历史中，这套有关叙事的理论没有得到进一步的发展和强化。毫不夸张地说，直到20世纪60年代，叙事学才有了真正的突破。在那场结构主义运动中，热拉尔·热奈特，罗兰·巴特，阿尔吉尔达斯·于连·格雷马斯（Algirdas Julien Greimas），茨维坦·托多罗夫（Tzvetan Todorov）等人一道，共同致力于叙事学研究。1972年，热拉尔·热奈特出版的《叙事话语》（*Narrative Discourse*：*An Essay in Method*）的问世，使结构主义叙事学对小说批评及其他领域产生了巨大影响，为各种理论的发展和交融提供了可能。这恰恰引起了洛奇的强烈兴趣。

洛奇对叙事理论有着深刻的理解与思考，他提出一些值得深思的问题：是否理论与方法的进步也意味着文本批评会有所长进，运用形式主义和结构主义两种理论对同一文本进行阐释是否可能，这样做会有什么样的收获？通过揭示那些我们用其他手段不可能领略的思维深度和细微差别，能否丰富我们的阅读？能否帮助我们解决问题并纠正误读？为了弄清上述诸问题的是非曲直，洛奇从对现实主义小说的文本分析着手，以海明威的《雨中之猫》（*Cat in the Rain*，1923）为例，详细展示了解读现实主义小说文本的过程。

一　此猫非彼猫

《雨中之猫》创作于1923年，是海明威早期优秀的短篇小说之一。从结构上而言，这是一个比较完整的故事，有开头、中间和结尾，情节也十分简单：一对年轻的美国夫妇在意大利的一家旅馆里，丈夫乔治躺在床上看书，妻子百无聊赖地看着窗外。外面在下着雨，妻子发现桌子下有一只猫。当她起身出去寻猫，想把它抱回来时，猫却不见踪影了。她闷闷不乐地回到了房间，告诉了丈夫她想要一只猫的愿望，丈夫不加理会。过了一会儿，有人敲门。旅店的女仆手里抱着一只玳瑁猫，说是店主让她过来送给这位妻子的。

这一简短的故事之所以耐读，洛奇认为主要焦点在于猫的身份上。送来的猫到底是不是这位妻子想要的那只呢？故事简约的叙事风格使这一问题无从考证。海明威甚至没有交代妻子的姓名，仅有的一个称呼是"美国太太"，一个有着新女性的外貌特征——留着短发的女性。不过，这位妻子有着传统女性形象的梦想：想把"头发留起来"，梳到脑后，"扎得又紧又光滑，在后脑勺扎个大结儿"[①]，她希望现在是春天，能有一只猫做伴。正是因为她想要一只猫，一只不知道什么颜色的猫，一只没有特定指称意义的猫，使批评家们对这只猫的身份展开了论述。

卡洛斯·贝克教授（Carlos Baker）认为，这无疑是同一只猫。"在现实与可能之间，有一只猫。这只猫最终被善良的老店主送给了她。店主同情的尊重比年轻的丈夫要大得多。"[②] 然而，批评家约翰·哈戈皮安（John V. Hagopian）对这只猫有完全不同的理解。他说：

> 这个妻子想要乔治满足她的心愿，而不是客栈老板。但

① Ernest Hemingway, "Cat in the Rain", in David Lodge, *Working with Structuralism: Essays and Reviews on Nineteenth and Twentieth Century Literature*, London: Routledge & Kegan Paul Ltd., 1981, p. 35.

② Carlos Baker, *Hemingway: The Writer as Artist*, New Jersey: Princeton, 1963, pp. 135 – 136.

> 客栈老板已经派女仆送来了一个大的玳瑁猫，这个巨大的生物使女仆的身体摇摆了一下。不清楚这是否是这位妻子透过窗子看到的同一只猫——也许不是。不管怎样，这都不太可能。这个女孩想要一个孩子代用品，但这只玳瑁猫显然不能满足这一目的。[①]

对于这一问题，洛奇另行深入地进行了探讨。他认为，从海明威把玳瑁猫描述成“大”这一点来看，显然不是这位妻子口中所说的“小猫”，并提到了一种可能性：为了迎合顾客，客栈老板送来他能找到的一只猫。但事实上，这并没有迎合这位妻子的需要。可以看出，洛奇对这只猫身份的看法更加倾向于哈戈皮安的说法：女仆送来的猫不是妻子想要的那只。然而，对于哈戈皮安所说的美国妻子想要猫是“她想要一个孩子的代用品”这一说法，洛奇并不赞同。他不能同意这种无实质根据的心理学方面的推测。不但如此，他还指出：“我们应该明白，各种各样的理论范围、方法论和‘方法’都可以应用于小说批评。”[②] 洛奇根据结构主义叙事学理论和方法，从不同层面对《雨中之猫》进行了探讨，远远超出了上述两位批评家的见地。

二　从结构主义叙事学角度进行的解读

首先，洛奇借用了格雷马斯的术语，对《雨中之猫》进行了解读。

---

① John V. Hagopian, “Symmetry in ‘Cat in the Rain’”, in Jackson J. Benson, *The Short Stories of Ernest Hemingway: Critical Essays*, North Carolina: Duke University Press, 1975, p. 232.

② David Lodge, *Working with Structuralism: Essays and Reviews on Nineteenth and Twentieth Century Literature*, London: Routledge & Kegan Paul Ltd., 1981, p. 18.

在众多为结构主义叙事学做出巨大贡献的学者中，阿尔吉达斯·朱利安·格雷马斯（Algirdas Julien Greimas）脱颖而出，对洛奇产生了深刻的影响。不同于弗拉基米尔·雅克列夫维奇·普罗普（Vladimir Yakovlevich Propp）、克劳德·布莱蒙德（Claude Bremond）、列维·斯特劳斯、托多罗夫和巴特等人，在《结构语义学》（*Structural Semantics*：*an Attempt at a Method*，1966）中的观点，他试图建立一种普遍的叙事“语法”。根据格雷马斯，所有的叙事主要由一个行为体到另一个行为体的物体或价值的转换组成。一个行为体在故事中有一种特定的功能，可以分为主语或宾语，发送人或接收人，帮助者或反对者。为了解释各种可能的叙事序列，他把普罗普的31种功能缩减为20种，并把它们分成了3种结构（语段）：“契约的”（建立与打破订约）、“践行的”（测试、斗争等）和“分离的”（离开和返回）。[①] 这些功能不仅仅从叙事文本的表面结构辨认：例如，几个角色可以表现一个行为体的功能，或一个角色也许结合两个行为体的功能。所有概念都被系统的二分法关系定义，如反义词（如生命/死亡）或否定词（如：生命/死亡//非生命/非死亡），因此，所有的叙述都可变成行为体和主位的四个异体同形同源。

根据格雷马斯的术语，洛奇把《雨中之猫》中的四个角色进行归类。妻子是故事的主体，猫是客体。旅店老板和女仆都是帮助者，乔治是反对者。这个故事是分离式的（离开又返回），并且涉及把猫转移给妻子。洛奇认为，《雨中之猫》这个故事的问题就出

① ［英］拉曼·塞尔登、彼得·威德森、彼得·布鲁克：《当代文学理论导读》，刘象愚译，北京大学出版社2006年版，第86页。

现在了“其主要的行为不是表达主要意义的工具”[1] 上。他很赞同西摩·查特曼（Seymour Chatman）对情节所做的具体分析：

> 在传统的解决叙事中，有一种问题解决的观念……一种推理的或情感目的论……“将会发生什么”是基本的问题。然而，在揭示现代情节中，重点在其他地方，对话的功能不是去回答那一问题或甚至去形成它……不是事件被（快乐地或悲伤地）解决，而是事件的状态被揭示出来。[2]

不难看出，在《雨中之猫》中，寻找猫的情节掩盖了丈夫和妻子之间的关系。洛奇指出：“通过拒绝透露妻子是否得到了想要的猫，隐含的作者暗示，这不是故事的要点。”[3] 洛奇指出，雨中猫的不舒服，与妻子的情感相同。她的丈夫虽然嘴上说要帮她抓猫，但没有真正行动。他一直在看书，而当妻子再三强调要一只猫时，他让她“闭嘴，找点东西读”。这一切，表明他对妻子漠不关心。丈夫读书时眼睛的“文化”使用与妻子看窗外时的“自然”使用，正好相对。妻子看向窗外，表明她渴望交流，而他用读书代替了交流。洛奇借用了格雷马斯的理论，将故事用格雷马斯的方式进行了总结：爱情与争吵如同抚摸一只猫与读书的关系，一个叙述的欢乐与厌倦对立之间的转换，因此是：爱（快乐）/争吵（厌烦）//抚摸猫（没有快乐，一个给予而不是接

---

① David Lodge, *Working with Structuralism: Essays and Reviews on Nineteenth and Twentieth Century Literature*, London: Routledge & Kegan Paul Ltd., 1981, p. 26.

② Seymour Chatman, *Story and Discourse: Narrative Structure in Fiction and Film*, New York: Ithaca, 1978, p. 48.

③ David Lodge, *Working with Structuralism: Essays and Reviews on Nineteenth and Twentieth Century Literature*, London: Routledge & Kegan Paul Ltd., 1981, p. 27.

受）/读一本书（不厌烦）。通过这一解读方法，洛奇挖掘出这只猫背后隐藏的一种深刻意蕴。

其次，基于罗兰·巴特的核心和催化剂理论，洛奇对《雨中之猫》展开分析。

毋庸置疑，洛奇借用格雷马斯理论的分析是深刻而有趣的。不过，他对罗兰·巴特这位传奇性的人物也颇有好感。后者的叙事学力作《叙事作品结构分析导论》（*Introduction to the Structural Analysis of Narrativves*, 1966）从另一层面给予洛奇以启迪。在结构主义影响下，巴特在《叙事作品结构分析导论》中采用二分法，将叙事单位划分为核心和催化剂两个部分。这是根据叙事单位的功能等级而进行划分的。根据巴特，“叙事文本的叙事单位并非都处于同样重要的位置，一些组成了真正叙事文本的轴心；而其他的则仅仅‘填满’叙事空间，将轴心的功能分离”。[①] 他还说过：

> 轴心的功能，是它所指涉的行动使一种选择开放（或继续，或终止），对故事的后续发展产生直接的后果。简言之，它创造或结束一种不确定状态。……催化剂也是功能性的，它们与轴心产生关系，但它们的功能是微小的、单一的、寄生的……催化剂只是连续性的单元，轴心功能既有连续的也是重要的。[②]

上述二分方式及阐述内容对于洛奇来讲，无疑是亲切而深刻的。

根据罗兰·巴特《叙事作品结构分析导论》中的核心和催化剂理论，洛奇认为，《雨中之猫》这个故事有四个核心及可能性：

① Roland Barthes, *Image Music Text*, London: Fontana Press, 1977, p. 93.

② Roland Barthes, *Image Music Text*, London: Fontana Press, 1977, p. 94.

是丈夫还是妻子会去找猫？妻子是否会得到这只猫？她会不会被淋湿？谁在门外？故事的其余部分是催化剂，是索引式或信息式的。由于大部分信息不止提及一次，这些也变成了情绪和氛围的索引。那么，该如何将文本中的轴心和催化剂进行区分呢？对此，洛奇指出可以借用乔纳森·卡勒的理论，即“不同的读者会用相同的方式对被给定的文本进行情节总结”[①]。为了验证这一说法，他专门做了一个实证性的练习。在伯明翰大学的研讨会上，洛奇根据乔纳森·卡勒的上述设想，要求参与者用30个词以内的连续话语总结《雨中之猫》的情节。结果发现，所有的参与者都提到了妻子、猫、雨和旅店经理，却没有人提及女仆，或夫妻之间的拌嘴。

因此，洛奇不但证明了罗兰·巴特核心和催化剂理论的有效性，更通过研讨会的结果进一步证实了乔纳森·卡勒所说的我们可以通过直觉了解故事的主旨，他对《雨中之猫》这一层面的分析恰恰体现出这一点。

最后，洛奇借用热拉尔·热奈特的小说诗学，对《雨中之猫》展开论述。

自19世纪末20世纪初，类似小说诗学的东西开始从具有自我意识的小说家的尝试中渐渐发展起来。而俄国形式主义者对故事与情节的区分，无疑是小说诗学领域中十分重要的贡献。许多英美小说批评理论，从珀西·卢伯克的《小说的艺术》到韦恩·布斯的《小说修辞学》，都或多或少地得益于“故事”和“讲述方式”上所做的区分。不过，洛奇指出，热拉尔·热奈特所做的贡献尤为突出，因为“他的小说诗学也对现实主义小说显示出重

① David Lodge, *Working with Structuralism*: *Essays and Reviews on Nineteenth and Twentieth Century Literature*, London: Routledge & Kegan Paul Ltd., 1981, p. 19.

要性。与其他、早期的叙事形式相比，现实主义小说是通过一个精心辨别的、时间性的伪历史处理，以及在意识表现上的巨大深度和灵活性而显示特征"①。

在1972年《修辞三格》（*Figures* Ⅲ）中的"叙事话语"中，热奈特指出情节主要修饰故事，并区分了"视角"（看行动的人）和"语态"（voice）（说出叙事的人）。此外，根据情节，他将故事的时间组织区分出了最具意义的三个不同范畴："顺序"、"时距"和"频率"。热奈特指出，在叙事作品中，存在着故事时间和叙事时间的区分。故事时间是按照时间的顺序而发生的，但叙事时间则不同，往往会有倒叙、插叙等。最明显的例子是荷马史诗《奥德赛》。奥德修斯回忆腿上的伤疤时，这一过程占据了70多行的倒叙，其跨度有数十年，但其倒叙却很短。"时距"关系到故事的时间长度，以及在情节中叙述它们的长度。进一步说，叙事长度可以长，可以短，也可以和故事等时。在《追忆似水年华》（*In Search of Lost Time*，1913－1927）中，作者用了190页的篇幅描述了历时3个小时的故事（盖尔芒特午后聚餐），有时也用3行概述12年的故事。"频率"则关系到故事中事件出现的次数和在情节中叙述它们的次数。热奈特将频率分为4种类型。第一种为讲述一次发生过一次的事情，第二种是讲述几次发生过几次的事情，第三种是讲述几次发生过一次的事情，第四种是讲述一次发生过几次的事情。②

洛奇十分赞同热奈特的划分方法。在洛奇看来，造成《雨中

① David Lodge, *Working with Structuralism: Essays and Reviews on Nineteenth and Twentieth Century Literature*, London: Routledge & Kegan Paul Ltd., 1981, p. 20.

② ［法］热拉尔·热奈特：《叙事话语》，王文融译，见《叙事话语 新叙事话语》，中国社会科学出版社1990年版，第95页。

之猫》歧义的原因之一，是故事所采用的视角造成的。故事中涉及了4个角色——妻子、丈夫、女仆、店主。理论上来说，可以从四个角度进行叙述。第一段采用了美国妻子的普通视角。故事的中间，有视角转换的情况出现。而在故事的最后，最为重要的关键时刻，叙述采用了丈夫的视角。听见有人敲门后：

> "Avanti。"乔治说。他从书的上沿方向望去。
>
> 女仆站在门廊里。她怀里紧紧地抱着一只大玳瑁猫，身体摇晃了一下。①

由于丈夫没有从床上起来看到窗外避雨的猫，他不可能知道女仆所带来的这只与那只是不是同一只。因此，带来了一种不确定性。那么，明明《雨中之猫》是现实主义文本，怎么会有不确定性呢?

其实，洛奇在《现代写作模式》中，早就交代过这篇小说的写作背景。20世纪20年代，海明威正在巴黎。他与美国作家格特鲁德·斯泰因（Gertrude Stein）相遇，并建立了友谊。虽然这份友谊最终没能走得很远，但海明威承认斯泰因对他的影响："她发现了许多关于节奏和重复使用词语的真理，这些既有效，又有价值。她对这些掌握得非常娴熟。"② 在洛奇看来，海明威既想成为一个现实主义作家，又想成为一个现代主义者。由于他本身是一位记者，一方面，他将新闻的真实性与想象作品相结合，

---

① Ernest Hemingway, "Cat in the Rain", in David Lodge, *Working with Structuralism: Essays and Reviews on Nineteenth and Twentieth Century Literature*, London: Routledge & Kegan Paul Ltd., 1981, p. 36.

② Ernest Hemingway, *A Moveable Feast*, New York: Charles Scribner's Sons, 1964, p. 17.

因此，他写的作品十分简约。另一方面，由于受到了斯泰因的影响，他也想从事现代主义的创作，这造成他常常转换视角，最后小说的视角定格在丈夫身上，使小说产生了多义性。

上述从结构主义叙事学角度进行的种种分析，使我们对《雨中之猫》有了更加深入的体会和了解。如前所述，洛奇不仅想通过叙事学理论对《雨中之猫》展开分析，他也想继续尝试用此前的理论，对这一文本进行解读，想证明两种方法运用于同一文本的有效性，看看是否会得出相同的结论。

三　从隐喻和转喻视角进行的解读

洛奇采用修辞分析的目的，是想通过叙事文本的表面结构来展示一个故事的语言中介如何决定其意义和效果的。在英美批评传统中，由于新批评细读技巧的影响，这一方法得到了充分的肯定和运用。洛奇 1966 年出版的第一本小说批评著作《小说的语言》便是基于这一想法写成的。不过，洛奇并没有回到 1966 年的批评立场，而是运用 20 世纪 70 年代接触到的雅各布森诗学中的隐喻和转喻理论。

根据雅各布森的观点，隐喻和转喻（或提喻）是对等的修辞格，但产生于不同的过程，隐喻是根据事物之间的相似性，而转喻则根据在部分与整体之间、原因与结果之间、事物与属性之间的连续性或关联性。雅各布森在其著名的文章《语言的两个方面和两种失语症紊乱》中，为这种批评提供了理论依据，也为语言的诗学功能“从选择轴到结合轴的对等原则的投射”提供了理论立场。洛奇指出：“雅各布森提供了一个理解现实主义小说如何设法做到了建立对等原则，而没有违背生活的幻觉的关键。”[①] 毫不夸张地说，洛奇所赞许和运用的这一方法是许多新批评家没有意识到的。

洛奇认为，现实主义小说主要是转喻的。通过因果关系，它连接时间和地点相邻的行动。但由于它不能无休止地描述，叙述的情节总是与故事有一种转喻（或提喻）的关系。叙事文本选择某些细节、压缩或删除其他内容。被选取的细节因此被前景化，它们在叙述文本中的相互作用在美学上有十分重要的意义。此外，这些细节可能具有隐含意义，尤其当使用修辞语言，转喻或隐喻等修辞格描述时，会建立起一个更加紧密的对等方式。根据雅各布森的理论，洛奇给出了四种文学文本进行的方式：

A. 转喻所指Ⅰ转喻性地引起所指Ⅱ。
B. 转喻所指Ⅰ隐喻性地引起所指Ⅱ。
C. 隐喻所指Ⅰ转喻性地引起所指Ⅱ。
D. 隐喻所指Ⅰ隐喻性地引起所指Ⅱ。[②]

洛奇认为，现实主义小说主要依靠A和B两个类型的象征意义。在这两个类型中，基本的所指是根据已经发生之事的空间或时间连续性转喻原则而被引进话语中的。因此，雅各布森的隐喻和转喻理论，对解读现实主义文本仍然起着至关重要的不可低估的作用。

---

① David Lodge, *Working with Structuralism: Essays and Reviews on Nineteenth and Twentieth Century Literature*, London: Routledge & Kegan Paul Ltd., 1981, p. 21.

② David Lodge, *Working with Structuralism: Essays and Reviews on Nineteenth and Twentieth Century Literature*, London: Routledge & Kegan Paul Ltd., 1981, p. 22.

众所周知，海明威的故事以移除修辞手法而著称，《雨中之猫》也不例外。开篇时，对故事地点的描述没有隐喻或转喻，明喻或提喻，也没有优雅的变词。然而，洛奇指出，看似平实的语言，却有丰富的内涵和意蕴。卡洛斯·贝克曾评论说，猫“代表妻子想要舒服的资产阶级生活”，它“与许多她想要的东西联系在一起”[①]。在洛奇看来，贝克的这种解释可以归属为上述转喻和隐喻运用的A类型，即“转喻所指Ⅰ转喻性地引起所指Ⅱ”，他把整个故事看成两组转喻之间的对立，一面由雨、无聊、一个全神贯注的丈夫和无理的需求的事实组成，另一面由银色、春天的乐趣、一个新的发型和新衣服的可能性组成。在卡洛斯·贝克的基础上，洛奇加深了文本转喻层面的分析和理解，他认为，“只有两个美国人站在旅店旁”这句暗示美国人与其他民族的相对性，文化上的隔离；“他们的房间面朝大海”，暗示文化面对自然；“天正在下雨”，暗示幸福感减弱，天气令人生厌。此外，洛奇还指出了很多例证来支持上述观点，诸如花园、大海、广场、房间、楼梯、门和窗户等空间场景都有某种特殊的意义，处于隐喻与转喻的“两极”之间。不难看出，洛奇从转喻和隐喻层面对现实主义小说《雨中之猫》的理解是精辟的。这正对应了洛奇所持现实主义小说主要是转喻的两个类型（即“转喻所指Ⅰ转喻性地引起所指Ⅱ，转喻所指Ⅰ隐喻性地引起所指Ⅱ”）之一的论点。

毋庸置疑，从上述各层面的分析中可以看出，洛奇此时的批评思想比前期更加开阔。他不再像20世纪60年代那样，奉新批评为唯一的批评方法，而是趋向于将多种不同的小说批评方法同

① Carlos Baker, *Hemingway: The Writer as Artist*, New Jersey: Princeton University Press, 1963, pp. 135 – 136.

时运用于批评实践。他融合了罗兰·巴特、热拉尔·热奈特等人的叙事理论和雅各布森的隐喻和转喻等理论，讨论现实主义小说文本。他发现，海明威的故事产生歧义的另一个原因，是因为他当时正在形成一种新的创作思想："如果你知道省略什么，你就可以进行省略。省略的部分会加强故事韵味，使读者感到比他们理解的意义要丰富。"① 洛奇认为，这充分表明了海明威将现实主义的转喻模式运用到了现代主义文本上。因为，转喻是一种非逻辑的删除策略。用海明威的话来说，就是"省略"。通过省略现实主义小说提供的动机，海明威的故事使人容易上当，生成了一种象征主义的多方面的相关性，使读者感到故事的意义比他们理解得要多。因此，洛奇认为："《雨中之猫》的意义不管是意味深长还是贫瘠，寻找单一的线索或提示都是错误的。在任何的假说上，妻子的行为都是可理解的，这是对故事不确定性的另一层面的肯定。"② 正是由于洛奇认清了这一点，才从不同角度进行解读，产生了意想不到的批评效果。此外，在叙事学理论下，他对自己所创作的短篇小说的分析别具一格。

第三节　创作实践的自省式分析

随着对结构主义叙事学的不断深入钻研和探讨，洛奇感到这一理论的吸引力越来越大。他不但试图通过叙事学理论解读文本，阐述了这一理论解读文本的有效性，更觉得热拉尔·热奈特等人的叙事理论对文学创作也有着重要作用。为此，他专门写了

① Carlos Baker, *Ernest Hemingway*, London: Harmondsworth, Middx, 1972, p. 165.

② David Lodge, *Working with Structuralism: Essays and Reviews on Nineteenth and Twentieth Century Literature*, London: Routledge & Kegan Paul Ltd., 1981, pp. 30 – 31.

短篇小说《猜猜发生了什么?》（*Guess What Happened*?，1981），并对这篇小说做了自省式的创作实践分析。在这一过程中，洛奇阐述了小说创作和叙事理论之间的种种关系，为很多批评家和小说家提供了重要启迪与思考。

一　一个“古老”的现代文本

对于叙事而言，形式主义者和某些结构主义者沿袭了亚里士多德对故事情节的看法。他们同样认为人物是情节的产物，其地位是“功能性”的。人物是为了帮助完成情节。根据俄国形式主义者鲍·托马舍夫斯基（B. Tomashevsky）的观点：“人物是各种动机的有生命的载体，介绍人物是把他们集中和联系起来而常用的一种方法……人物起一种导线的作用，它可以指引搜集动机的方向；人物还起一种辅助手段的作用，用来把具体的动机加以分类和排列顺序。”[①] 法国叙事学家们也在很大程度上继承了形式主义关于“人物是故事的手段而不是其目的”的立场。在这一思想下，洛奇写下了《猜猜发生了什么?》。

这个故事围绕艾德里安一家人去度假而展开。度假应该是愉快而轻松的，但对艾德里安一家人来说，几乎每次度假都会发生这样或那样的灾祸。有一次，当他们正要离开时，家里的窗户被人打碎了；另一次，他们出门不久，突然想起忘了关掉水龙头；还有一次，他们度假时托付邻居照看猫，出门后发现忘记把瓶起子留给邻居。没有瓶起子，邻居在开罐装猫食时会很麻烦。诸如此类的事情经常发生。这次出发后不久，妻子多乐西发现，他们

① ［苏］鲍·托马舍夫斯基:《主题》，参见［法］茨维坦·托多罗夫编选《俄苏形式主义文论选》，蔡鸿滨译，中国社会科学出版社 1989 年版，第 261 页。

没有“触木”[①]。妻子虽说并不迷信，但她非常好奇地问丈夫，出发前半小时他一直在房前屋后忙什么？丈夫并没有直接回话，而是玩起了一个猜谜游戏：出发前半小时，一个男人在房前开车出去，回来后，又急匆匆地在后院挖坑，发生了什么呢？当大家都因猜不出答案而感到厌倦后，这个话题就被抛置脑后了。在他们十分不顺利的回程旅行中，又重新提到了这个话题。丈夫揭开了谜底：他开车去给猫买猫粮，回来却发现由于他过于匆忙的举动而轧死了猫。于是，他在后院挖坑，把猫和猫粮一起埋了。丈夫很遗憾，他忘记把瓶起子一起埋进去了。

洛奇坦言，写作过程并非完全由意识支配，在他写完《猜猜发生了什么?》后，突然发现这个故事和俄狄浦斯王的故事十分相近。二者之间有着某种内在联系，洛奇深深地被这种相似性吸引。他从几个方面阐明了这一点。首先，在俄狄浦斯的故事中，俄狄浦斯为了避免杀父娶母的命运，逃离了科任托斯城，他并不知道这一行为却恰恰造成了严重的后果。在洛奇的故事中，艾德里安开车出去是为了给猫买食物，但这一行为却恰恰杀死了它。其次，俄狄浦斯的行为虽然是无意的，却给自己的家人带来了灾祸和不幸。很明显，在洛奇的故事中，艾德里安的行为后果也是如此。再次，在神话中，俄狄浦斯解开了一个谜，使斯芬克斯羞愧跳崖而死，但当他调查自己的身世时，答案却给自己定了罪。艾德里安也给家人提出了一个谜语，答案很简单，自己被声讨。最后，《猜猜发生了什么?》故事的结尾带有一种与俄狄浦斯王的故事相近的宗教色彩。一般来说，把死猫埋在地下只是为了卫生。不过，当艾德里安提到他后悔没有将瓶起子一起埋了时，已

① “触木”英文为“touch wood”。在西方，据说出门前手要触摸一下木头，表示希望走好运，驱邪避凶。

经超过了理性的范围，属于一种迷信了。从另一个角度看，猫是家庭的一员，杀死猫，也是一种杀子行为的影射。这让人不能不想到在俄狄浦斯的故事中，他的女儿安提戈涅埋葬哥哥的情景。无形之中，这似乎在强调掩埋仪式是十分关键的一个问题。

从上述四点的自省式分析便可发现，洛奇不但深深地被这两个故事的相似性吸引，其批评分析能力更是高人一筹。从他的论述中，我们知晓了一个“古老”的现代文本隐藏的意识来源：

> 我们必须承认，西方人文主义观念中自动的个人自我不是一般性的，永久被给予的，所有时间地点都有效，而是一种历史和文化的产物……我们也必须承认，个人自我不是一个固定的、稳定的实体，而是通过在意识与他物和世界的交互作用中持续地被创造和改进。①

洛奇经常修改、打磨故事，使他的创作意识更加敏锐。他不但将故事情节做了自省式的比较分析，还对创作过程进行了剖析。

二　创作过程分析

毋庸置疑，作家创作需要原初素材。在东英格兰大学的一个学术交流室中，洛奇听到了一个关于猫和度假的奇闻趣事。后来，他将这个故事写了下来，经过三次修改后，最终形成了不足千字的短篇小说《猜猜发生了什么?》。作为一位具有强烈自觉意识的小说批评家，洛奇认为以下几个方面是将素材转化为叙事文

① David Lodge, *Consciousness and the Novel: Connected Essays*, Massachusetts: Harvard University Press, 2002, p. 91.

本的关键。

首先，洛奇对原初故事的语境、动机和叙事文本的语境、动机加以区分。洛奇指出，原初故事由于有叙述者在场，其讲述的环境是现实生活，因此，故事给人以很大的说服力。不过，在写成叙事文本时，故事便丧失了原初意图和语境支持，因此“作者有义务补充可代替的方式支持文本的机体，这样做最明显的方式是给角色命名，丰富某种心理和行为的个体特征，并丰富基本的行动去引起故事的一些细节”[①]。这可以使读者感兴趣，充分发挥想象力，相信叙事的可靠性。也就是说，将叙述变成法国批评家称之为“逼真性”的东西。对于叙事文本的动机，洛奇采用了原初故事中一个内在的文学动机：“命运讽刺”，即“我们不是命运的主人”。丈夫艾德里安开车出去是为了给猫买猫粮，然而这一举动却恰恰杀死了猫。在意图和表现之间的讽刺，可以从妻子看到丈夫奇怪的行为得出。她先前看见丈夫在前院，又看到他在后院。这一行为涉及谜和讽刺，洛奇在叙事中进行了强烈的结合。此外，讽刺认识的延后增加了事件的效果，给读者以间接的乐趣。

其次，在时间安排上，洛奇也有所考虑。热奈特曾说：“叙事可以没有时间倒错，却不能没有非等时，或毋宁说没有节奏。”[②] 在《猜猜发生了什么?》中，故事是按照发生的先后顺序展开的，没有倒叙或插叙。不过，在叙事的速度上，并不是等距离的。如果把《猜猜发生了什么?》分为三个叙述单位（出发后、

① David Lodge, *Working with Structuralism: Essays and Reviews on Nineteenth and Twentieth Century Literature*, London: Routledge & Kegan Paul Ltd., 1981, p. 49.

② ［法］热拉尔·热奈特：《叙事话语》，见《叙事话语 新叙事话语》，王文融译，中国社会科学出版社1990年版，第54页。

旅游的过程和回来的路上），可以发现，以度假为目的的旅行本身被洛奇一笔带过：“直到三周后往家开车时，他才再次提起这个话题。”旅行中去了哪里，玩了什么，都没有描述。这种概述，正是热奈特所说的用几段或几页篇幅叙述好几天、好几个月、甚至好几年的生活的写作手法。这样的叙事使结构更加紧凑。

洛奇也有意对原初的奇闻进行了前后延伸。原初的奇闻趣事并没有提及以前度假的情况。为了使故事逼真，洛奇在创作的过程中将时间向前进行了延伸。这次出行是建立在几次有相似经历的假期出行基础上。每次出行前后灾祸的铺垫，影射了这次旅行同样不会顺利。在洛奇看来，如果借用雅各布森的隐喻和转喻理论，这属于一种转喻式写法，强调这次的出行与此前出行有相关性（邻近性），同样会有不幸发生。

再次，在人物的处理上，洛奇也进行了自省分析。在确定叙事文本的主人公时，洛奇将原来奇闻中偏向于妻子的视角变成了丈夫的视角。之后，洛奇采用了增加人物的手法。在原初的奇闻中，只有妻子和丈夫两个人。不过，在洛奇的写作过程中，增加了孩子们。这些角色的名字、心理、行为和个性等使叙事非常形象、逼真。由于他们的出现，不但使丈夫和妻子的对立得以确立，而且使丈夫和家庭的对立也因此成立。在回来的路上，当丈夫艾德里安告诉家人出门前发生了什么后，妻子和孩子的谴责声不断，这使丈夫在道德上更加孤立，增加了讽刺和他内疚的情绪。

最后，在处理结尾的过程中，洛奇意识到他采用了双结尾的手法。原初的奇闻只是解决了谜的问题，即，丈夫告诉妻子，出行前他之所以房前屋后地忙，是因为为了给猫买食物，开车出去，回来后却发现猫刚才被他轧死了。出现在后院，则是因为他在埋猫。如果这样结尾，洛奇认为太过平庸。为了增加叙事文本的可读性，洛奇在如此短的小说中运用了悬念——巴特意义上的一种扭曲的叙事形式。故事结尾处，洛奇增加了叙述的长度。当妻子问丈夫猫食怎么处理了时，丈夫艾德里安告知她不但将猫埋了，还将猫食也和猫埋在了一起。这还不算，在故事的结尾增加了丈夫的话语："也许，我应该在坑里扔一个瓶起子。"这个结尾延续了古老的叙事传统。

毋庸置疑，上述自省式分析是深刻而透彻的。洛奇认为，正如运用语言本身一样，叙事文本的写作是非常复杂和多面的过程。不可能所有的选择和决定都是有意识的。"不是人在说语言，而是语言表达人，不是作家写叙事，而是叙事在写作家。"[①] 这种有关灵感的阐述在诸多作家那里都得到过认可。此外，洛奇指出，这种训练证实了罗曼·雅各布森关于文学性的断言——从选择轴到结合轴的对等原则，它使一个文本成为文本。也就是说，文学话语的特征是对称、平行、任何种类和任何水平的重复。在《猜猜发生了什么?》中，我们可以看到，故事中前院与后院、挖坑与开车、离开家与返回家、在车的前座和后座之间、猫的生与死等都是相对的，而与俄狄浦斯故事的对比分析，则是平行的。对于重复，最重要的有两处。一处是瓶起子被重复了多次，这表明叙事文学的一个特征，节俭的原则——一个语义单元表现出不止一个功能。另一处是不止一次谈到了猫。经过最后一稿的修改，洛奇把猫变成了黑色，猫的名字也由原来的摩根斯变成了更加人性化的、犹如家庭成员的奥莉。这加强了在猫死后孩子们的反应动机。

---

① David Lodge, *Working with Structuralism: Essays and Reviews on Nineteenth and Twentieth Century Literature*, London: Routledge & Kegan Paul Ltd., 1981, p. 55.

由于《猜猜发生了什么?》和俄狄浦斯的故事都涉及生与死，并暗示我们不是命运的主人，洛奇在叙事时有这样的感触：

> 如果我的故事无意识地暗指多个世纪前，从一个高度科技文明、经验主义和唯物主义（转喻上由汽车、灌装食物、塑料仪表板，隐形眼镜等代表）到其文明仍主要是宗教的和世界观是魔法的，根据仪式和禁忌来规定生活，那么它也是更老的、更原始的意识的闯入。[①]

故事的开头和结尾有一种宗教的色彩，使妻子和丈夫的最终对话在理智和迷信间犹豫。洛奇指出：“20 世纪世俗化的世界，它是关于‘被抑制人的回归’，它似乎在要一种魔力的而不是理性的回答。这个小说在本质上是一个对现实两种交替观点的游戏，理性的和宗教的（在我们的文化总称之为迷信）。”[②] 从上述写作过程的自省性剖析，可以了解洛奇将奇闻趣事转化为叙事文本的全过程。他“结合了作者的内省和形式主义分析，希望这一叙事文本双焦点的观察可以对一般意义上的叙事规则，尤其是文学叙事有更好的理解”。[③] 洛奇结合叙事理论的分析，既展示了小说创作与叙事理论之间的微妙关系，又表明了他对结构主义叙事学的深刻理解。

不难发现，从故事的语境、动机考虑，到叙事时间的延伸

---

① David Lodge, *Working with Structuralism*: *Essays and Reviews on Nineteenth and Twentieth Century Literature*, London: Routledge & Kegan Paul Ltd., 1981, p. 54.

② David Lodge, *Working with Structuralism*: *Essays and Reviews on Nineteenth and Twentieth Century Literature*, London: Routledge & Kegan Paul Ltd., 1981, p. 54.

③ David Lodge, *Working with Structuralism*: *Essays and Reviews on Nineteenth and Twentieth Century Literature*, London: Routledge & Kegan Paul Ltd., 1981, p. 48.

处理，再到人物行为和结尾的处理上，洛奇对小说形成过程进行了细致的论述，体现出一位出色小说批评家的自省性意识。正是由于这种自省性意识，才使洛奇在小说创作上才华出众，在批评领域建树非凡。法国著名文学评论家和作家阿尔贝·蒂博代（Albert Thibaudet）曾经将文学批评分为四种，其中一种就是“大师的批评”。所谓“大师”，指的是那些已经获得公认的大作家（诗人、小说家、剧作家等）。“他们完成作品不是要符合观念，而是要他们的观念证明其作品，这种证明自然就具有一种雄辩的、热情的色彩。”[①] 可以说，通过《猜猜发生了什么?》一文的自省式分析，我们不但可以看到洛奇对结构主义叙事学理论的理解，也可以看出洛奇试图证明叙事学理论可行性的方法与技巧。

洛奇作为批评家的过人之处在于，他不但与很多理论家和批评家相似，在初次接触叙事学理论时，运用其去分析文本，更重要的是，他还运用叙事学的理论进行小说创作。美国文学批评理论家文森特·里奇（Vincent B. Leitch）曾说：“叙事学有意识地不把自己局限在小说的历史、叙事意义的挖掘或者经典故事的美学价值的研究范围内。从根本上讲，叙事学的任务是分析所有叙事的特征和功能。”[②] 洛奇的创作说明，文学创作未必需要理论，但有了理论支撑，无疑可以拓展视野和延伸创作技巧。从另一角度看，只有意识到理论的局限性，不受其束缚，才能创作出优秀的作品。

综上所述，在运用结构主义诗学的过程中，洛奇的贡献是突

---

① ［法］阿贝尔·蒂博代：《批评生理学》，赵坚译，商务印书馆2015年版，第19页。

② ［美］文森特·里奇：《20世纪30年代至80年代的美国文学批评》，王顺珠译，北京大学出版社2013年版，第241页。

出的。他通过例证分析，从不同层面展示了阐释同一文本的过程。在这一过程中，他表现出对结构主义的充分认可。从下面这段富有深刻意蕴的话中，可以明显体会到洛奇批评思想上跨越式的进步：“如何运用结构主义，不仅是当它似乎有用时去运用它，而且从运用的意义上，认识到结构主义的存在事实上是知识生活，却又不完全受其主宰。”① 确如洛奇所言，旧有的理论不论从精确度还是成效上看，都比不上结构主义方法。可以说，在运用结构主义诗学的过程中，洛奇的批评思想得到了充分的发挥和展示。诚如著名文论家罗伯特·休斯所言：

> 我们必须正视下列事实，即结构主义的方法论并不是文学研究的专有财产——远非如此——它的根源要追溯到社会科学（语言学和人类学），它在文学中的运用要取决于文学语言与整个语言之间的关系。结构主义的长处和局限性都与其语言学根底有关。②

正因为洛奇已经意识到了这一点，他没有盲目跟风，而是从更广的层面进行探讨，最终实现了与结构主义“并行”，而非仅仅是运用结构主义的一些原理或理论，囿于其中。洛奇这种开放性批评思想，无疑为其在20世纪80年代接受巴赫金诗学做好了铺垫。

---

① David Lodge, *Working with Structuralism*: *Essays and Reviews on Nineteenth and Twentieth Century Literature*, London: Routledge & Kegan Paul Ltd., 1981, p. viii.

② ［美］罗伯特·休斯：《文学结构主义》，刘豫译，生活·读书·新知三联书店1988年版，第19页。

第四章
接受巴赫金诗学的小说批评

米哈伊尔·巴赫金对20世纪文学理论与批评做出了最富有创建性的贡献。他所提出的复调小说理论及与此相关的对话理论、狂欢化诗学，为文学研究开辟了新的天地，转变了人们旧有的思维方式，对文学理论与批评的发展起到了重大的推动作用，具有世界性的广泛影响。因此，他有着“20世纪上半叶最卓越的理论家之一”[①] 的美誉。

与其他国家相比，英国较晚才接受巴赫金诗学的影响。很多英国的文学理论家、批评家在接受这一诗学思想时，既沉稳，又有几分保守。当洛奇开始关注巴赫金时，正是以这样的姿态出现的。然而，他却没能抵挡住巴赫金诗学的魅力，当他初次读到《陀思妥耶夫斯基诗学问题》（*Problems of Dostoyevsky's Poetics*，1963）时，仿佛有一种“豁然开朗”[②] 的感觉。洛奇中肯地评价道：“如

---

① ［美］雷纳·韦勒克：《近代文学批评史》第七卷，杨自伍译，上海译文出版社2009年版，第654页。

② David Lodge, *The Modes of Modern Writing: Metaphor, Metonymy, and the Typology of Modern Literature*, London: Bloomsbury, 2015, p. 317.

果我们正在寻找一种小说理论可以超越人文主义者和后结构主义者的对立观点，为小说提供一种可以应用到整个历史的思想性的理由，最有可能的就是巴赫金的著作了。”[①]

第一节　巴赫金诗学的到来

20世纪80年代前后，巴赫金的著作随着译介进入学术圈的研究阵地，包括洛奇在内的各国学者相继研究巴赫金的诗学思想，窥探其独特的魅力和价值。1980年，著名学者雷纳·韦勒克在意大利贝加莫举行的国际陀思妥耶夫斯基协会会议上，发表了题为“巴赫金提出的复调现象和狂欢节风格”的演讲[②]，影响广泛。之所以巴赫金诗学能受到学界的广泛欢迎，在洛奇看来，与当时的学术背景，尤其是小说与批评之间的关系有着密不可分的联系。

一　接受巴赫金诗学的背景

时代在不断前行，小说与批评之间的关系也在发生着微妙的变化。进入20世纪80年代后，有着近30年批评与创作实践的洛奇发现，与此前相比，此时小说与批评理论之间的关系充满了诸多前所未有的矛盾和问题。

---

① David Lodge, *After Bakhtin: Essays on Fiction and Criticism*, London: Routledge, 1990, p. 21.

② 在这篇演讲稿中，韦勒克有意忽略了巴赫金的“元语言学”现象，尝试驳斥巴赫金所论述的陀思妥耶夫斯基作品中的复调现象，或狂欢化风格。但在后来的推究中，韦勒克虽然仍对巴赫金的一些观点不能信服，却认为“应该承认巴赫金是一位非常重要的研究小说历史的史学家，他发表了许多敏锐的有识之见，特别是看待小说中的时间和空间问题”，并给出“巴赫金已经理所当然成为20世纪上半叶最卓越的理论家之一”的评价。参见［美］雷纳·韦勒克《近代文学批评史》第七卷，杨自伍译，上海译文出版社2009年版，第627—628、653—654页。

自18世纪小说诞生以来，小说家写小说，批评家写评论，批评被看作一种再生话语，是再正常不过的事情了。即使是在20世纪上半叶，理论的功能由于新批评对诗歌的解读而变得复杂化，也是可以理解的。多年重视文化、社会、传记等文学的外部研究，必然会遭到质疑与批判，使人们转向以文学文本为中心的内部研究。此外，批评活动可以维持经典也是一个不争的事实。约翰·米德尔顿·默里于1920年在《批评的功能》（“The Function of Criticism”）一文中说：“批评的真正功能是在过去的伟大艺术家中建立一种确定的等级，同时也检测现今的作品，通过这两种活动的结合，它维护所有艺术是有机的整体。”① 对于作品的等级，洛奇十分生动地比喻道：“储藏小说的房子有许多层，它像一个金字形神塔，或金字塔。底层为当代作品留有很多空间，但很多作品很快从后门被扔进垃圾桶，而没能被移动到楼上为‘严肃’作品预留空间的楼层。”② 什么样的作品可以成为经典而被移动到顶层呢？这无疑需要批评家的鉴赏和判断。他们通过描述、解释和评价等，将金字塔的顶层放上最值得保存的作品。“你越是往金字形神塔的顶层走，选择和排除的过程被学术批评家而不是书评家、文学记者和作者本人所控制的现象越明显。”③ 经典由此形成。

当然，洛奇指出，过去这种一成不变的关系也存在弊端。一方面，它使小说家处于绝对的优势地位。没有他们，批评家似乎

---

① J. Middleton Murry, “The Function of Criticism”, in J. Middleton Murry, *Aspects of Literature*, London: the Travellers’ Library, 1934, pp. 26 –27.

② David Lodge, *After Bakhtin: Essays on Fiction and Criticism*, London: Routledge, 1990, p. 11.

③ David Lodge, *After Bakhtin: Essays on Fiction and Criticism*, London: Routledge, 1990, p. 11.

毫无用武之地。另一方面，因为“筛选、评价和解释经典或潜在经典文本的过程服务于学术机构的目的”[①]，从而造成了批评家以自我为中心的状态。此外，洛奇发现，过去的批评家有时不如书评家对新小说那样宽容，甚至有些人认为做一个研究重要小说家的批评家比做一个微不足道的小说家要好得多。这些弊端虽然存在，在总体上并没有影响人们对小说家和批评家地位的看法和他们之间的基本关系。然而，随着结构主义及后结构主义时代的来临，批评界已不再像以往那样平静。

经历过结构主义思潮的洛奇深有体会，源自索绪尔语言学的结构主义对20世纪60年代的文学批评有很大的冲击。结构主义强调系统，而不强调个人如何实现了系统。当这种思维方式被应用于文学领域时，导致了诸多前所未有的变化。

在结构主义的影响下，研究者已经将注意力从独一无二的文本研究转向了共性的方面：编码、习俗、规则。他们不再重视作者的创造性能力，而强调读者解读意义的重要性。罗兰·巴特曾说：

> 文学，既然同时由对一种意义的执着奉献与对该意义的一味躲闪所构成，实在只不过是一种语言，亦即一种符号系统：它存在于系统内而不是在讯息中。如此，让批评家来，不是要重建作品的讯息，而是要重构它的体系。恰如语言学家，其本分不在于解释一个句子的意思，而在确定使该意思的传达成为可能的那种形式结构。[②]

---

① David Lodge, *After Bakhtin: Essays on Fiction and Criticism*, London: Routledge, 1990, p. 12.

② ［法］罗兰·巴特：《作为语言的批评》，罗务恒译，参见胡经之、张首映主编《西方二十世纪文论选》，中国社会科学出版社1989年版，第452页。

在结构主义者那里，批评成了一种重要的心智活动。结构主义还颠覆了经典的优先地位，因为符号学可以用于指涉任何不知名的民间故事或神话，或惊悚故事、广告和时装等这种流行文化的产物。它也颠覆了现实主义的概念，揭示它是一种试图伪装或否认自己传统的艺术。诸如此类的一系列现象，都可以说是在结构主义的影响下而产生的。虽然结构主义是“一种相当保守的方法，试图去解释而不是改变世界”[①]，但经历过这一思潮的洛奇却明白，批评不可能再回到过去的状态。当结构主义进入第二个阶段，即“后结构主义”时，文学批评变得更加深奥、学术化，与对作品的批评越来越疏远了。

步入后结构主义阶段之前，在结构主义影响下的批评与新作品的创作与接受之间曾有过某种互动，但这一情形并没有持续多久。当学究式的、深奥的、内敛的后结构主义走向历史舞台时，想象性文学与之关系不大了。洛奇指出，与结构主义不同的是，“后结构主义理论倾向于废除在创造性和批评性话语间概念的界限，而在传统人文主义的典范中这曾是基本的设想”[②]。后结构主义阶段的代表人物拉康、德里达、路易斯·阿尔都塞（Louis Althusser）、福柯的理论虽然对学术性文学研究产生了很大的影响，但他们本质而言并不是文学批评家，也无意于鼓励处于学术外界的作者。

这一思潮不但使文本的意义不再有确定性，文学批评似乎也无路可走。洛奇看到了在读者与批评家之间的一种割裂的现象：30年或40年前，读者可以在书摊上随便拿起一本学术杂志饶有

① David Lodge, *After Bakhtin: Essays on Fiction and Criticism*, London: Routledge, 1990, p. 13.

② David Lodge, *After Bakhtin: Essays on Fiction and Criticism*, London: Routledge, 1990, p. 13.

兴趣地阅读，绝不会感到枯燥或乏味；而在后结构主义思潮下，这种趣味性不但被破坏，读者还会对充斥着各种新术语的文章感到困惑、迷茫，不明白文学批评的主旨了。

在这种情况下，作家们的确可以与学术界不相往来，忽视那些晦涩的讨论；学者们也可以认为他们的批评理论是理所当然的，只需要一小部分人的接受和认可即可。然而，对于像洛奇这种涉足批评与创作实践两个领域的人来说，如何处理二者之间的关系，将这种不协调性降至最低成了一个十分棘手的问题。洛奇深感创作与学术研究的分离是一种不健康的学术状态。然而，如何摆脱这种不良状态，如何让小说批评理论与文学创作再次紧密地结合在一起，一直是一个难题。加上罗兰·巴特持有“作者之死”的态度，保尔·德·曼（Paul de Man）在《批评与危机》（“Criticism and Crisis”，1967）中则指出：“当现代批评家认为他们正在阐明文学时，事实上他们正在被文学所阐明；但由于这必然以危机的形式出现，他们对于自身内部发生了什么是盲目的”，[①] 如何在这两种观点间做出评判，找到更有效的方法彻底改变这种对峙局面，使这一问题更加复杂化。

洛奇此时发现，如何解决这些问题已然超出了结构主义与后结构主义的能力范畴，二者对传统文学研究的影响可以比作“地震后紧接着的海啸”[②]，它们都破坏了作者是一个实在的、历史的存在的观念，也破坏了文本唯一的真正原初意图是交流的观念，而这些恰恰是文学研究的中心所在。结构主义和后结构主义给学界带来前所未有的动荡不安的局面，但并未使从事多年文学批评

① Paul de Man，“Criticism and Crisis”，in Paul de Man，*Blindness and Insight*：*Essays in the Rhetoric of Contemporary Criticism*，Minneapolis：University of Minnesota Press，1971，p. 18.

② David Lodge，*After Bakhtin*：*Essays on Fiction and Criticism*，London：Routledge，1990，p. 88.

的洛奇失去信心。他相信，“当代的理论一定有用武之地，对（爱伦·坡）称之为创作哲学的东西有话要说”[①]。在笃信中，一种新的理论在期盼中悄然而至。

巴赫金诗学理论最早提出于20世纪20年代，当时曾产生过一定的影响。但自20世纪20年代后期，由于苏联政局的压力、战争纷乱以及由此引起的复杂交错的人际关系等因素，巴赫金诗学曾一度被埋没，销声匿迹了几十年。幸运的是，20世纪60年代前后，当苏联意识形态领域的高度控制已随历史浪潮奔流而去，巴赫金终于再次回到莫斯科。巴赫金诗学理论也由于他再次回到主流社会和阔别已久的文化圈，受到了前所未有的重视。虽然巴赫金当时已经风烛残年，但在几位青年学生的感召下，开始修改撰写20世纪20年代成稿的《陀思妥耶夫斯基艺术问题》（*Problems of Dostoyevsky's Art*，1929）等著作，直到1975年去世，他都在勤奋地工作着，给学术界留下了珍贵的精神遗产和宝贵的学术财富。

当巴赫金的种种诗学理论出现在洛奇面前时，给他带来了极大的惊喜。洛奇接受巴赫金的思想，主要源自以下几本著作：《陀思妥耶夫斯基诗学问题》、《马克思主义与语言哲学》[②]（*Marxism and*

---

① David Lodge, *After Bakhtin*: *Essays on Fiction and Criticism*, London: Routledge, 1990, p. 14.

② 洛奇写作《巴赫金之后》时，仍然沿用了《马克思主义与语言哲学——语言科学中的社会学方法基本问题》一书的作者是沃洛西诺夫（V. N. Voloshinov）的说法。对于该书著作权的问题，在历史上曾有过不小的争议，但近年学界基本达成一致，认为这本书虽署名为沃洛西诺夫，实则出自巴赫金之手。对此问题最典型的争议来自以下观点。韦勒克宣称他并看不出这本书与巴赫金的诗学思想有什么紧密联系性，不认可这是巴赫金的著作。克拉克（Katerina Clark）和霍尔奎斯特（Michael Holquist）两位巴赫金的早期传记家虽曾有疑虑，但却一致认为《马克思主义与语言哲学》、《文学研究中的形式方法》（*The Formal Method in Literary Scholarship*，1928）等著作都是出自巴赫金之手，他为朋友们而写的，并赋予了著作权。巴赫金留下了很多的不解之谜并非有意为之。他在世时有人曾问起一些敏感话题，他要么缄默不答，或者陷入深深的沉思之中。可以推想，历史给巴赫金的心灵造成了莫大的创伤。参见［美］雷纳·韦勒克《近代文学批评史》第七卷，杨自伍译，上海译文出版社2009年版，第622—654页。

Philosophy of Language, 1929)、《拉伯雷和他的世界》(*Rabelais and His World*, 1965) 以及《对话的想象》(*The Dialogic Imagination*, 1975) 中的四篇文章。虽说这些著作难以涵盖巴赫金所有的诗学思想，但却是十分重要的代表作品，对洛奇的影响颇大。

二　对话理论的三个范畴

在巴赫金诗学的突出贡献中，洛奇十分看重其复调小说理论以及与此紧密相关的对话理论。事实证明，这些小说诗学理论对文学批评的发展有着巨大的推动作用，展示着自身极大的丰富性和旺盛的生命力，为洛奇批评实践的开展奠定了理论基础。

"复调小说"的概念来自"复调音乐"这一音乐领域术语。复调音乐是一种多声部音乐，它具有如下特点：若干旋律同时进行并分工明确，进而组成相互关联的有机整体。在横向上，各个声部在节奏、重音、力度、起讫和旋律线的起伏等方面各有其独立性；在纵向上，它们又彼此形成统一的和声乐曲。

根据巴赫金的观点，复调小说的首创人是19世纪俄国著名作家费奥多尔·米哈伊洛维奇·陀思妥耶夫斯基（Fyodor Mikhailovich Dostoevsky）。巴赫金说："有着众多的各自独立而不相融合的声音和意识，由具有充分价值的不同声音组成真正的复调——这确实是陀思妥耶夫斯基长篇小说的基本特点。"[①] 他同时对复调进行了解释：复调的实质在于不同的声音保持各自的独立，作为独立的声音结合在一个统一体中。复调结构中是几个人的意志结合

① ［苏］巴赫金：《陀思妥耶夫斯基诗学问题》，见《巴赫金全集》第五卷，白春仁等译，河北教育出版社2009年版，第4页。

起来，从原则上超出了某一个意志的范围。复调结构的艺术意志，在于把众多意志结合起来，在于形成事件。[①] 虽然在巴赫金之前已有研究者注意到了陀思妥耶夫斯基小说与众不同的特点，或曾论及陀思妥耶夫斯基小说的“多声部性”，明确地提出了复调问题，但并未指明陀思妥耶夫斯基是复调小说真正的首创者，更未揭示复调是陀思妥耶夫斯基小说中最重要的特征之一。可以说，巴赫金继承了前人的诗学思想，而又超越了他们。在《陀思妥耶夫斯基诗学问题》中，在巴赫金详尽的梳理和阐述下，复调小说首次系统而全面地展现了出来。

在巴赫金看来，“复调小说整个渗透着对话性”[②]，因为“语言的整个生命，不论是在哪一个运用领域里（日常生活、公事交往、科学、文艺等等），无不渗透着对话关系。……这种对话关系存在于话语领域之中，因为话语就其本质来说便具有对话的性质”。[③] 小说家是用一个非常丰富的调色板在创作，超越了史诗、散文、悲剧等“独白化”的单一的文体形式。

洛奇根据巴赫金将小说话语类型概括为以下三个主要范畴的基础上，进行了阐释。

第一，直接陈述自己对象的话语。洛奇指出，这意味着作者被编码在文本中，在一个“客体”之中，是可靠的、叙述的声音，表现说话人最终的意向。它相当于柏拉图所说的叙事。

第二，所写人物的话语。在洛奇看来，这并不是巴赫金意义

---

① ［苏］巴赫金：《陀思妥耶夫斯基诗学问题》，见《巴赫金全集》第五卷，白春仁等译，河北教育出版社 2009 年版，第 27 页。

② ［苏］巴赫金：《陀思妥耶夫斯基诗学问题》，见《巴赫金全集》第五卷，白春仁等译，河北教育出版社 2009 年版，第 54 页。

③ ［苏］巴赫金：《陀思妥耶夫斯基诗学问题》，见《巴赫金全集》第五卷，白春仁等译，河北教育出版社 2009 年版，第 238 页。

上的“对话”，它可以由直接引语所代表，或者用独白传统或内心独白，或者以自由间接引语方式用那些属于角色而不属于叙述者的被记录的语言元素代表。

第三，双向的或双声的话语。洛奇强调，这一范畴是巴赫金最原创的，对文体分析最有价值的贡献。它包括所有的话语，不仅指涉现实世界中的某物，也指涉另一个说话者的另一种言语行为。[①]

同许多批评家一样，洛奇看到，在三个话语范畴中，前两个历来是无数作家所使用的写作手法，直到陀思妥耶夫斯基出现后这一情形才得以改变，巴赫金著作中提及的双向话语或双声话语才在小说中有所体现。为了更好地说明陀思妥耶夫斯基作品中的双声话语，巴赫金将第三个小说话语范畴分成以下几个主要子范畴：一是仿格体（stylization），即模仿某种文体风格或话语，“使别人指物述事的意旨（即表现事物的艺术意图）服务于自己的目的，亦即服务于自己新的意图”。[②] 它隐含传达某种信息或达到与模仿对象相同的目的。二是讽拟体（parody），它与仿格体有相似之处，都借他人话语说话；其区别在于“作者要赋予这个他人语言一种意向，并且同那人原来的意向完全相反。隐匿在他人语言中的第二个声音，在里面同原来的主人相抵牾，发生了冲突，并且迫使他人语言服务于完全相反的目的。语言成了两种声音争斗的舞台”。[③] 从某种意义上说，它

① 参见 David Lodge, *After Bakhtin*: *Essays on Fiction and Criticism*, London: Routledge, 1990, pp. 34 – 35, p. 59。

② ［苏］巴赫金：《陀思妥耶夫斯基诗学问题》，见《巴赫金全集》第五卷，白春仁等译，河北教育出版社 2009 年版，第 247 页。

③ ［苏］巴赫金：《陀思妥耶夫斯基诗学问题》，见《巴赫金全集》第五卷，白春仁等译，河北教育出版社 2009 年版，第 253 页。

模仿某种文体风格的目的跟它所模仿的对象的目的相反或不一致。三是有叙述人的叙述体，“就是说作品结构中没有作者的话语，由叙述人代替作者”[1]。这里，可以采用文学话语的形式，或采用口头言语的形式，即严格意义上的故事体（skaz）。故事体的目标首先是利用他人的言语，由此导致的结果，是采用口头的言语。四是暗辩体（hidden polemic），这不是普通的人物之间的对话，是暗指一种缺失的言语行为的话语，或者可以说只有一个人的隐蔽的辩论，即“在主人公的自我意识中，渗入了他人对他的认识；在主人公的自我表述中，嵌入了他人议论他的话”[2]。也就是说，说话者不仅指现实世界的物体，而且同时也对关于同一话题的某些其他真实或期待的假设的陈述做出回答、辩驳或让步。在陀思妥耶夫斯基的小说中，这种例子最为典型。

那么，巴赫金的这一理论，可否移用到英国文学作品中来呢？在洛奇积极的尝试和大胆的批评实践中，我们看到了这种可行性。

第二节　运用巴赫金诗学

在运用巴赫金诗学时，洛奇已经不再像当年接触新批评时那样不遗余力地捍卫所应用的理论。缜密的思维和批评经验使他对这一文学浪潮保持一种冷静。他精心挑选了两个不同的对象，从

① ［苏］巴赫金：《陀思妥耶夫斯基诗学问题》，见《巴赫金全集》第五卷，白春仁等译，河北教育出版社 2009 年版，第 248 页。

② ［苏］巴赫金：《陀思妥耶夫斯基诗学问题》，见《巴赫金全集》第五卷，白春仁等译，河北教育出版社 2009 年版，第 274 页。

完全相反的方向试图验证一件事情——巴赫金对话理论的有效性。其中一位是著名现代主义小说家詹姆斯·乔伊斯，另一位是与乔伊斯有着完全不同写作风格的 D. H. 劳伦斯。虽说詹姆斯·乔伊斯与 D. H. 劳伦斯算是侪辈，但却有很大的不同之处。最明显的区别是前者使用的叙事手法多样繁杂，后者叙事则相对均质。巴赫金对话理论是否能够经得住这一正一反的考验，说明自身丰富的解释力和强大的生命力，是洛奇运用巴赫金诗学的初衷所在。

一 詹姆斯·乔伊斯小说的对话性

1922 年出版的《尤利西斯》是詹姆斯·乔伊斯的长篇小说代表作。该作品以其复杂的结构、奇特的用语和独创性的“意识流”，在世界文坛上的影响经久不衰。目前对这部小说的研究是多层次的，也是多角度的，但从“现代主义”文本这一角度进行的研究则是普遍性的。正如戴维·艾尔斯（David Ayers）所看到的那样：“《尤利西斯》成了现代主义一个如此象征性的标志，以至于除了一个典范的、高高在上的现代主义文本，很难把它读成其他东西。”① 不过，洛奇借用巴赫金诗学理论，走向再认识詹姆斯·乔伊斯的旅程。

如前所述，洛奇十分看重巴赫金的对话理论，他从三个方面对《尤利西斯》进行了分析。首先，洛奇分析了作品中直接陈述自己对象的话语。

乔伊斯曾说：“艺术家就像创造万物的上帝一样留在他的作品之中、之后、之前、之上。他是无形的，仿佛并不存在于作品

① David Ayers, *Modernism: A Short Introduction*, MA: Blackwell Publishing, 2004, p. 66.

之中，而是满不在乎地在一旁修指甲。”[①] 他完全放弃了“无所不知、无所不能”传统上作家的优越地位，通过内心独白和词语联想，展示人物的所见、所闻、所感，并不加以评论。在乔伊斯的作品《尤利西斯》中，大多数的叙述或是被角色的意识、或是被贯穿了的双声话语聚焦的，文体上是多样的。然而，洛奇发现，这部作品中仍然摆脱不掉极少量的作者直接陈述自己对象的话语。比如，《尤利西斯》的开篇这样写道：

> 神气十足、体态壮实的勃克·穆利根从楼梯口出现。他手里托着一钵冒泡的肥皂水，上面交叉放了一面镜子和一把剃胡刀。他没系腰带，淡黄色浴衣被习习晨风吹得稍微向后蓬着。[②]

洛奇指出，这是纯叙述的平面，“因为这句话描述的是穆利根出现在马铁洛塔房间顶层，而不是在楼下的史蒂芬·迪达勒看见他的那样，也不是穆利根自己反观自己，而是被一个客观的叙事者看见了”。[③] 如洛奇所言，从《尤利西斯》的开头可以看出，作者乔伊斯的确继承了传统小说叙事技巧，虽然在整部作品中这一技巧并不凸显，但绝对不等于他抛弃了传统的写作手法。

其次，洛奇分析了《尤利西斯》中所写人物的话语。

与上述范畴相比，这一范畴在《尤利西斯》中更为常见。不

① James Joyce, *A Portrait of the Artist as a Young Man*, New York: Viking Press, 1964, p. 215.

② ［爱尔兰］詹姆斯·乔伊斯：《尤利西斯》上卷，萧乾等译，译林出版社 1994 年版，第 35 页。

③ David Lodge, *After Bakhtin*: *Essays on Fiction and Criticism*, London: Routledge, 1990, p. 34.

过，洛奇指出，与很多作家不同的是，乔伊斯更喜欢用破折号来取代引号表达角色的引用话语，其中包括内心独白的段落，用柏拉图的术语说就是模仿。当然，这里的模仿与传统意义上的模仿有所区别，它代表的是思想而不是说出来的话语。在《尤利西斯》的最后一章中，莫莉·布鲁姆想入非非，作者用自由间接引语的形式展现了出来，被洛奇引用支持这一观点：

> 恩，因为他从来也没那么做过　让把带两个鸡蛋的早餐送到他床头去吃　自打在市徽饭店就没这么过　那阵子他常在床上装病　嗓音病病囔囔　摆出一副亲王派头　好赢得那个干瘪老太婆赖尔登的欢心　他自以为老太婆会听他摆布呢　可她一个铜板也没给咱留下　全都献给了弥撒　为她自己和她的灵魂……①

由两万多字组成的最后一章中，找不到一处标点。这实在是对读者的理解和分句能力提出了一个不小的挑战。不仅如此，洛奇指出这种挑战还来自叙事的丰富性：内心独白、自由间接引语、模仿、叙事等一系列的手法会一下子全部涌现在读者的眼前。为了更加详尽地通过细读来展示这些叙事手法，洛奇以一段可以集中体现这些技巧的段落为例，试说明这一点：

> 一副腰子在柳叶花纹的盘子上渗出黏糊糊的血：这是最后的一副了。他朝柜台走去，排在邻居的女仆后面。她念着手里那片纸上的项目。也买腰子吗？她的手都皴了。是洗东

① ［爱尔兰］詹姆斯·乔伊斯：《尤利西斯》下卷，萧乾等译，译林出版社 1994 年版，第 1162 页。

西时使碱使的吧。要一磅半丹尼腊肠。他的视线落在她那结实的臀部上。她的主人姓伍兹。也不晓得他都干了些什么名堂。他老婆已经上岁数了。这是青春的血液。可不许人跟在后面。她有着一双结实的胳膊，嘭嘭地拍打搭在晾衣绳上的地毯。哎呀，她拍得可真猛，随着拍打，她那歪歪拧拧的裙子就摇来摆去。①

这一段用了各种各样的言语，被洛奇归类为以下几种："一副腰子在柳叶花纹的盘子上渗出黏糊糊的血"是通过布鲁姆而聚焦的叙述。"这是最后的一副了"是内心独白。"他朝柜台走去，排在邻居的女仆后面"是通过布鲁姆而聚焦的叙述。"她念着手里那片纸上的项目。也买腰子吗?"是自由间接引语。"她的手都皴了。是洗东西时使碱使的吧"是内心独白。"要一磅半丹尼腊肠"是自由直接引语。也就是说，女孩儿的话被引用，但没有从布鲁姆的角度被标记出来，或在印刷上用符号表示。"他的视线落在她那结实的臀部上"是通过布鲁姆而聚焦叙述。"她的主人姓伍兹"到本段的末尾都是内心独白。不难看出，洛奇的分析展示出这一段叙事手法的丰富性。

最后，洛奇论述了《尤利西斯》中双向的或双声的话语。

关于这一范畴，洛奇引用了《尤利西斯》的稍后几章作为例证。这位批评家发现，作品中叙述者的话语，不论先前多么稳固、连续、可靠，统统都消失了，取代这一位置的恰恰是巴赫金所谓的双声话语。洛奇列举了下面一段文字进行说明：

① ［爱尔兰］詹姆斯·乔伊斯：《尤利西斯》上卷，萧乾等译，译林出版社 1994 年版，第 130 页。

格蒂穿戴朴素，却又具有一个时髦少女出于本能对社交界流行习尚的敏感。因为她感到，他有可能出门来了。整洁的电光蓝色宽胸罩衫是她亲手染的（因为据《夫人画报》，这是即将时新的颜色），V字形的领口潇潇洒洒地开到胸部和手帕兜那儿（手帕会使兜儿变形，所以她一向总在里面放一片脱脂棉，上面洒了她心爱的香水），再加上一条剪裁适度的海军蓝短裙，把她那优美苗条的身材衬托得更加仪态万方。①

洛奇指出，这一段话语与其他的话语不同，有着“仿格体”的特点。我们不禁会问：是谁在此用充斥着陈词滥调的语言说话呢？洛奇指出：

显然这不是作者。他不用这种低俗的、陈腐的语言。但我们也不能认为这是作者用自由间接引语的形式来传达格蒂的思想。自由间接引语总是可以合理地转换成直接引语的（第一人称现在时），这里显然行不通。这是一种书面语，不是口语体，而且是非常低俗的那一种。它既不是叙事也不是模仿，更不是二者的结合，而是一种伪叙事，通过用一个角色的话语而不是言语来模仿，这种话语是世纪之交时廉价女性杂志的话语。②

① ［爱尔兰］詹姆斯·乔伊斯：《尤利西斯》下卷，萧乾等译，文化艺术出版社2002年版，第665页。

② David Lodge, *After Bakhtin: Essays on Fiction and Criticism*, London: Routledge, 1990, pp. 35–36.

《夫人画报》是当时每个星期四在伦敦出版的刊物，里面包含时装、音乐、戏剧、文艺方面的图画。这种杂志有一种微妙的主宰性、强调性和推介性。在这段话中，作者并没有插手，他“像是一个口技表演者一样，在文本中默不作声”①，他的沉默恰恰成了背景，使读者更加欣赏乔伊斯的写作技巧。可以说，洛奇的这一例证很清楚地表明了《尤利西斯》中存在的仿格体。用这种方式解读，的确推进了我们对这部作品的了解。

对于巴赫金所说的“暗辩体”，洛奇指出，《尤利西斯》中第十三章“瑙西卡”体现得很明显，该章中的话语很符合巴赫金所说的“暗辩体”的特点，因为“我们不能将这里的话语视为作者的叙述或代表布鲁姆的意识，但它的确表达了布鲁姆性格的某些方面：他的友善近于奴性，他害怕拒绝，他依靠众所周知的智慧”②。

通过上述三方面的论述，我们看到，当很多人从现代主义小说角度解读《尤利西斯》时，洛奇并没有这样做。他运用了巴赫金诗学的对话理论，从另一个角度解读了这部小说。当然，巴赫金对话理论是充满活力的。能够体现巴赫金意义上双声话语的小说绝不仅限于《尤利西斯》。在洛奇看来，《麦田里的守望者》（*The Catcher in the Rye*，1951）的文体化了的口头叙事，《我们为什么在越南?》（*Why Are We in Vietnam?*，1967）中拙劣模仿的口头叙事，纳博科夫《微暗的火》中隐藏的论争，以及一些后现代主义小说结合文体化、拙劣模仿、对话叙事话语，如约翰·巴斯（John Barth）的《信》（*Letters*，1979）等，都可以体现巴赫金意义

① David Lodge, *After Bakhtin*: *Essays on Fiction and Criticism*, London: Routledge, 1990, p. 36.

② David Lodge, *After Bakhtin*: *Essays on Fiction and Criticism*, London: Routledge, 1990, p. 37.

上的双声话语。不过，为什么洛奇却偏爱《尤利西斯》呢?

毋庸置疑，《尤利西斯》中的内心独白、自由联想、戏仿、反讽、象征、暗示等表现手法的大量运用，是这部小说晦涩艰深的根源。然而，正如洛奇所言，当我们将其放在巴赫金小说诗学视角去审视时，我们立刻看到小说开篇有多重的模仿和仿格体的话语，乔伊斯的目的是用更复杂更综合的手法表示现实。这在现实主义小说的文体规范中是不被允许的。"我们看到这一目的是如何被有机地与写作一种现代史诗，或一种戏拟史诗，一种建立在荷马原型之上的个人生平传记和喜剧的倒置联系在了一起。"[①]

可以说，运用巴赫金的对话理论对"20 世纪文学创作的奇才"[②] 乔伊斯进行解读，洛奇令人兴奋地证明了《尤利西斯》这部完整的散文式史诗的伟大性，也说明了《尤利西斯》何以是"一种巴赫金式话语类型的分类词典"[③]，"一种在 1904 年英语中可用的所有话语之旅"[④]。不过，洛奇没有对《尤利西斯》里的暗辩体进行详尽的论述，只是概略性地进行了说明，不能不说这在对他期望很高的读者中留下了些许遗憾。能否在对另一位小说家作品的解读中弥补这一缺憾，使我们不能不随着洛奇去关注他对 D. H. 劳伦斯作品的解读。

二 D. H. 劳伦斯小说的对话性

D. H. 劳伦斯是洛奇十分重视的一位现代小说家。洛奇曾经

---

① David Lodge, *After Bakhtin*: *Essays on Fiction and Criticism*, London: Routledge, 1990, p. 39.

② 杨建:《乔伊斯诗学研究》，华中师范大学出版社 2011 年版，第 258 页。

③ David Lodge, *After Bakhtin*: *Essays on Fiction and Criticism*, London: Routledge, 1990, p. 86.

④ Colin MacCabe, "City of Words, Streets of Dreams: The Voyage of *Ulysses*", in *James Joyce and the Revolution of Word* (Second Edition), Hampshire: Palgrave Macmillan, 2003, p. 104.

运用细读等方法对 D. H. 劳伦斯的作品进行过解读。如今，运用巴赫金对话理论重新解读劳伦斯的作品，可以说是一种既大胆又冒险的尝试。一方面，任何理论都不是万能的，它们在特定的语境下产生，因而不可避免地具有这样或那样的局限性；另一方面，D. H. 劳伦斯的作品与乔伊斯的作品有着本质的不同。多年来，学界对前者的关注多集中在他的小说内容上，尤其是 D. H. 劳伦斯笔下的“性”所引起的争议十分广泛。能够用巴赫金对话理论解读乔伊斯的作品，在另一位作家身上未必同样可行。不过，洛奇明确了选择 D. H. 劳伦斯的理由。他之所以选择 D. H. 劳伦斯来验证巴赫金对话理论的活力，并不是因为他与乔伊斯相似。恰恰相反，“如果巴赫金的小说诗学可以证明与另一个主要的现代小说家相关，而且此人的文学目的和技巧一般被认为都与乔伊斯相对立，它将十分有力地证明巴赫金理论的解释力”。①

可以说，洛奇的这种批评方法除了有些大胆和冒险之外，与 D. H. 劳伦斯对小说家职责的强调有一种默契。在劳伦斯看来，小说家比布道的传教士、学者、哲学家、诗人都要高贵。他们中每一类人都是研究人的某一部分的领域里的大师，但他们无法从整体上来研究人的所有部分。② 在劳伦斯那里，小说家有着不同凡响的地位。若能用巴赫金诗学理论成功解读劳伦斯，将会是对这位曾经说过即使 100 年以后也不会有人理解其作品的小说家最大的安慰。③

---

① David Lodge, *After Bakhtin*: *Essays on Fiction and Criticism*, London: Routledge, 1990, p. 57.

② 参见［英］D. H. 劳伦斯《劳伦斯文艺随笔》，黑马译，漓江出版社 2004 年版，第 236 页。

③ 劳伦斯在世时由于其作品中充满了性而受到很多人的批评与指责。上述话语表达了他的一种无奈。事实上，在其去世 30 年后，批评界就改变了对他的态度和看法，开始接受和研究他的作品了。

首先，洛奇对劳伦斯笔下所写人物的话语进行了分析。

在陀思妥耶夫斯基的所有著作中，《地下室手记》（*Notes from Underground*，1864）被巴赫金证明是最原创的、最有特点的“现代”文本，是真正利用双向话语行家的表现。洛奇指出，在劳伦斯的全部作品中是找不到类似《地下室手记》这样的作品的。劳伦斯很少用“我”来进行叙述。而且，劳伦斯的小说在叙述方法上是非常一致、均质的，他总是使用一种作者的叙述者去框起或传达行动的场景或表现。因此，这种叙述的声音一般被认为在他的小说中处于主宰地位。不过，“语言文体和语域的多样性本身并不能成为复调小说的一种必要或充分的标准”。[①] 因此，洛奇进行了大胆的尝试。这位批评家认为，《恋爱中的女人》（*Women in Love*，1920）这部成熟的作品切实体现了与陀思妥耶夫斯基笔下人物同样的特点：在各种兴趣和观念中不断挣扎、对抗。《恋爱中的女人》的结尾，主人公厄休拉和鲁珀特·柏金的对话恰好展示了这一点：

> “你不可能拥有两种爱。为什么你要这样！”
>
> “看来我似乎做不到了，”他说，“可我希望这样。”
>
> “你不能拥有两种爱，因为这是虚假的，不可能存在的。”厄休拉说道。
>
> “我不相信。”柏金答道。[②]

① David Lodge, *After Bakhtin*: *Essays on Fiction and Criticism*, London: Routledge, 1990, p. 61.

② ［英］D. H. 劳伦斯：《恋爱中的女人》，冯季庆译，上海三联书店 2014 年版，第 505—506 页。

可以看出，两位主人公的观点是对立的，不相容的。在洛奇看来，《恋爱中的女人》这部小说在文字上虽收了尾，却并不代表小说结束了，男女主人公之间的对话还在继续着，他们内心的苦痛和挣扎也并未停止。类似的论争不仅仅在小说的结尾处出现，小说中有时两三个人，甚至更多的人，会对一些话题进行讨论，即便有时话题有些晦涩高深，也同样如此。洛奇强调了更为重要的一点：在这部小说中虽然柏金是劳伦斯思想的主要代言人，但作者“却不允许他赢得这些争论”[①]，在小说中没有赢家。在《恋爱中的女人》中，劳伦斯“允许各种主观想法在文本中被表述，而没有明显地决定孰优孰劣”[②]。

此外，洛奇提醒我们注意小说中赫麦尼、柏金、厄休拉三个人之间错综复杂的感情关系。作者劳伦斯并不插手评论，而是通过三个角色的言语，表现他们对其他人的看法，以及角色本身的困惑和不安等状态。为了详尽阐述这一点，洛奇以小说第三章“教室”为例，进行说明。第三章的开头，厄休拉正在给孩子们讲授植物学课，柏金和赫麦尼·罗迪思相继出现在教室里，于是展开了一种对话和论争的场面。可以说，无论是在思想意识上还是在形式上，这一场景都具有对话性。从形式上看，这一章中包含了很多的直接引语，构成巴赫金所说的第二个范畴的对话性。

其次，“叙述者从没有对于论题或主角发表任何的终极性判断”[③]，而是一直在其周围“周旋”，不显露他的主宰地位。他不

① David Lodge, *After Bakhtin*: *Essays on Fiction and Criticism*, London: Routledge, 1990, pp. 63 – 64.

② David Lodge, *After Bakhtin*: *Essays on Fiction and Criticism*, London: Routledge, 1990, p. 65.

③ David Lodge, *After Bakhtin*: *Essays on Fiction and Criticism*, London: Routledge, 1990, p. 64.

断地变化角度，展示给读者厄休拉这一主角是怎样看待柏金的，柏金是怎样看待厄休拉的，赫麦尼是怎样看待他们俩的，他们俩又是怎样看待她的。洛奇强调，这种流畅的、灵活地转换角色的写作手法是劳伦斯写作的一个特点，但他并不总是像这样的“不偏不倚”。

的确，在很多的作品中，包括《儿子与情人》（*Sons and Lovers*，1913）、《查泰莱夫人的情人》（*Lady Chatterley's Lover*，1928），都可以读到类似的场景。但在《恋爱中的女人》中，尤其在对性的知识进行价值判断时，作者常常不发表自己的看法。劳伦斯笔下的角色在不断地寻找自我，在这个过程中，作者不插手干预或评论，体现了作者与角色的平等性。他通过角色痛苦的自我思考，最终实现了自我发现。

洛奇认为，可以说明巴赫金小说理论中所写人物的话语的另一处例证体现在厄休拉与赫麦尼谈论柏金的话语中：“他说想让我不带感情地接受他，可最后，我也真不知道他是什么意思。他说，他想要他恶魔的那一面配上对，是肉体上的，而不是人性的一面。你知道，他今天这么说，明天那么说，总是自相矛盾。”[①] 洛奇指出：“柏金自相矛盾且不稳固的观点是通过典型的对话方法展现出来的，通过困惑的厄休拉向一个不感兴趣的第三者的引述而得以展示。效果是讽刺的、几乎是喜剧的。”[②] 厄休拉对柏金向她说的话感到困惑和不解。通过她对赫麦尼的讲述，读者一定可以感受到柏金的内心充满矛盾。厄休拉的间接性描述让读者感

---

① ［英］D. H. 劳伦斯：《恋爱中的女人》，冯季庆译，上海三联书店2014年版，第305页。

② David Lodge，*After Bakhtin*：*Essays on Fiction and Criticism*，London：Routledge，1990，p. 65.

到柏金内心痛苦的挣扎和分裂。

从上述分析中可以看出，洛奇从谙熟于心的劳伦斯作品中挑选出恰当的例证，展示给我们一种不再从“性”出发的批评实践，说明了巴赫金对话理论的丰富性。当然，洛奇对 D. H. 劳伦斯小说的分析并未就此戛然而止，他还运用对话理论中的第三个范畴——双向的或双声的话语，对 D. H. 劳伦斯的作品做了进一步的分析。

洛奇首先探讨了 D. H. 劳伦斯作品中的仿格体，列举了如下例证：

> “你是我的，亲爱的，是吗?”她叫着，紧紧地搂着他。
>
> “是的。”他温柔地说。
>
> 他的声音那么温柔，那么永恒，她凝固了，好像被命运拿住了。是的，她是默许了，可是，没有她的默许，也已成定局。他还在默默地吻着她，来来回回地吻着，那温柔静谧的幸福几乎让她的心脏停止了跳动。“亲爱的!”她叫着，仰起脸，微微惊喜又害怕地望着他，这一切都是真的吗？可他的眼睛是那么温柔美丽，一点儿不受紧张和兴奋的影响，优美地微笑着，和她一起笑着。她把脸埋在他的肩膀里，在他眼前躲藏着，因为她全都在他的眼下。她知道他爱她，可她还是害怕，她正处在一个新的环境中，周围是新的天空。①

洛奇之所以将这一段作为仿格体的例证，有两个原因。其

① ［英］D. H. 劳伦斯：《恋爱中的女人》，冯季庆译，上海三联书店 2014 年版，第 323—324 页。

一，这一段通过描写厄休拉的感觉，使读者有一种读到浪漫爱情故事的感觉，即以女主人公为中心的爱情故事。其二，很明显，这一段的文体中出现了借用单词、短语、句法和节奏等写作手法。在此语境之外读到这一段的读者，绝不会想到这是出自劳伦斯之手，他常常不这样写作，因而构成了巴赫金意义上的有一个模仿的对象，而别人指物述事时又将其“服务于自己新的意图”[①]的仿格体。

此外，在所有劳伦斯的作品中，洛奇认为一篇名为《追求》（“Things”，1928）的小说体现了一种仿格体的口语叙事。这个故事讲述了一对夫妇为了获得自由，而去欧洲各种地方游历，收集了各种各样的东西，但当他们回到美国的时候，发现他们没有钱购买一个足够大的地方来收藏这些东西。最终，只有放弃梦想，男主人公安顿下来，过着一种收入有保障的教书生活，但却不再像从前那样自由。以下，是故事中的一段：

> 啊，自由！自由自在地过日子！一个二十五岁，一个二十七岁，这一对真正的理想主义者都追求美，共同信仰印度的佛教教义——啊，这就是他们的信仰——还有三千不到的年薪！不过，钱又算得上什么呢？人所希冀的无非是过上一种充实、美好的生活。当然得在欧洲——这个近代文明的发祥地。或许在美国也行，比方说在新英格兰，但这需要牺牲一定程度的“美”作为代价。真正的美需要长时期的培育。[②]

① ［苏］巴赫金：《陀思妥耶夫斯基诗学问题》，见《巴赫金全集》第五卷，白春仁等译，河北教育出版社2009年版，第247页。

② ［英］D. H. 劳伦斯：《追求》，夏传洋译，见《劳伦斯中短篇小说选》，辽宁电子图书有限责任公司2003年版，第124页。

这位批评家指出了上述文字的与众不同之处。总体而言，这一段的句子结构具有散文的特点。开头的感叹“啊，自由！自由自在地过日子！”中没有一点儿情绪，大部分的句子是短的、断裂的。其中，“不过”等连词的运用突出了口语叙述的特点。“美”是借用过来的单词，被作者用双引号引上。“还有三千不到的年薪”突出了作者隐含的看法，他似乎并不赞成“钱又算得上什么呢？人所希冀的无非是过上一种充实、美好的生活”这种观念，突出了这对夫妻追求美好事物的表面性。尤为重要的是，在洛奇看来，“这种话语本身是一种双向的话语，因为它似乎总是急切地意识到其他的话语——语用的、理性的、怀疑论的——与自己所申辩的背道而驰”。①

可以说，洛奇已经十分巧妙地分析了这一段仿格体口头叙事的特点，但他却并没有就此搁笔，而是深入地论述道：

> 在《追求》中，劳伦斯将其角色放入一种进退两难的处境，让他们完全在不真实的两种生活之间做出选择，用他们所说的或者为其所做出选择而使用不真实的语言来嘲讽他们。在文本中“但是”“然而”或“尽管如此”等词的频繁出现体现了这对夫妻寻找理想的绝望，在各种选择之间他们无休止地迁居注定是会令人失望的。因此，尽管文中用了精心构想的双重声音话语，故事却不是巴赫金意义上的“多声部”。虽然角色可以“回嘴”，他们的正当防卫却被他们寻求理想的内在矛盾所破坏。②

① David Lodge, *After Bakhtin*: *Essays on Fiction and Criticism*, London: Routledge, 1990, p. 68.

② David Lodge, *After Bakhtin*: *Essays on Fiction and Criticism*, London: Routledge, 1990, p. 70.

可以看出，洛奇在深刻理解劳伦斯作品的基础上，指出了小说《追求》中虽存在对话性，但却并不牵强附会，说那是一种“多声部”的话语，这无疑说明洛奇对巴赫金双声话语有着深刻的理解。

毋庸置疑，洛奇所采用正论和反论的方法是值得我们深思的。在论述乔伊斯和 D. H. 劳伦斯的过程中，洛奇以细读为铺垫，从不同的角度切入，验证了巴赫金诗学在小说批评方面的实用价值，得出了令人满意的结果。可以说，洛奇的努力，既以崭新的视角呈现出巴赫金对话理论的活力，又进一步加深了读者对两位著名小说家作品的理解，让我们不得不佩服这位英国批评家独特的视角和超强的分析能力。

三　D. H. 劳伦斯作品中的“狂欢化”

作为巴赫金重要的诗学贡献之一，“狂欢化”理论产生了广泛的影响，得到包括洛奇在内的很多学者的重视。巴赫金认为，“狂欢化”与狂欢节息息相关。所谓狂欢节，“这是人民大众以诙谐因素组成的第二种生活。这是人民大众的节庆生活。节庆性，这是中世纪一切诙谐的仪式——演出形式的本质特点”[①]。而“如果文学直接地或通过一些中介环节间接地受到这种或那种狂欢节民间文化（古希腊罗马时期或中世纪的民间文学）的影响，那么这种文学我们拟称为狂欢化的文学”[②]。在《弗朗索瓦·拉伯雷的创作与中世纪和文艺复兴时期的民间文化》（*François Rabelais and*

① ［苏］巴赫金：《弗朗索瓦·拉伯雷的创作与中世纪和文艺复兴时期的民间文化》，见《巴赫金全集》第六卷，李兆林等译，河北教育出版社 2009 年版，第 9 页。

② ［苏］巴赫金：《陀思妥耶夫斯基诗学问题》，见《巴赫金全集》第五卷，白春仁等译，河北教育出版社 2009 年版，第 138 页。

Folk Culture of the Middle Ages and Renaissance, 1965）一书中，巴赫金对“狂欢化”做了全面的阐释，追溯了狂欢化文学传统。在巴赫金看来，“狂欢化”的早期形态是古典文学中的庄谐体——“梅尼普讽刺”、“苏格拉底对话”和滑稽羊人剧。到了中世纪和文艺复兴时期，“这些多种多样的诙谐形式和表现——狂欢节类型的广场节庆活动，某些诙谐仪式和祭祀活动、小丑和傻瓜、巨人、侏儒和残疾人、各种各样的江湖艺人、种类和数量繁多的戏仿体文学等等，它们都具有一种共同的风格，都是统一而完整的民间诙谐文化、狂欢节文化的一部分和一分子”[①]。这时的“狂欢化”以插科打诨等民间语言和拉丁语写成的诙谐文学和讽刺性文学形态出现。17—18 世纪，古典主义标准在文学艺术各个领域占统治地位，由于“与民间诙谐文化相联系的怪诞风格被排斥在当时的正统文学之外：怪诞风格沦为低级的滑稽逗乐或遭到自然主义的腐蚀”[②]，狂欢化变成了文学传统的支脉。在浪漫主义之后，从 19 世纪下半叶起，“无论在文学本身，还是在文艺学思想界，对怪诞风格的兴趣都大大减弱”[③]。人们甚少提及怪诞，怪诞形象甚至消失得无影无踪。在 20 世纪，出现了“复兴”怪诞风格的新的、强大的热潮，其发展的图景相当复杂和矛盾。在巴赫金那里，神圣与粗俗、崇高与卑下、伟大与渺小、聪明与愚蠢之间的界限都由于狂欢化而变得不再明显。插科打诨、粗鄙的言辞、与生殖相关的不洁秽语等都可以说是狂欢化的表现，始终与之相

① ［苏］巴赫金：《弗朗索瓦·拉伯雷的创作与中世纪和文艺复兴时期的民间文化》，见《巴赫金全集》第六卷，李兆林等译，河北教育出版社 2009 年版，第 4 页。

② ［苏］巴赫金：《弗朗索瓦·拉伯雷的创作与中世纪和文艺复兴时期的民间文化》，见《巴赫金全集》第六卷，李兆林等译，河北教育出版社 2009 年版，第 39 页。

③ ［苏］巴赫金：《弗朗索瓦·拉伯雷的创作与中世纪和文艺复兴时期的民间文化》，见《巴赫金全集》第六卷，李兆林等译，河北教育出版社 2009 年版，第 52 页。

伴随。

当洛奇面对巴赫金的“狂欢化”诗学时，他并不十分肯定可以用这一理论来解读劳伦斯的作品。虽然他发现在劳伦斯的作品中，有喜剧或闹剧的成分，但作品的基调是严肃的，它们为导向死亡或浪漫的主题服务。不过，他并没有忘记巴赫金在研究陀思妥耶夫斯基时几乎遇到了同样的困难，以及巴赫金论述“笑”的那一段文字：

> 在陀思妥耶夫斯基以后写的长篇作品里，笑便几乎弱化到了极点（特别是《罪与罚》）。……在狂欢化文学中，弱化的笑绝不排斥在作品内部可能出现阴郁的色调。因此，陀思妥耶夫斯基作品那种阴郁的色调，不应使我们感到奇怪；要知道这一点并不是他最终的指归。①

仔细斟酌后，洛奇选择了劳伦斯未完成的《努恩先生》（*Mr Noon*，1934），认为这部小说中具备狂欢化的特点，并展开分析。

《努恩先生》第一部分讲述了一个名叫吉尔伯特·努恩的教师与学校的一位女老师有了性关系之后，被迫辞职。第二部分发生在德国，讲述了努恩爱上了一个叫乔安娜·凯丽的女人，以及这个女人抛弃了丈夫与努恩私奔的经历。在洛奇看来，这部小说之所以具有狂欢化性质，不仅是因为作品中的情境产生了喜剧效果，叙述者闯入式的声音也为此提供了可能。作者的叙述不是独白式的，小说中的确存在各种各样的声调：“戏弄性的、欺压性的、诙谐性的、讽刺性的、狂热性的和预

① ［苏］巴赫金：《陀思妥耶夫斯基诗学问题》，见《巴赫金全集》第五卷，白春仁等译，河北教育出版社 2009 年版，第 216—218 页。

言式的"[1]，它们交互出现。洛奇借用小说中的一段文字来说明这一点：

> 啊，雷公，危险闪电之神——！不，温柔的读者，请不要打断！我不想打开乔安娜房间的门，直到努恩先生自己打开为止。我以前那么做被逮到过。……谢谢你，亲爱的读者。你可以自己开门。我忙于诵咏朱庇特·拖南斯，宙斯的雷电，万能的情感和纯粹的欲望之父。我没有淡化你杂乱又微不足道的感情和放纵。我在谈论欲望，因此别打断我，是我在写书，还是你?[2]

从上述的引文中，我们看到《努恩先生》中的叙述者常常直接称呼读者，在文本中这种元小说的手法正是巴赫金所说的文学传统中庄谐体的特点。在此，叙述者不让读者打扰吉尔伯特和乔安娜的性交。叙述者假装这么做只是要给这对男女时间来释放他们的激情。在洛奇看来，这是一种项狄式（原文为 Shandies，此为音译）的笑话，既好笑又具有讽刺性。

劳伦斯的很多作品都不如《努恩先生》这部未完成之作能说明巴赫金的狂欢化理论，还在于这部小说中充斥着模仿的段落，拙劣模仿，言不由衷的话语，粗俗的有关臀部和排泄物的幽默，文明社会被颠覆或推翻的闹剧事件。洛奇说：

> 渐增地，这些特征对劳伦斯处理吉尔伯特和乔安娜的关

---

① David Lodge, *After Bakhtin*: *Essays on Fiction and Criticism*, London: Routledge, 1990, p. 72.

② 转引自 David Lodge, *After Bakhtin*: *Essays on Fiction and Criticism*, London: Routledge, 1990, p. 73。

> 系上有积极的效果。没有破坏他们相互情感的真实性和可信性，也没有减少给他们带来的快乐，劳伦斯避免了使这对恋人情感化或理想化，在处理他们极密切的个人体验时实现了完美的平衡和客观性。①

虽然小说的叙事结构不够合理，诙谐的叙事有时过度，但洛奇对劳伦斯放弃了《努恩先生》的写作感到遗憾，因为他“再也没有用明显狂欢化的模式来试着写作了”②。透过洛奇的视角，我们看到了劳伦斯小说鲜见的狂欢化的一面。

如果说洛奇用对话理论对乔伊斯和劳伦斯的其他小说展开论述是合理且可行的，那么，他用狂欢化理论解读劳伦斯的《努恩先生》，展示作品里的狂欢化成分则是一种大胆的、前所未有的尝试性批评行为。他的批评方法无疑具有启发性。洛奇开辟了用巴赫金理论解读现代作家作品的先河，丰富了人们对现代作品的理解和接受，也为批评界开辟了广阔的视野，为当今批评界提供了一种方法上的思考。从事多年小说写作与批评理论的洛奇，验证了巴赫金诗学遗产的巨大价值。

第三节　巴赫金“之后”

巴赫金去世以后，研究其人其作的著作不断丰富起来。从不同角度对巴赫金进行诠释，可以使我们更好地认识这位学者。然

---

① David Lodge, *After Bakhtin: Essays on Fiction and Criticism*, London: Routledge, 1990, p. 73.

② David Lodge, *After Bakhtin: Essays on Fiction and Criticism*, London: Routledge, 1990, p. 73.

而，多角度的研究不可避免地带来一些问题。在竞相言说中，不同形象的巴赫金被创造了出来，造成学术上的失真。早在20世纪80年代，洛奇就发现了这一现象。例如，在伦纳德·戴维斯（Lennard J. Davis）的《抵制小说》（*Resisting Novels*，1987）中，就有作者对巴赫金对话理论的误读，洛奇指出了其缺憾所在，进行了有意义的学术对话。

一　批评家们的“对话”

随着巴赫金诗学影响的不断扩大，英语界开始着手翻译巴赫金的作品。1981年，巴赫金的《对话的想象》英文版问世。可以想象，这部英文版著作的出版有着广泛的影响，意义重大。很多批评家开始研读这部期盼已久的著作，并对巴赫金的对话理论等展开讨论，其中有赞扬之声，也有存疑的看法。

1987年，伦纳德·戴维斯的《抵制小说》出版。一直关注戴维斯的洛奇及时地注意到了这本著作，发现作者在第五章中将交谈（conversation）与对话（dialogue）进行了界定。按戴维斯的说法，即使小说家创造了交谈，小说中的交谈也是一种防御性的、意识形态上的结构。而且，交谈不像地点和角色一样，对小说不是一个不偏不倚的需求，而是一种意识形态上的结构，服务于整个社会的防御目的。戴维斯对很多人将小说中的对话视为接近交谈而感到不妥，他指出：“对话远非交谈。”[①] 戴维斯认为，巴赫金从小说依靠对话性和杂语到每日的日常用语跳跃得太快，也就是说，“巴赫金说小说由平日语言的‘低级水平’的‘疏散的、离心的力’所塑造，表现为‘舞台上的当地集市和滑稽人的场景，

① Lennard J. Davis, *Resisting Novels*, New York: Methuen, Inc., 1987, p. 165.

小丑的杂语……因此，他暗示这种语言不知怎地直接进入了小说的杂语。’”①

巴赫金曾说：

> 当它们［方言］进入文学并适宜成为文学语言时，方言在这种新的语境下理所当然地失去了封闭的社会语言系统的特点；它们被变形，事实上不再仅仅是方言了。另一方面，这些方言在进入文学语言并在其中保留它们自己的方言的灵活性时，它们的他语性，有使文学语言变形的效果；它也不再是一个封闭的社会语言现象，其代理人是受过教育的人，他们的语言意识正是如此……结果产生的不是单一的语言而是语言的对话。②

在戴维斯看来，巴赫金那里的“交谈的确是‘对话’——即，包括所有的声音”③，他认为巴赫金的这种观点不妥，交流语言和文学语言间有很大的区别，因为“小说中的对话实际一点也不像实际生活中的交谈”④。而且，“小说中的对话缺乏这种关键的和民主的部分——来自作者的一切都是专制地被决定了。交谈的根本基础——共同协商的话轮转换——被作者单一方面的决定规则所取代”。⑤ 可以看出，在戴维斯那里，作者似乎成了一个独裁者。

洛奇认为，戴维斯的阐述是建立在一种误解之上的解读，巴

① Lennard J. Davis, *Resisting Novels*, New York: Methuen, Inc., 1987, pp. 165 – 166.

② Mikhail Bakhtin, *The Dialogic Imagination*, Caryl Emerson and Michael Holquist, trans. Austin: University of Texas Press, 1981, p. 294.

③ Lennard J. Davis, *Resisting Novels*, New York: Methuen, Inc., 1987, pp. 177 – 178.

④ Lennard J. Davis, *Resisting Novels*, New York: Methuen, Inc., 1987, p. 166.

⑤ Lennard J. Davis, *Resisting Novels*, New York: Methuen, Inc., 1987, pp. 177 – 178.

赫金的本意并非如此，因为“对话，不仅限于角色的直接引语，它也包括角色话语和作者话语（如果在文本中被体现）之间的关系以及所有这些话语和其他文本之外话语的关系，这些都通过双声话语的方式被模仿、被唤起和被间接提到”[①]。洛奇承认，小说中的一切的确是由小说家事先所决定的，因此文学文本不像是真正的交谈一样，是一个开放性系统。但是，洛奇指出了巴赫金理论的一个要点：“小说中对话的多样性使作者不能强加给读者以一种单一的世界观，即使他想这么做。”[②]

洛奇看到，在戴维斯的论述中，他更加强调交谈与对话的差异性，而非相似性和相关性。的确，在实际交谈中，有时重复，有时两个人说话重叠，有时东拉西扯，不合乎语法，而对话则是连贯的、有条理的，直接服务于主题，逻辑性地发展，也正如戴维斯所发现的那样，在陀思妥耶夫斯基的作品中，有时一个对话能持续好几页的篇幅，这在实际交谈中是难以想象的，然而，洛奇却指出：“只要你允许各种话语进入一个文本空间——粗俗的话语或礼貌的话语，白话的或文学的，口头的或书面的，你就建立了抵制（用戴维斯的话）统治性的任何单一话语。”[③] 这恰恰是巴赫金诗学思想的发源地。

1990 年，洛奇的《巴赫金之后》一书问世。同年八月，牛津大学的约翰·巴利（John Baylay）就为该书写了书评，并对这本书中的部分内容进行了批评。

① David Lodge, *After Bakhtin: Essays on Fiction and Criticism*, London: Routledge, 1990, p. 22.

② David Lodge, *After Bakhtin: Essays on Fiction and Criticism*, London: Routledge, 1990, p. 22.

③ David Lodge, *After Bakhtin: Essays on Fiction and Criticism*, London: Routledge, 1990, p. 22.

在《劳伦斯，陀思妥耶夫斯基和巴赫金》（“Lawrence, Dostoevsky and Bakhtin”, 1985）一文中，洛奇指出，劳伦斯最优秀的成熟作品特别是《恋爱中的女人》与陀思妥耶夫斯基的作品有相同之处，也存在着“在对立的利益和思想之间，产生并保持一种连续不断的斗争”[①]。巴利教授却认为，劳伦斯本能汲取的传统是戏剧性的，而非复调性的——他不假思索就知道怎样运用莎士比亚的方式，以便和他笔下的诸位主人公及其观点保持距离。[②]在巴利看来，用巴赫金复调小说的未完结性来解释劳伦斯是不中肯的。

1991年，我国学者黄梅针对巴利教授的批评发表了一篇文章，为洛奇做出了辩护，她指出：

> 典型的或狭义的“复调小说”一般指特定的一类作品（或许可以陀氏小说为代表）。但广义地说，所有的文学作品，包括那些“不公平”的，有内在结论的，都必然包容不同声音和不同话语的对话，也必定是在更大的复调的文化语境中展示自身。因此洛奇的尝试应是有积极意义的。[③]

黄梅既对复调小说理论进行了延伸，又适时肯定了洛奇对巴赫金诗学理论的尝试，表达了“争鸣”声中不失己见又博采众长的立场。

上述批评家之间的对话与争鸣，在学术上有着积极的推动意

① David Lodge, *After Bakhtin: Essays on Fiction and Criticism*, London: Routledge, 1990, p. 61.

② 转引自黄梅《“解构以后活路何在?”》,《外国文学评论》1991年第3期。

③ 黄梅:《“解构以后活路何在?”》,《外国文学评论》1991年第3期。

义。可以说，任何理论的生发都离不开特定的历史语境和背景。后来的学者永远都是站在一个新的语境下回望过去生发过的理论。即使他想还理论以本来面貌，也只能是尽力而为之。在这样做的过程中或多或少都会伴有再创造的成分，而这种再创造又推动了文学事业的不断前进和发展。正如弗莱 1979 年 3 月 29 日在《文学、历史和语言》（“Literature, History, and Language”）一文中预见到的那样：

> 在所有的再创造中，有一种父与子的关系，包含双重的方面：一种是儿子杀死父亲的俄狄浦斯的关系，一种是儿子表明父亲身份的基督教关系。……当我们研究文学作品时，想通过分离它们而摧毁传统，同时又想在其语境中（历史的或当代的）研究它们以表明与传统的延续关系。在这种矛盾下批评产生了。……一个活着的有机体本身再次发出声响。①

正是在这种“对话”与“争鸣”声中，巴赫金诗学显示出了其特有的魅力和强大的生命力。更为令人敬佩的是，洛奇在巴赫金的影响之下，与自己的过去进行着“对话”，尤其是对新批评理论的反思，使他看到了先前理论修养的不足。他的自我批评精神，正是在巴赫金影响之下形成的一种“对话思维”。与他人对话，类似巴赫金所说的“所写人物的对话”，与自我对话，则真正走向了巴赫金所说的“双声话语”。

---

① Northrop Frye, "Literature, History, and Language", in Joseph Adamson, Jean Wilson, ed., *The Secular Scripture and Other Writings on Critical Theory 1976 – 1991* (collected works of Northrop Frye, Vol. 18), Toronto: University of Toronto Press, 2006, pp. 178 – 179.

巴赫金的诗学理论是丰富的、深刻的，它使洛奇在文学批评上获得了一个全新的视角，成为给予洛奇深刻影响的理论之一。如前文所述，洛奇借鉴巴赫金的诗学理论和研究方法是多方面、多角度的。如果没有借鉴巴赫金分析问题、概括小说艺术特色的方法，而仅仅是在细读文本的基础上对小说进行分析，相信洛奇在80年代对《小说的语言》不会做出如此大的反思和自我批评。正是因为巴赫金的出现，在研究和接受巴赫金的同时，洛奇对小说的创作思维、文体特征和叙事策略等给予了更加全面而深刻的理解和思考。

在《现代小说的对话》（“Dialogue in the Modern Novel”，1985）一文中，洛奇虽然仍坚持小说的艺术同诗歌的艺术一样，都是语言的艺术这一观点，但却坦言他在《小说的语言》中不曾意识到的问题：“小说的意指系统不能被限定在文本表面结构，‘纸上的字’，在古典形式中的‘细读’或‘实际批评’的客体。小说是叙事话语，叙事是一种语言，本身超越了自然语言的边界，在这种自然语言中，文体批评最有信心也最有能力来操控了。”① 小说研究不应该只停留在单词本身及其所包含的含义层面。洛奇之前忽略了这一点，造成了《小说的语言》理论论述上的瑕疵，减弱了其批评力。

此外，洛奇指出，虽然在巴赫金之前有时批评界也关注不同的话语类型，“但它一直被认为是表达角色的工具，或被认为是小说现实主义本身目的的一个方面——以突出的、娱乐的形式，再造我们从生活中知晓的行为”②。而巴赫金指出，小说与史诗、

① David Lodge, *After Bakhtin: Essays on Fiction and Criticism*, London: Routledge, 1990, p. 75.

② David Lodge, *After Bakhtin: Essays on Fiction and Criticism*, London: Routledge, 1990, p. 76.

抒情诗和悲剧有着不同的本质，前者有内在的“对话性”，表达一种复调性，而后三者都是表达单一的世界观。在《小说的语言》中，洛奇并没有处理人物之间的对话，他一直在寻找类似或等同于诗歌叙事声音的东西——某种统一的作者对世界个人看法的词语表达。但当接触到巴赫金之后，洛奇意识到：

> 不需要竭力去为个人话语的概念或文本而辩护，说它们有一个固定的、原创的意义，是批评事业所要恢复的，我们在说话主体之间、在文本与读者之间，在文本与文本之间的对话关系过程中捕捉意义。如果正如巴赫金所说，没有话语绝对孤立，每一种话语一定在它所激起的话语间被理解，在未来所期待的回复中塑造自己，那才是真实的文学文本。①

80 年代的洛奇，不再仅仅关注简·奥斯丁、狄更斯和菲尔丁等广为人知的伟大传统小说家，他打开视野，将伊夫林·沃（Evelyn Waugh）、亨利·格林（Henry Green）等作家一并列入研究范畴。他注意到，以沃为代表的小说家在 20 世纪 30 年代所创作的小说，既受到过约瑟夫·康拉德、詹姆斯·乔伊斯和弗吉尼亚·伍尔夫等现代主义小说家写作特点的影响，又新增加了一些元素，有自身的特点。现代主义小说的特点主要是一种意识小说或是潜意识，无意识的记忆、幻想、梦幻、内省。30 年代伊夫林·沃等人的小说没有了古典小说中作者声音的确定性语调，也没有了角色对于思想和动机的一种优越性的通道。因此，“现代”元素中的幻灭、破碎、唯我论仍然存在。

① David Lodge, *After Bakhtin: Essays on Fiction and Criticism*, London: Routledge, 1990, p. 86.

诚如洛奇所看到的那样："巴赫金的思想太多面和丰富了,以至于他不可避免地被其他人征为殖民地。"① 不管洛奇的例证是否充分阐释了巴赫金诗学，相信这都是他批评事业中弥足珍贵的一页。洛奇使巴赫金诗学再次展现了活力，发出声响，既让我们看到了巴赫金的机智，也呈现了洛奇的领悟能力。

二　巴赫金"之后"的小说批评

《巴赫金之后》这一著作具有双层含义，它表示洛奇既关心巴赫金这位生前未得到广泛关注的理论家所留下的思想财富，又关心在巴赫金理论研究的热浪之后，批评界会是怎样的一种情形。整个 80 年代，洛奇除了对巴赫金诗学进行研究之外，还特别留意文学理论与批评的发展和走向问题。洛奇看到，随着时代的变化，小说批评日趋受到商业化的影响。今后的小说批评将何去何从?

一位并不知名的澳大利亚学者 I. 萨鲁辛斯基（Imre Salusinszky）1987 年出版了《社会中的文学批评》（*Criticism in Society*）一书。这是一个访谈录，被采访的人中包括雅克·德里达、诺斯罗普·弗莱、哈罗德·布鲁姆、弗兰克·克默德、爱德华·萨义德（Edward W. Said）、J. 希利斯·米勒等人。从这本书中洛奇看到：严肃的文学批评已经被大学垄断，批评家对社会漠不关心的状态越来越明显。批评与社会之间的鸿沟如此之大，以至于一本理论书籍的出版，除了对属于理论界的人有吸引力之外，对外人来说多半会显得无聊，甚至会感到困惑。洛奇之所以十分关注批评界的情况，是因为它虽然"很小，很孤立，但却反映了日益高

① David Lodge, *After Bakhtin: Essays on Fiction and Criticism*, London: Routledge, 1990, p. 89.

度竞争的大社会”[1]。

洛奇认为，在美国的学术批评更像是明星系统：“他们吸引粉丝，他们通过转让或威胁性地转让他们的服务给其他雇主而改善他们的收入，他们维持一种高度的公开露面率（通过参加会议等），在乎他们的表现和在同龄人间的受欢迎度，患有一种高度的焦虑症。”[2] 可以说，这样的情况不仅仅只在美国发生。在其他国家的批评界，同样上演着类似的场景。即使是一向处于保守状态的英国批评界，也无疑受到了这种风气的影响。一直在大学从教的洛奇也曾有过如下的经历：他们开始不断地接受职业评估，学术检查和任命提升标准。在撒切尔政府下，英国开始形成一个更加精益求精、更加有竞争力的系统。然而，让洛奇等批评家深感失望的是，英国政府并没有效仿美国政府的做法，提升教育资金投入，而是在原本并不丰厚的工资的基础上，削减了财政收支。这无疑是对英国批评界一个巨大的打击。包括洛奇在内的很多人借机退休成为自由作家，还有许多人接受了有着丰厚工资待遇的美国大学的聘请，去另谋高就了。不能不说，这造成英国学界的重创。

此外，让洛奇更为担心的是：

> 在美国学术界的专业化和它期待吞并、驯化和发展欧洲理论的渴望间的确有一种隐藏的联系。理论的困难和神秘使它更有效地服务于专业身份认同、学徒训练和评估目的。它

① David Lodge, *After Bakhtin: Essays on Fiction and Criticism*, London: Routledge, 1990, p. 176.

② David Lodge, *After Bakhtin: Essays on Fiction and Criticism*, London: Routledge, 1990, p. 176.

把男人从男孩儿中区分开来，或者，换言之，通过把男孩儿变成年轻人并将他们推向老人而加速了部落的进化过程。而传统的人文学术的方法自从19世纪几乎没有改变，理论游戏的规则一直都在变化，你必须得快步、敏捷地跟上步伐。[①]

学界发展速度的加快，的确对人们是一个考验。回顾20世纪末所出现的种种理论，我们就能感受到理论的生发速度明显加快：混沌批评、幽灵理论、空间批评、超物质批评、创伤批评及伦理批评等，都在急剧演化与被淘汰中挣扎。

能否跟上越来越快的批评理论前进的步伐是考验一个人能否成功的关键。J. 希利斯·米勒曾把批评看作通向精通的一种努力：批评家对文本的精通，批评超越侪辈的精通，一种流派胜过另一种的精通，一种批评文化超越另一种的精通，并提出一种坦然的批评事业的好战模式："我支持多样性……不仅是因为一种宽容的、认为任何事情都可能发生的多元性，也是因为一种公平、开放的生存竞争，虽不确定适者生存，但认识到这种开放的战争是我们唯一生存的希望。"[②] 然而，当他指出他所期待的未来能带头的16个年轻的文学理论家时，洛奇为不在名单上的其他年轻批评家表示担忧："想象一下，一个年轻的美国文学理论家却又不在这个名单上！这会是怎样的耻辱！"[③] 文学批评不再是亦步亦趋的研究，商业化的态势已然形成。

---

① David Lodge, *After Bakhtin*: *Essays on Fiction and Criticism*, London: Routledge, 1990, p. 181.

② J. Hillis Miller, "Presidential Address 1986. The Trimph of Theory, the Resistance to Reading, and the Question of the Material Base", *PMLA*, 1987, Vol. 102, No. 3, pp. 281 – 291.

③ David Lodge, *After Bakhtin*: *Essays on Fiction and Criticism*, London: Routledge, 1990, p. 184.

没有任何理论可以一劳永逸地解决所有问题，巴赫金诗学也是如此。时代在不断地前进，给批评界提出了越来越大的挑战。任何一位从实践走来的批评家都会对他人的理论有所反思，洛奇也是如此。虽然他认可巴赫金理论的预见性，却并不赞成把其看成“理论上的万灵丹”[①]。从他20世纪90年代后出版的著述中可以看出，洛奇不但一如既往地关心小说艺术的发展，更对文学批评和文学创作的诸种关系给予缜密的分析和思考，其中不乏精辟见地。

① David Lodge, *After Bakhtin*: *Essays on Fiction and Criticism*, London: Routledge, 1990, p. 89.

第五章
关于小说的艺术与创作问题

上述论述展示了洛奇对20世纪后半叶重要诗学流派的吸收和接纳过程。应该承认，必要的阶段性分析可以展示洛奇批评观的变化。不过，我们不应忽略一个事实，即洛奇的一些重要批评思想有时会贯穿两个甚至多个时期。正如洛奇对批评动机的概括一样：

> 你对一个文本有一种看法，或你不同意某人的解释，你感到一个人需要交流这些想法。你对文本感到困惑，试图梳理出解决办法。你感到这个作者被忽视了，那个作者得到了过度的表扬，你寻求去纠正平衡。有时你详细地论述一个很小的主题，有时你以压缩的形式写一个很大的主题。有时你尽量确定，有时你仅表示提示，又有时你仅仅是增进知识。①

从洛奇的批评著述中我们看到，他不痴迷于任何的“主义”，

① David Lodge, *The Novelist at the Crossroads and Other Essays on Fiction and Criticism*, London: Routledge & Kegan Paul plc, 1971, p. ix.

不被一种批评理论裹挟，他游刃有余地从事着批评活动，兼收并蓄，在小说诗学领域显示出非凡的造诣。他对文学史、文学理论和文学批评三者之间关系的重视，以及对文学批评与文学创作之间诸种关系的梳理，是贯穿其批评活动的重要贡献。

第一节　意趣盎然的小说诗学

1991—1992 年期间，洛奇应邀在《星期日独立报》（*The Independent on Sunday*）上发表了 50 篇关于小说艺术的短文。由于受报纸版面的限制，文章篇幅较短。在酝酿出版之前，洛奇将这些文章进行了修改和完善，基本将原篇幅的长度都增加了三分之一左右，并于 1992 年结集出版，取名为《小说的艺术》。可以说，此时的洛奇俨然成了一位公众批评家。

一　深入浅出的批评方法

《小说的艺术》虽然第一篇名为“开头”，最后一篇名为“结束”，但正如洛奇自己所述：“自从 1987 年提早在大学退休以后，我发现我不再打算专为学术界写作，但仍然感到对小说的艺术和小说的历史意犹未尽，而这两点对于更加广阔的读者大众而言，可能他们会更感兴趣。”① 该书的假想读者并非学术圈的教授学者，而是普通读者大众。因此，洛奇并没有赋予《小说的艺术》一个系统、循序渐进的理论体系。此外，由于洛奇在伯明翰大学任教时曾教授过《小说的形式》这样一门课，这使洛奇在《小说的艺术》中，对文本的驾驭和分析能力得到了极好的发挥。

① David Lodge, *The Art of Fiction*, London: Penguin Books Ltd., 1992, p. ix.

通过详尽的阐释和细致的分析，洛奇使读者了解作家的写作特色或修辞技巧。

纵观全书，可以看出一些标题存在彼此紧密的联系，如："开头""书名""章节""叙事结构""结尾"。而另一些标题则联系得不够紧密或没有联系，如"神秘""构想未来""电话""清单"。此外，读者也可以发现，还有一些题目是可以写成一篇学术论文的，例如："象征""动机""视角""讽喻""互文性"等。然而，既然这些文章是为了使读者大众能饶有兴趣地进行阅读，以"提高读者对散文小说的理解和欣赏能力，向他们表明新的阅读的可能"[①]，自然就不用写得像学术论文一样深奥了。但如同"要是没有恰当的工具，就无法拆开发动机"[②]一样，洛奇在谈到很多问题时，也会用到一些概念或术语，并追溯词源或进行前后梳理，引入相关文学史知识，进而展开讨论。

不可忽视的是，洛奇在论述某些问题时，会时而引述自己的作品片段或自身的写作体验，把批评理论与文学创作结合起来，说明写作技巧该如何运用等问题。洛奇这样做，理由很充分，因为他"一向将小说的本质视为一种修辞的艺术。即：在阅读体验中，小说家或短篇小说的作者劝慰我们去分享某一种世界观。如果成功了，就使读者沉醉在想象的现实之中。正如梵·高在他的油画'小说读者'中让人着迷那样。甚至那些故意打破这一魅力的小说家，也会为了他们的艺术目的，而不得不首先运用它"[③]。

---

① David Lodge, *The Art of Fiction*, London: Penguin Books Ltd., 1992, p. xi.

② David Lodge, *The Art of Fiction*, London: Penguin Books Ltd., 1992, p. x.

③ David Lodge, *The Art of Fiction*, London: Penguin Books Ltd., 1992, p. x.

自小说成为一种独立的文学体裁以来，谈论小说的艺术著作相继问世。E. M. 福斯特（E. M. Forster）在《小说面面观》（*Aspects of the Novel*，1927）中将小说从以下六个方面进行了细致分析：故事、人物、情节、幻想、预言和结构与模式。此外，亨利·詹姆斯的《小说的艺术》（*The Art of Fiction*，1884）、乔治·卢卡奇（György Lukács）的《小说理论：一篇基于伟大史诗文学形式的历史哲学论文》（*The Theory of the Novel：a Historico-philosophical Essay on the Forms of Great Epic Literature*，1973）、伊恩·瓦特的《小说的兴起》、米兰·昆德拉（Milan Kundera）的《小说的艺术》（*The Art of the Novel*，1986）等，也都是小说诗学中的重要著作。

然而，集作家和批评家于一身的洛奇，在《小说的艺术》中向读者展示了50个小说诗学的话题。洛奇不但引领读者赏玩小说的艺术之美，向读者展示了不同类型的小说，如“少年侃”、“书信体小说”、“意识流”、“实验小说”、“喜剧小说”、“魔幻现实主义”、“超现实主义”、“非虚构小说”和“元小说”等，同时，洛奇还在分析文本时，谈及了许多小说的写作手法和技巧，如：“悬念”“陌生化”“止于表面”“展示与讲述”“以不同的口吻讲述”“顿悟”“巧合”“讽喻”“暗示”“天气”，等等。

洛奇在所论述的每个话题的开端，首先援引一两段英美作家的小说片段。在这些作品中，有一些是我们所熟知的，如简·奥斯丁的《爱玛》、查尔斯·狄更斯的《荒凉山庄》（*Bleak House*，1852—1853）、亨利·詹姆斯的《梅西知道什么》（*What Maisie Knew*，1897）、弗吉尼亚·伍尔夫的《达洛维夫人》等；也有一些是我们比较陌生的作品，如保罗·奥斯特尔（Paul Auster）的《玻璃城》（*City of Glass*，1985）、J. R. 吉卜林（Joseph Rudyard

Kipling）的《巴瑟斯特太太》（*Mrs Bathurst*，1904）、克里斯托夫·艾什伍德（Christopher Isherwood）的《告别柏林》（*Goodbye to Berlin*，1939）、莉奥诺拉·卡林顿（Leonora Carrington）的《助听器》（*The Hearing Trumpet*，1976）等。洛奇借助这些作品文本来分析问题，循序渐进地展开讨论。此外，洛奇有时故意避开伟大作家的经典之作，而引述他们一部不知名的作品来分析问题。比如，《德伯家的苔丝》（*Tess of the d'Urbervilles*，1891）一直被国内学术界认为是哈代的经典之作，而洛奇偏偏援引哈代的另一部小说《一双蓝眼睛》（*A Pair of Blue Eyes*，1873）作为讨论"悬念"的文本，使读者更加了解了这一写作技巧对情节推动的重要意义。可以说，洛奇所举例子恰到好处，让人折服。

洛奇援引作品范围如此之广，并没有影响作为一个批评家有序、深入的分析。以"概念小说"为例，首先，洛奇指出这种小说有时也被称为"主题小说"，即有论点的小说。同时，洛奇给出了"概念小说"的定义：一般指叙事性不强的作品，小说中的人物反复商讨哲学问题，而吃、喝、调情等则异常简短。这个词源自法国，而这类小说在欧洲大陆的发展比英国更兴旺。洛奇指出，在英国的历史上，只有D. H. 劳伦斯的《恋爱中的女人》接近"概念小说"，但这里的概念是非常个人的、怪异的，不同于欧洲大陆的思想。洛奇分析，这可能与英国自17世纪以来没有经过任何形式的革命有关，产生不出像陀思妥耶夫斯基、托马斯·曼（Thomas Mann）、罗伯特·穆齐尔（Robert Musil）、让-保罗·萨特等那样伟大的作家。接着，为了更加明确这一问题，洛奇指出任何小说都有概念，产生概念并用概念来讨论。但"概念小说"是指作品的能量来源是概念，产生、形成和维持叙事动力，而不是感情、道德选择、个人关系或人类命运的辗转等因素。[①] 通过这样的分析，洛奇使读者明白了何为“概念小说”，也清楚了其前因后果。

洛奇既是他所援引的片段精辟的分析者，也在分析的同时，涉及和谈论了很多写作技巧。例如，互文性是一个很古老的写作技巧，一个文本可以用很多的方式来指涉另一个文本：戏仿、拼贴、呼应、引用典故、直接引语及结构平行。洛奇与很多文论家有相同的看法，认为互文性是文学的存在形式，所有的文本都是用另一些文本的素材编织而成，不管作者是否意识到这一点。[②] 读过柯勒律治《古舟子咏》（“The Rime of the Ancient Mariner”，1798）的人不难看出，约瑟夫·康拉德的《影线》（*The Shadow Line*, 1917）与其有互文性；读过《奥德赛》的人一眼就能看出，詹姆斯·乔伊斯的《尤利西斯》便取材于此。而洛奇的小说《大英博物馆在倒塌》的灵感则来自《尤利西斯》，所有的行动都发生在一天之内，另一部小说《小世界》则取材于亚瑟王与他的圆桌骑士及他们寻找圣杯的故事，来突出小说中的学术界人物飞来飞去，在国际会议上进行职业和性爱的竞争。

在谈到“视角”的时候，洛奇所援引的例子是亨利·詹姆斯的《梅西知道什么》，说明一部小说在同一问题上可以提供不同的视角，但一次只能采用一种视角。即使采用“全知”的叙述方法，从上帝的角度来报道一切行为，但也只能限于一到两种可能的视角。[③] 限制叙述的视角，只用一个人称来叙述，可以获得一种强烈和直接的效果，这点同亨利·詹姆斯的看法不谋而合。洛奇指出，一个懒惰或者是没有经验的作家最常见的一个标志，就

① David Lodge, *The Art of Fiction*, London: Penguin Books Ltd., 1992, p. 198.

② David Lodge, *The Art of Fiction*, London: Penguin Books Ltd., 1992, pp. 98 – 99.

③ David Lodge, *The Art of Fiction*, London: Penguin Books Ltd., 1992, p. 26.

是在把握视角时的不一致性。虽然在视角的转换上没有规定，但洛奇认为，我们要依托一些审美标准和原则，如果不这样做，读者投入故事的程度和对文本意义的“解读”，都将会被打乱。①

批评家洛奇能做到深入浅出，不苟于深奥的学术术语，以实例为基础进行细致有序的分析，这使洛奇的批评文章既能迎合大众读者的阅读趣味，又不缺乏深度。虽然必须承认，不论什么作品，一旦产生，某一部分或某些部分都会超出作家原初的意识，正如“有一千个读者，就有一千个哈姆莱特”一样，每一篇文本放在自己的面前，读者都会有不同的反应和思考。作品意义的构建，有赖于读者对作家的理解和自己的意识如何投射到作品上，进而获得一种审美体验。然而，洛奇带领我们进入的是更专业、更有序、更深刻的一种思考。我们不能满足于浅尝辄止，只停留在故事的情节上，满足于肤浅的阅读中，我们要变被动的读者为主动的参与者，与洛奇一起，对作品进行分析、理解和批评，这样才能深刻理解作品想要表达的意义，挖掘得更加深入，避免浮泛地阅读作品。难怪洛奇有如此的美誉，《小说的艺术》被称为“自福斯特的《小说面面观》以来，最出色的面向大众的小说研究作品”②。

二　“隐含的”文学史

韦勒克说过，文学史对于文学批评是极其重要的。“因为文学批评必须超越单凭个人好恶的最主观的判断。一个批评家倘若满足于无视所有文学史上的关系，便会常常发生判断的错误。他

① David Lodge, *The Art of Fiction*, London: Penguin Books Ltd., 1992, p. 28.

② ［英］戴维·洛奇：《小说的艺术》，王峻岩等译，作家出版社1997年版，“前言”，第6页。

将会搞不清楚哪些作品是创新的，哪些是师承前人的；而且，由于不了解历史上的情况，他将常常误解许多具体的文学艺术作品。"[①] 如果一个批评家缺乏或全然不懂文学史，那很可能马马虎虎、胡乱推测、或沾沾自喜于描述自己“在名著中的历险记”了。[②] 与很多其他文学理论著作相比，洛奇并没有直接强调作为一个读者或作家，应该掌握更多的文学史知识。然而，当我们阅读《小说的艺术》时，就会发现，在这50个章节之内，很多都涉及了相关的文学史知识。洛奇对西方文学史精准的把握，使读者在阅读《小说的艺术》时，对该论题的发展脉络有了进一步的了解。此外，在谈及一些术语时，洛奇往往会追根溯源，将其演变发展的历程向读者交代。

例如：在谈及“超现实主义”时，洛奇首先进行了追溯，指出超现实主义在视觉艺术中比在文学中更引人注目，也更容易定义。萨尔瓦多·达利（Salvador Dail）、马塞尔·杜尚（Marcel Duchamp）、雷尼·马格利特（Rene Magritte）和马克斯·恩斯特（Max Ernst）都是现代艺术历史上的杰出人物。在20世纪二三十年代，早期的现代主义和达达主义的实验风潮，便是文学超现实主义萌生的土壤。超现实主义的主要理论家安德烈·布勒东（André Breton）声明，超现实主义基于“一种迄今为止备受忽视的信念上：坚信某些特定的联想形式尤其至高无上的特质，坚信梦的全能，坚信思维的客观流动”[③]。接下来，为了进一步澄清什么是“超现实主义”，洛奇用了对比的方法，对“超现实主义”

① ［美］勒内·韦勒克、［美］奥斯汀·沃伦：《文学理论》，刘象愚等译，江苏教育出版社2005年版，第39页。

② ［美］勒内·韦勒克、［美］奥斯汀·沃伦：《文学理论》，刘象愚等译，江苏教育出版社2005年版，第39页。

③ David Lodge, *The Art of Fiction*, London: Penguin Books Ltd., 1992, p. 175.

和“魔幻现实主义”进行了区分。首先，它们明显有一定的亲缘性。然而，在魔幻现实主义中，在现实和幻想之间总是有一种紧密的联结：不可能的事件是一种对现代历史的极其自相矛盾的一种隐喻。而在“超现实主义”中，隐喻变成了真的，擦去了这个世界的理性和常识。超现实主义者喜欢把他们的艺术用梦来类比。举例来说，第一部英语超现实主义小说是一个梦境中的故事：《爱丽斯漫游记》（*Alice's Adventures in Wonderland*，1865）。在这样的叙述之后，洛奇再来详细分析其所举的例子——莉奥诺拉·卡林顿的《助听器》，来说明这个老人的种种幻觉与现实相混淆的情景，也许就十分容易理解，并使人感到极为轻松愉快了。通过这样的写作手法，洛奇不但使读者了解了“超现实主义”这一写作技巧，更让读者了解了其渊源，并明晰了“超现实主义”和“魔幻现实主义”的差异，使所讨论问题更加清楚明白。这一切都离不开洛奇扎实的文学史功底。

在谈到标题时，洛奇认为标题是文本的一部分，因此对读者有相当大的吸引力和影响。最早期的英语小说的标题都是中心人物的名字，如《摩尔·弗兰德斯》（*Moll Flanders*，1722）、《汤姆·琼斯》（*Tom Jones*，1749）、《克拉丽莎》（*Clarissa*：*Or the History of a Young Lady*，1748）等，而有时小说会以自传的形式出现，来掩盖其虚构身份。之后，小说家意识到标题也能暗示主题，如《理智与情感》（*Sense and Sensibility*，1811）；标题也可以暗示神秘，如《白衣女人》（*The Woman in White*，1859）；有时标题也能提供一种场景和氛围，如《呼啸山庄》（*Wuthering Heights*，1847）。到了19世纪的某个时期，小说家开始引经据典，这一传统一直沿袭到20世纪，如《天使不敢涉足的地方》（*Where Angels Fear to Tread*，1905）、《一捧尘土》（*A Handful of Dust*，1934）、《丧钟为谁而鸣》(*For Whom the Bell Tolls*, 1940) 等。最伟大的现代主义小说家开始用象征和隐喻为标题，如《黑暗的中心》(*Heart of Darkness*, 1899)、《尤利西斯》、《虹》(*The Rainbow*, 1915) 等。而近期的小说家更喜欢用怪诞的、谜似的、不合拍的标题，如《麦田里的守望者》。除了上述翔实的介绍，使读者对这一论题了解极为透彻之外，洛奇强调不能忽视一个问题：小说是一件艺术品，更是一件商品，商业的考虑会影响标题，或者使标题改变。例如，福特·马道克斯·福特 (Ford Madox Ford) 的《好兵》(*The Good Soldier*, 1915) 原初的题目是《最悲惨的故事》(*The Saddest Story*)，但由于它是在大战期间产生的，出版商劝作者把题目改成一个不太伤感并爱国的标题。

在《小说的艺术》中，这样的例子比比皆是："章节""时间跨度""结尾""非虚构小说""暗示""异域风情""顿悟""讽喻""历史感""实验小说""华丽散文体""天气"等问题的论述，都涉及了相关的文学史知识。正如洛奇自己所述，在众多的文学作品中，文学史一直在寻找它们共同的传统、策略和技巧，因而把这些文学作品分成"时期"或"流派"或"运动"用以概括或对文学作品进行分类。[①] 只有懂得了什么是传统，才能明白如何应对非传统。洛奇的批评实践告诉我们，只有深入了解文学史，我们才能知道如何更好地运用写作技巧，创造出更加优秀的作品。从《小说的艺术》中，我们看到的不仅仅是洛奇透彻、有序、细致的分析，他对西方文学史及其发展脉络掌握得如此娴熟，不仅为文学批评开辟了宽阔的道路，更为他的小说创作打下了良好的根基。

---

① David Lodge, *After Bakhtin: Essays on Fiction and Criticism*, London: Routledge, 1990, p. 25.

三 批评理论与文学创作相结合

在西方文学批评史上，有一个很常见的现象：一个人既可以是文学创作的能手，同时也可以是一位极有影响力的批评家。例如，华兹华斯、托尔斯泰、波德莱尔、约翰·沃尔夫冈·冯·歌德（Johann Wolfgang von Goethe）、埃德加·爱伦·坡等，不仅其诗歌或小说让人奉为经典，他们的批评理论在西方文学批评史上也占有相当重要的地位，任何研究西方文学批评史的人，都不能随意绕过他们。在当代英国学者中，洛奇的学术地位十分显赫。随着2011年《有才能的人》的出版，洛奇所创作的长篇小说已达14部之多，其中以《换位》、《小世界》和《好工作》校园三部曲而享誉全球。而这些作品之所以有如此大的影响力，并非光靠曲折的情节或细致的人物刻画，洛奇的批评实践，为他的小说创作提供了良好的构思，促使这些小说极具感染力。

在《小说的艺术》中，洛奇多次谈到了传统的叙事方式对自己创作的影响。比如，在《你能走多远?》这部小说中，洛奇用了概括叙述的方法，因为概括的方法似乎十分适合现代人的节奏，以及他们追求简洁和冷嘲热讽的口味。洛奇指出，概括的方法尤其对处理大量的人物和一个很长的故事十分有效，避免了传统古典小说中节奏过慢和细节过多的弊端。然而，不可忽视的是，在这一过程中一定要避免在概述时的词汇和句法的单一化。举例来说，菲·威尔顿（Fay Weldon）的很多小说，虽然大量地运用了概述，但其叙述的节奏和活泼的文笔反倒使作品十分著名。[①]

---

① David Lodge, *The Art of Fiction*, London: Penguin Books Ltd., 1992, p. 126.

谈到“巧合”时，洛奇认为它的使用频率因小说类型和时期不同而变化。同时，它也和作家本人认为适合与否有关。为了说明这一问题，洛奇援引了自己的写作经验。与《好工作》相比，洛奇感到《小世界》中运用巧合更加惬意，不受局限，因为它的题目会使人一目了然。洛奇指出，《小世界》是一部喜剧小说，而喜剧的读者由于喜剧所产生出来的愉悦，会接受一种看似不太可能的巧合。[①]《小世界》刻意模仿中世纪骑士传奇里交错的情节，为了达到喜剧效果，故事中运用了多重巧合。洛奇承认，虽然在写作的过程中某种巧合有时似乎不太可能发生，但小说发展到了这一阶段，越是巧合，越会使人感到愉悦，唯一要注意的就是不违反常规。此外，洛奇指出，有时巧合也受情节的制约。比如，在《好工作》中，也有喜剧和互文性元素，但它是一部更严肃、现实的小说。洛奇意识到在这部小说中，必须谨慎运用巧合。洛奇并没有明言自己处理巧合的方法是否成功，但他的用意，就是向读者展示作者是如何处理巧合，并如何打消人们的质疑的。

洛奇在“结尾”中，以《换位》为例，指出小说的结尾要考虑多重因素，比如视角、悬念、惊讶诧异、互文性、止于表面、书名题目和章节、元小说等，首先，因为《换位》这部小说高度对称，甚至读者可以预料到情节的发展，所以在文本的层面上，洛奇提供了某种变化和意外，在写作时，洛奇刻意采用了不同的风格和形式。其次，在写作的过程中，洛奇已经意识到了处理结尾很棘手。因为那不仅是“换妻”的问题，在这背后是文化的认同与背离等社会问题，洛奇不想做出选择，但他又不喜欢后现代

① David Lodge, *The Art of Fiction*, London: Penguin Books Ltd., 1992, pp. 151 – 152.

的没有结尾或不确定的收场。最后，经过斟酌，洛奇把最后一章写成了电影脚本，解决了所有的问题。洛奇既不用在这“四人方块舞”中做出评判，也可以以“非正常”小说语体创造叙述高潮的构想。此外，洛奇为自己这样做找了一个更加合适的借口，那就是他在构思下一部小说《小世界》时，可以继续利用这些主人公，自由地编写他们的生活故事。洛奇最后指出，一部小说的各个细部考量都不是凭空、单独地决定出来的；小说创作任何一个方面的考虑都会影响到其他方面，也受到它们的影响。[①] 单纯片面地只考虑一种因素，对作品的创作是不利的。

在写“章节”时，洛奇回顾了自己的创作过程。他意外地发现，在几十年的创作生涯中，自己的创作过程竟然有一些自己都未察觉到的明显变化。如果不是因为在《小说的艺术》中讨论“章节”，洛奇自己都忽略了这一点。比如，他的最早的一部小说《电影迷》，并没有划分章节。第一本以数字为章节的小说是《大英博物馆在倒塌》，而《换位》则被冠以“飞行”、“定居”、“信件”、“阅读”、“改变”和“结尾”等名称，用以划分章节。另一本小说《你能走多远?》中的章节，都是以“怎样”（How）来开头的。例如：“它怎么样”，“他们怎样失去贞洁的”“他们怎样失去对地狱的恐惧”等。洛奇这样做的目的，是为了使各章看起来对称，以弥补长度不一的缺憾。洛奇说：

> 因为我本人是个学院派批评家，……［所以］我是个自觉意识很强的小说家。在我创作时，我对自己文本的要求，与我在批评其他作家的文本时所提的要求完全相同。小说的每一部分，每一个事件、人物，甚至每个单词，都必须服从

① David Lodge, *The Art of Fiction*, London: Penguin Books Ltd., 1992, pp. 229–230.

> 整个文本的同一构思。[①]

由此看来，批评理论研究的不断深入，使洛奇的文学创作在不经意间改变着。

洛奇这样写道：

> 从某种意义上说，小说是一种游戏，一种至少需要两个人玩的游戏：一位读者，一位作者。作者企图在文本本身之外控制和指导读者的反应，就像一个玩牌者不时从他的座位上站起来，绕过桌子去看对家的牌，指点他该出哪一张。但愿我尚未因这样的错误而扫了读者的兴。[②]

也许，正如洛奇所说，散文小说的黄金法则就是没有规则——除非每个作家为自己规定。[③] 相信洛奇睿智的解读和精妙的分析能够为那些有志成为作家的人提供构思，普通读者也一定会从洛奇的批评实践中获得快乐的阅读体验。为了进一步厘清批评与创作之间的关系，洛奇在 2002 年出版的著作《意识与小说》中，继续深入地论述了这一问题，推动了小说艺术的发展。

第二节　文学批评与文学创作的关系

在批评与创作之间一向有着千丝万缕的联系。很多批评家各

① ［英］戴维·洛奇：《小说的艺术》，王峻岩等译，作家出版社 1997 年版，“前言”，第 2 页。

② ［英］戴维·洛奇：《小说的艺术》，王峻岩等译，作家出版社 1997 年版，“前言”，第 3—4 页。

③ David Lodge, *The Art of Fiction*, London: Penguin Books Ltd., 1992, p. 94.

抒己见，越发使这一问题复杂化。著名加拿大批评家弗莱就曾指出："批评家是一种寄生，或缺乏艺术家的观念当今仍然十分流行，尤其在艺术家中。创造和繁衍二者之间功能的可疑的类比就是强调这一点。因此，我们听到批评家的'无能'和'枯竭'，以及他对真正有创造性的人的憎恨等等。"① 事实果真如此吗？是否批评家与创作者之间永远是对立的呢？

对于这一问题，洛奇曾进行过深刻的思考。与那些只从事创作而不涉猎批评，或只从事批评而不进行创作的人相比，洛奇对该问题应该更有发言权。那么，他是如何看待和处理文学创作与文学批评之间关系的呢？经验丰富的洛奇没有武断地将二者的关系固定下来，他从四种惯常的视角出发，即"文学批评依附于文学创作"；"文学批评与文学创作相互对抗"；"文学批评是文学创作的一种"；"文学批评是文学创作的一部分"等，② 辩证地分析了每一种观点。从洛奇的视角出发，以上述几种观点为纲，我们会看到文学创作与文学批评之间既复杂又微妙的关系，以及它们的内在联系和共生态势。

一 关于"依附"或"对抗"的观点

从时间先后顺序来看，必然先产生文学作品，而后才有评论。由此，便生发了"文学批评依附于文学创作"这一古老而惯常的观点。洛奇认为："作家和批评家都有其自身的任务、优先考虑的事和优长。作家创作充满想象力的原创作品。批评家分类、

① Northrop Frye, *Anatomy of Criticism*: *Four Essays*, Robert D. Denham, ed., Toronto: Univeristy of Toronto Press, 2006, p. 5.

② David Lodge, *Consciousness and the Novel*: *Connected Essays*, Massachusetts: Harvard University Press, 2002, p. 93.

评价、解释和分析这些作品。"[1] 看来，这个问题似乎再简单不过了，文学批评必然依附于文学创作而存在。那么，作家是否需要这些分类、评价、解释和分析呢？如何回答这一问题，是该观点能否站得住脚的关键。

传统意义上讲，创作被认为是一手资料，批评是二手资料，而且"有创造力的作家可以不依靠批评家"[2]，若反之则行不通。尤其是文艺复兴之前，虽然批评一直存在，但却由于昂贵而费时的手稿，很少有人对其传抄，其功能无法得到彰显。相比之下，上流社会更愿意把钱和精力花在保留文学作品这些"奢侈品"上。然而，随着造纸术的发明，这一关系发生了微妙的变化。科技的进步使文学作品的传播锦上添花，文学批评也如雨后春笋般迅速发展，其功能在不断扩大。尤其是当众多的文学作品蜂拥挤入书店，使读者目不暇接，无从下手时，人们往往就借用批评家的介绍和评价，去判断、选择和取舍。洛奇指出："在这种情形下，好的文学批评有着重要的文化功能，即将好的文学与坏的文学区分开来，界定和保留文学经典。"[3] 也就是说，批评家的这种活动有一种在当时很少被公开承认的意识形态的功能，看护和维持经典作品的家园。因此，洛奇比较赞同马修·阿诺德（Matthew Arnold）夸张式的说法："在创作的频发期或庸俗期，例如19世纪后半叶，成为一位批评家也许比作家更有用。"[4] 可想而知，从

---

① David Lodge, *Consciousness and the Novel*: *Connected Essays*, Massachusetts: Harvard University Press, 2002, p. 93.

② David Lodge, *Consciousness and the Novel*: *Connected Essays*, Massachusetts: Harvard University Press, 2002, p. 93.

③ David Lodge, *Consciousness and the Novel*: *Connected Essays*, Massachusetts: Harvard University Press, 2002, p. 94.

④ David Lodge, *Consciousness and the Novel*: *Connected Essays*, Massachusetts: Harvard University Press, 2002, p. 94.

工人阶级购买不起书籍这种“奢侈品”到人人都有机会阅读，在文学创作的数量与日俱增让人目不暇接的情况下，文学批评必然会起到一种筛选和引导作用。

那么，文学批评到底多大程度上帮助筛选了文学作品，又在多大程度上依靠文学作品呢？换言之，文学批评曾经一直被认为是建立在一级话语之上的二级话语，这种观点是否合乎情理？针对这一问题，韦恩·布斯给出一段精辟的论述：“我想说，没有‘天真的’艺术，没有脱离伦理责任的艺术。既然每一种艺术都有可能成功地改变个人的性格乃至其文化，既然文化有可能会决定这种或那种艺术的成果，批评家们就不能逃避尝试判断的任务，这种任务将会一直伴有危险和困难。”[①] 也就是说，批评家们不可避免地要对各种艺术进行评价，尽管履行这一职责并不容易。这也正与洛奇的想法相呼应，即“批评”一词的含义是多层次、多形式的。其实，伟大的艺术家未必不愿意接受批评家的批评，将他们的作品与二流或三流的作品区分开来。可想而知，批评家、评论家的存在，推动了历史上保存下来许多久读不厌的经典之作。

既然批评是必要的，它如何达到科学性和合理性呢？洛奇指出，就批评本身而言，其内部也存在矛盾和斗争。“传统的历史学术研究是由理查兹在剑桥大学以实用批评为名发起，到最终演变成英美新批评的细读，二者之间，就有不可调和的矛盾。前者集中于文学文本的有力的经验主义事实，后者集中于文学文本自身的言语结构。”[②] 进一步说，新批评的理论家总是关注解释合法

---

① ［美］韦恩·布斯：《修辞的复兴》，穆雷等译，译林出版社2009年版，第85页。

② David Lodge, *Consciousness and the Novel*: *Connected Essays*, Massachusetts: Harvard University Press, 2002, p. 95.

性的限度问题。1946 年维姆萨特和比尔兹利发表的《意图谬见》就是其中典型的一篇文章。在该文中，有这样一段话："诗歌不是批评家自己的，也不是作者的。诗歌属于公众。它在语言中体现，以特有的方式拥有公众，它是关于人类的，一种人类知识的物体。"① 洛奇认为，这一论点"试图将文学文本无条件地放在某一公共区域，要么是其创作来源，要么是每一位读者"②。这种观点无益于文学创作的生发和发展。

此外，洛奇还发现有些作家并不相信解释。T. S. 艾略特便是如此，他说："因为这种写作中的每个成功都有上千的欺诈。你没有得到洞察力，而是得到了一部小说。"③ 洛奇指出，T. S. 艾略特的这一评论令人费解，前后矛盾：他既在上课时让学生对一首诗歌进行阐释，给出自己对诗歌的优劣评价，又贬损这种行为。这种行为让人产生焦虑，"学生们对他突如其来展现的诗歌除了解释，还能做些什么呢"④？唯一合理的解释就是，T. S. 艾略特似乎认为解释是更加个人和独断的。在洛奇看来，T. S. 艾略特在《传统与个人才能》（"Tradition and the Individual Talent"，1917）中所主张的"非个性化"理论，以及对解释行为的攻击，是他对个人诗歌创作的一种保护和隐藏，免受"好事的批评家"⑤纠缠。如此看来，在文学创作与批评之间，似乎存在某种不可调

① W. K. Wimsatt and Monroe C. Beardsly, "The Intentional Fallacy", in David Lodge, ed., *20th Century Literary Criticism*, London: Longman, 1972, p. 335.

② David Lodge, *Consciousness and the Novel: Connected Essays*, Massachusetts: Harvard University Press, 2002, p. 97.

③ T. S. Eliot, "The Function of Criticism", in T. S. Eliot, *Selected Essays, 1917 - 1932*, London: Faber and Faber, 1932, p. 32.

④ David Lodge, *Consciousness and the Novel: Connected Essays*, Massachusetts: Harvard University Press, 2002, p. 95.

⑤ David Lodge, *Consciousness and the Novel: Connected Essays*, Massachusetts: Harvard University Press, 2002, p. 97.

和的矛盾。

对于文学批评与文学创作不能和谐相处，它们之间存在某种对抗性这一观点，洛奇从自身的写作经验出发，坦诚地说："我常回避阅读关于自己作品的批评，尤其是我及我让学生过去常写的那种批评，因为我发现它会阻止而不是有益于创作。"[①] 即使是在洛奇晚年的学术生涯中，他也常常表露出这种态度。可以说，有类似做法的人不在少数，T. S. 艾略特、格林厄姆·格林、艾伦·泰特等都不愿意阅读评论自己作品的文章。这影射着在文学批评与文学创作之间，的确存在某种不可调和的矛盾。

洛奇认为，造成这一现象的主要原因，是一些批评家的确做得有些过火。在学术批评与文学创作互补的表面下，学术批评总是有自身隐藏的目的："展示职业技巧，驳斥竞争的侪辈，以及扬言增进知识。"[②] 经过某种极端的"选择、处理和再现文本"[③]，在批评的解释下，"有时作者本人都难以辨认出那是他或她的创作了"[④]。当然，这并不能说明文学创作与文学批评互不相干就是好现象。众所周知，洛奇的小说创作和他的文学批评之间，常常穿插式地进行。作为小说家，他的小说创作受到了读者大众的肯定，尤其是校园三部曲《换位》、《小世界》和《好工作》的问世，更使他声名鹊起。作为批评家，他自 20 世纪 60 年代起陆续推出各种批评文集，得到了学者的认可。洛奇肯定了文学创作与

① David Lodge, *Consciousness and the Novel*: *Connected Essays*, Massachusetts: Harvard University Press, 2002, p. 98.

② David Lodge, *Consciousness and the Novel*: *Connected Essays*, Massachusetts: Harvard University Press, 2002, p. 98.

③ David Lodge, *Consciousness and the Novel*: *Connected Essays*, Massachusetts: Harvard University Press, 2002, p. 98.

④ David Lodge, *Consciousness and the Novel*: *Connected Essays*, Massachusetts: Harvard University Press, 2002, p. 98.

文学批评之间的内在联系，并肯定地说："我从没有后悔在大学学习英语，并在英语领域中从事学术生涯。有时在教授与小说家之间的社会角色或个人角色间的调和会有一些问题，但在二者之间我从没感到任何智力或心理上的不相容。"① 可以相信洛奇所说如其所感，否则，他或许不会等到1987年才从伯明翰大学退休了。洛奇以其学术生涯为例，生动而有力地说明了二者之间不存在不可调和的矛盾。

文学创作与文学批评之间的紧张关系，有时也体现在前者对后者的需要上。一部文学作品问世之后，任何一位作家都需要反馈。对于多数作家来说，外界肯定的反馈推动写作欲望，否定的反馈则使创作消沉，能超然于亲人、朋友、批评家对自己作品的评价而悄然从事创作的人少之又少，即使最有名的小说家也是如此。读过弗吉尼亚·伍尔夫日记的人，都会了解这样一个故事：她在一个沙龙谈话中，由于T.S.艾略特大谈詹姆斯·乔伊斯而忽视她的存在而大伤脑筋，甚至"消沉，失去了写小说的信心"②。透过伍尔夫的日记，我们完全能够感受到伍尔夫十分看重文学批评家对其作品的评价这一事实。从这一例证可以看出，文学创作有时的确需要评论家的评论。其实，就连洛奇本人也因为香港的一家杂志在"文学天才笔下的杰作"这个标题之下，对其一本著作高度赞扬而感到高兴，并坦然承认这是他心中"最为理想的书评"。

当然，除了上述诸种情况，洛奇还指出了另外一些可能造成

① David Lodge, *Consciousness and the Novel*: *Connected Essays*, Massachusetts: Harvard University Press, 2002, p. 100.

② David Lodge, *Consciousness and the Novel*: *Connected Essays*, Massachusetts: Harvard University Press, 2002, p. 101.

二者之间的矛盾状态的原因：有些书评家评论作品不够客观，有些人为了政治目的而进行评论，有些新兴作家想取代先前的作家而写的书评，等等，都会加大二者之间的不和谐状态。更有一些书评褒扬太多，使作者过分依赖于这种书评，加重了二者之间的紧张关系。

二 关于“创造性”的观点

对于“批评本身是否是一种创作”这一观点，一直是比较难以回答的问题。在《批评的功能》中，T. S. 艾略特曾说：“没有批评的倡导者……做过可笑的设想，认为批评是一种本身具有目的的活动。”[①] 而有人则持不同的观点，认为批评事实上既是创造性的，也是独立的。两种观点的对立，让我们无从着手进行判断，使这一问题变得十分棘手。然而，只有在具体对比和分辨中，才能使问题更加明晰，这是洛奇常常采用的一种分析方法。

洛奇指出：“在后结构主义，尤其是结构主义的庇护下，批评与创作之间没有本质的差异这一话题再次引起一种新的学术尊重，以及一种新的辩说。”[②] 结构主义者认为，语言的本质充满了矛盾，没有确定的意义。“如果诗歌和小说都没有固定的、稳定的、可复原的意义，那么很明显批评不能假装有一种责任或使命去讲述那些文本的事实，但也无法避免雅克·德里达称之为‘游戏’的产生其意义的过程。”[③] 从这一角度来讲，批评不是创作的

① T. S. Eliot, “The Function of Criticism”, in T. S. Eliot, *Selected Essays, 1917 – 1932*, London: Faber and Faber, 1932, p. 24.

② David Lodge, *Consciousness and the Novel*: *Connected Essays*, Massachusetts: Harvard University Press, 2002, p. 103.

③ David Lodge, *Consciousness and the Novel*: *Connected Essays*, Massachusetts: Harvard University Press, 2002, p. 104.

附属物，而是属于具有创作成分了。在这方面，最有代表性的两个人物是德里达和哈罗德·布鲁姆，前者的文学话语中充满了“双关，引用，展示”[①] 等，后者则具有一种基于对文本明显误读的“另类的文学批评解释”[②]。

洛奇认为，在认可创作与批评有区别的前提下，可以承认在批评中有一种创作成分。“一篇好的批评文章应该具有某种情节。”[③] T. S. 艾略特、保罗·德曼（Paul de Man）或斯坦利·费希（Stanley Fish）等，都在写作中显示出了有如侦探小说的情节或突变，文章的结尾有时甚至破坏了自己的论证。此外，洛奇认为“批评不能用高雅和雄辩用词是没有理由的”[④]，他本人往往就这样做。可以说，文学批评是一种具有高度创造性的精神活动，属于一种艺术创造，只不过它所采用的是学术话语的方式，而不是艺术话语的方式，但二者在本质上是相通的。不过，他的确感受到两者仍然有些不同。在小说创作中，一切都是悬而未决的；而在批评活动中，其前提是已经有成形的作品，批评整体来说是一个“更轻松，不十分令人焦虑的过程”[⑤]。

罗兰·巴特指出过文学批评与文学创作的另一点相通之处，他说，批评的任务“不是去发现所研究作品的能力，相反，是完

① David Lodge, *Consciousness and the Novel*: *Connected Essays*, Massachusetts: Harvard University Press, 2002, p. 104.

② David Lodge, *Consciousness and the Novel*: *Connected Essays*, Massachusetts: Harvard University Press, 2002, p. 104.

③ David Lodge, *Consciousness and the Novel*: *Connected Essays*, Massachusetts: Harvard University Press, 2002, p. 105.

④ David Lodge, *Consciousness and the Novel*: *Connected Essays*, Massachusetts: Harvard University Press, 2002, p. 105.

⑤ David Lodge, *Consciousness and the Novel*: *Connected Essays*, Massachusetts: Harvard University Press, 2002, p. 105.

全用自己语言来覆盖它的可能性”①。根据巴特的观点，“任何批评在其话语中（尽管是以最为间接和最为谨慎的方式）都应该包含关于自己的一种隐性话语。任何批评都是对作品的批评和对批评自身的批评。用克洛代尔的话来说，任何批评都是对另外事物的认识和自身与世界的共生。换句话说，批评并不是一种结果计算表或者是一堆判断，它主要是一种活动，也就是说，是一系列智力行为，这种行为深刻地介入到了实现即承担这些行为的那个人的历史与主观存在性之中了”。② 的确，在批评的过程中，为了避免无谓的赘述，批评家往往用自己的话重复文本内容。在这样做的时候，不免会曲解作者。然而，洛奇认为，这并不是说批评家一定要引述原文，做到一字不改，“有创造力的作家会恰如其分地接受他们的语言被其他人的语言所代替的现象，不会感到不安”③。对于读者来说，“陌生化使我们重新看到了文学世界的美和价值”④。因此，语言的变化有其内在的魅力，在这个意义上讲，文学批评的确是文学创作的一种。

与上述第三种观点不同的是，“文学批评是文学创作的一部分”这一观点得到了很多小说家兼批评家的认可。T. S. 艾略特这样说过：

> 也许，一个作家在创作作品中最大的劳动部分是他的批

① Roland Barthes, “Criticism as Language”, in David Lodge, ed., 20th *Century Literary Criticism*, London: Longman, 1972, p. 650.

② ［法］罗兰·巴尔特：《罗兰·巴尔特文集：文艺批评文集》，怀宇译，中国人民大学出版社 2010 年版，第 306 页。

③ David Lodge, *Consciousness and the Novel*: *Connected Essays*, Massachusetts: Harvard University Press, 2002, p. 106.

④ David Lodge, *Consciousness and the Novel*: *Connected Essays*, Massachusetts: Harvard University Press, 2002, p. 106.

> 评劳动；筛选、结合、删除、纠正、检测的劳动：这种可怕的苦工与创造一样，都十分关键。我坚持认为一个训练有素的作家对自己作品的批评是最关键的，是最高种类的批评；并且……一些有创造力的作家比其他人出众就是因为他们的批评能力是出众的。①

洛奇虽然认为T. S. 艾略特的话中有令人困惑之处，但总体而言，持赞同态度。对于创作过程，洛奇深有体会，他说："只有少数的作家能够很快地创作出高质量的作品，几乎不用犹豫或修改，但对于我们大多数人，写作是一种杂乱无章的需要大量劳动的活动。"② 对于多数人来讲，创作不是一蹴而就的，需要用大量时间去揣摩、修饰、润色，思考用词、句、修辞等。一部只需十几个小时就读完的小说，可能需要作者几个月，甚至更长时间的劳动。这其中，就涉及了T. S. 艾略特所说的"批评劳动"。当然，这种批评劳动，正如波德莱尔所说的，未必是仅仅发生在课桌前的冥想，有可能也发生在"散步时，洗澡时，吃饭时，甚至会情妇时，都要想着自己的主题"③。如此可见，文学创作过程中的确需要批评劳动，因而批评就自然而然地成了其一部分了。

既然如此，那作者本人就理所当然地成了自己作品最好的批评家了吗？洛奇认为并非如此。一方面，由于他们与自己的作品距离太近，难以做出客观而准确的评价；另一方面，虽然作家比

① T. S. Eliot, "The Function of Criticism", in T. S. Eliot, *Selected Essays, 1917 – 1932*, London: Faber and Faber, 1932, p. 30.

② David Lodge, *Consciousness and the Novel: Connected Essays*, Massachusetts: Harvard University Press, 2002, p. 107.

③ ［法］波德莱尔：《波德莱尔美学论文选》，郭宏安译，人民文学出版社2008年版，第16页。

他的批评家解释作品如何产生的过程有优越性，但很少有作家愿意利用这种优越性，将创作过程毫无保留地公之于众。T. S. 艾略特就总是礼貌地拒绝揭示和描述他那些晦涩诗歌的创作来源。虽然洛奇也曾写过如何创作小说的文章，但他坦言，在创作作品的过程中有很多事实是恢复不了的，更有很多他不愿意泄露的机密。如此看来，创作过程不但涉及知识的积累，更涉及一种缪斯女神式的引领，众多作家之所以都不愿意详细阐述，就是怕把这位女神吓跑，从而“失去这种天赋”[①]。创作过程一直是一个令人着迷的话题，没有人能够将它说得很清楚。洛奇坦言，即使竭力想要阐明这一过程，往往都是“事后诸葛”，解释不了真正的创作动机和过程。

当代德国“文学教皇”马塞尔·赖希－拉尼茨基（Marcel Reich-Ranicki）指出：“没有对文学的热爱就没有对文学的批评。”[②]身为小说家兼批评家的洛奇，为我们洞悉文学批评与文学创作的关系提供了诸多启示，其独特的视角和论述方法也值得我们借鉴。第一，他动态地看待二者之间的关系，没有固化它们的内在联系，这一做法是恰当而客观的。第二，在论说这些观点的时候，洛奇从多个角度进行论述，基本澄清了二者之间的纠葛，使问题更加明晰的同时，也表明了自身的观点：毕竟，与创造性写作相比，批评是一种更加苦心经营且受制约的活动。[③] 第三，洛奇自身的创作与批评给了他很多的启示。可以想象，若两种职业

① David Lodge, *Consciousness and the Novel*: *Connected Essays*, Massachusetts: Harvard University Press, 2002, p. 108.

② ［德］马塞尔·拉尼茨基：《我的一生》，余匡复译，上海译文出版社 2003 年版，第 323 页。

③ David Lodge, *The Novelist at the Crossroads*, London: Routledge & Kegan Paul plc, 1971, p. ix.

中缺乏任何一种，都无法将批评与创作的关系说得如此透彻。虽然洛奇不愿透露写作中最为神秘的部分，但他毫不否认二者之间的内在关系。通过洛奇的论述，我们更好地了解到文学批评与创作之间复杂而微妙的关系，相信他的论述之中仍有很多值得我们学习和思考，给我们以启发。

应该说，洛奇基本厘清了文学创作与文学批评之间的矛盾和关系，但若断定洛奇一劳永逸地永远解决了二者之间的纷争，似乎太过乐观了。洛奇表示，随着时间的推进，越发使二者的关系难以处理了。“文学创作，尤其是学术圈内的文学创作，再也难以回到不受批评影响的单纯年代。这在学院派作家的作品中表现得尤为突出。”① 不可忽略一个客观事实：不但批评会受到社会的影响，经济的发展也直接影响文学批评与文学创作的关系。比如，撒切尔夫人对教育财政拨款的大量削减，使原本就不景气的英国学界更加雪上加霜，包括洛奇在内的很多学者都受到了强烈的冲击，更有很多人同洛奇一样，或提前退休，或另谋高就，到工资待遇优厚的美国高等院校从教了。透过洛奇的眼光，我们感悟到了一个事实：洛奇一直没有忘记其批评家的身份和职责，随着时代的前进，他仍在不断地探索和追求着。

① 宋艳芳：《寄生、共生还是对抗？——文学创作与批评的关系转变及当代英国“学院小说”》，《当代外国文学》2006 年第 2 期。

结 语

在三十余年持之以恒的批评历程中，洛奇涉猎了20世纪下半叶重要文学理论流派。20世纪60年代，洛奇迈出了批评之旅的第一步。他积极吸纳和运用新批评理论，奠定了日后以“细读”为基础的文学素养。接触到雅各布森的隐喻和转喻理论后，洛奇看到“两极”理论在小说批评中大有用武之地，积极尝试。结构主义来临之后，洛奇尤其对结构主义叙事学深感兴趣，尝试和运用这一理论使他对新批评理论进行了反思。对巴赫金诗学的理解与运用，使洛奇的文学批评更加具有灵活性。他大胆地对这一理论进行了尝试，取得了令人欣慰的成果。以20世纪90年代出版的《小说的艺术》为代表的著作，是洛奇呈献给学界和普通读者大众的厚礼，是他批评历程中的结晶。他对文学批评与文学创作之间关系的梳理中，既不抽象地高谈文学批评的价值，也不漫无边际地阔论写作技巧如何重要。二者在他那里，得到了最恰当的融合。他为小说诗学所做的卓越贡献，得到了批评界的肯定和赞扬。

毋庸置疑，从初识新批评，到尝试雅各布森的隐喻和转喻理论，再到与结构主义并行，最后到运用巴赫金诗学，洛奇的批评思想不断进步和升华着。他对小说艺术的独特理解和分析，使小说诗学不再那么晦涩难懂。通过精湛的解读和批评实践，他可以使文学作品拥有另一种生生不息的生存空间。洛奇结合自己的文学创作实践，通过阐释作品，总结创作经验，概括创作规律，提炼基本原理，实现了理论与实践的沟通，避免了从理论到理论，或忽略文学实践的研究方法。毋庸置疑，洛奇在小说批评上的种种贡献，使他在学术上的成就得到了更多学者的认可，在文学界获得了应有的尊重和殊荣。因此，这位批评家赢得了著名学者布鲁斯·马丁对他的赞誉：洛奇要比“最近几十年享有批评界高度评价和商业成功的人士”① 更重要。

韦勒克曾说：“首屈一指的学者乃是这样一些人物：在文学学术研究的准备的辛劳之中，他们经过实习而且受过训练，不过后来大开眼界，尝试大胆地融贯处理，同时他们感到需要把他们毕生工作的成果传授给学术界，而后者有时又拓宽到一般的文学大众。”② 洛奇将他的毕生精力献给了文学事业。不可否认，在学术研究的旅程上，洛奇的前期批评思想不如后期那样成熟，也曾有过这样或那样的偏见。不过，正如法国著名批评家蒂博代所说：“一部批评著作如果是不完全的，能够引导读者去加以修正，才会有生命的。”③ 它将引起批评，参与到对话之中，显露出一种向着更好的水平运动的意向。在积极的探索和研究中，洛奇能够逐步认识到先前思想的局限，走出误区，批评思想渐渐升华。他的批评观一直处于不断发展和变化之中。在他的著作中，有时显

① Bruce K. Martin, *David Lodge*, New York: Twayne Publishers, 1999, pp. x – xi.

② ［美］韦勒克：《近代文学批评史》第四卷，杨自伍译，上海译文出版社 2009 年版，第 104 页。

③ ［法］阿贝尔·蒂博代：《批评生理学》，赵坚译，商务印书馆 2015 年版，第 14—15 页。

露出精湛的细读本领，有时一些评论文章并不缜密，但洛奇一直努力使批评观向着更高、更好、更完善的方向发展，使人由衷地敬佩他的学术精神。

面对20世纪下半叶产生的各种重要理论流派，洛奇既不盲目跟风，也不一味地否定。他从不失去立场，人云亦云；也不故步自封，犯下闭门造车的错误。他对各种理论的态度既是宽容的，又是兼收并蓄的。洛奇最为成功的地方，就是他的批评著述并不属于老气横秋的“高头讲章”，让人束之高阁。多年的学术批评与写作经验使他可以达到融会贯通，采取积极的态度和适时调整的方法，动态地看待和构建批评事业。毫不夸张地说，作为文学批评界的典范，洛奇无疑给我们带来更多的思考空间与启迪。

随着21世纪的到来，社会发生了翻天覆地的变化，文学批评也在不断变化着，凸显出很多问题。与20世纪的文学批评相比，21世纪的文学批评更加多元化和复杂化。文学批评多元化的发展，促进了各国文化的深度融合与平等对话。然而，在纷繁复杂的批评话语之下，文学批评凸显了诸多的缺憾，诸如与文学创作相脱节；对文本进行“强制阐释”；商业化、友情化趋势严重等。在这样一个充斥着各种观点、各种知识、各种竞争的时代，文学研究是否还需要从点滴做起？

朱光潜曾说：

> 最好的文艺批评家往往是文艺创作者本人。诗和戏剧方面的歌德，绘画方面的达·芬奇和杜勒，雕刻方面的罗丹，小说方面的巴尔扎克和福楼拜等大师，在他们的谈话录、回忆录、书信集或专题论文里都留下了珍贵的文艺批评，其所

以珍贵，是因为他们是从实践经验出发的。[①]

朱光潜先生所提到的这些人物虽是各个不同艺术门类中具有代表性的大师，但他们却有着共同的特点：重视实践。作为一位脚踏实地的学者，洛奇同样如此。身为教授，他并没有钻入故纸堆，他在教授课程之余，一边写小说，一边写批评著述，具有创作者和批评家的双重身份，理论素养极高，他的批评思想对当下的文学发展具有重要的启示意义。

首先，“文本细读”不可少。北京大学外语学院辜正坤教授曾指出，有的学者“轻视具体的微观的作品分析”，也有个别学者“喜欢天马行空、动辄宇宙全球，虚张声势地进行所谓宏观论述”[②]。洛奇的文学批评历程告诉我们，“文本细读”作为他最初步入批评界的阅读工具，一直伴随着他的批评活动。从对现实主义文本《简·爱》中“火”的意象分析，到现代主义小说《芬尼根的守灵夜》中双关的使用，再到对以贝克特为代表的晦涩难懂的后现代主义小说的研究中，洛奇都不遗余力地在文本细读时条分缕析，不仅让读者从不同角度领会了这些作品的不同特点，更树立了一位合格批评家应下苦功夫的典范。从洛奇的身上我们看到，不能因为时代前进速度快而省略了做学问最起码的“笨功夫”——坐冷板凳。要知道，学术研究的延续性很大程度依赖于此。健康的治学之路一定如同洛奇的批评历程一样：既有扎实的基本功，又能以审时度势的眼光对待不同时代产生的不同理论，从细读文本中分析、验证、阐述、总结这些理论的可行性。

① 朱光潜：《西方美学史》，人民文学出版社 1982 年版，“序论”，第 5 页。

② 辜正坤：《比较文学的学科定位及元—泛比较文学论》，《北京大学学报》2002 年第 6 期。

其次，少一些贴标签式的“主义”研究，批评之路要兼收并蓄。虽然“女性主义”“生态批评主义”等在20世纪下半叶影响广泛，但洛奇从来都没有刻意运用这些理论来阐述问题。在洛奇的批评生涯中，我们很少看到他从各种“主义”出发，进行大而无当的宏观叙事。这并不是说他不了解这些新潮的理论。相反，他从来都有自己的立场，有自己的解读和思考方式。比如，在对《简·爱》这部作品进行解读时，他并没有运用众所周知的“女性主义”视角进行解读，而是从“尘世元素”出发，探讨火在整部小说中的作用和意象，对这部小说的解读别有韵味。即使是被公认的很有成就的“女性主义”作家，他也不建议从单一的“女性主义”角度来解读其作品。洛奇以当代英国小说家费·威尔登（Fay Weldon）1975年的小说《女性朋友》（*Female Friends*）为例，展示了小说中的后现代主义因素、独特的叙述手法、时态的不断变化和利用叙述时长等小说写作技巧。洛奇认为，正是由于这些写作手法的运用，才在小说中人与人之间的关系中“创造了一种愚蠢与矛盾的喜剧性的绝望，尤其是女人的命运”①。

再次，紧跟时代步伐，但不能失去自我。进入21世纪，匆匆忙忙赶潮头搭便车的现象越发严重。文学批评的发展受到诸多因素的影响，有着空前壮大的态势。我们不能盲目跟风，人云亦云；也同样不能闭门造车，与时代脱轨。我们更不能无视这种纷乱现象的存在，任其发展。或许，在文科领域做脚踏实地的“独行侠”未尝不可，但是，文学研究需要沟通和交流。面对“混乱”和看似“繁荣”的景象，我们应该有甄别的能力，不被“学科理论”研究过热的假象迷惑。对待当下的各种文学批评和文学

① David Lodge, *After Bakhtin: Essays on Fiction and Criticism*, London: Routledge, 1990, p. 27.

理论现象，我们应该持积极的态度，但不能盲目地跟从。洛奇在初期步入文学批评领域之时，深受新批评的影响，导致其20年后对《小说的语言》的反思与批评。虽然他没有提笔修改某些颇为牵强的观点，但很明显，在其后的批评历程中，他很少以一种批评方法为主，而是借鉴和选取不同批评方法的优长。他既积极接受新兴起的文学理论，又有自己看问题的角度和特有的观点。这样的做法，使他的文学批评不断得到发展和完善。

最后，文学批评应该与文学实践、文学理论、文学史相结合。洛奇的文学批评历程告诉我们，他之所以有诸多的成就，并不仅仅依靠天资。从洛奇对《小世界》《换位》等小说写作技巧的自我分析以及在批评理论著作中对他人小说的解读可以看出，这位批评家对文学史、文学理论的掌握十分扎实，其小说创作十分别致，构思新颖，这离不开他对文学史、文学理论等其他相关领域的理解。这些“隐含”在各种批评著作中的知识，已然成为他成功的必备条件。实践表明，文学批评和文学创作等是相互促进、共同发展的。文学批评可以通过创作实践得到更广泛的传播，而文学创作可以通过融合文学批评丰富自身。可以看出，洛奇的成功不仅在于他的智慧和才华，更在于他的勤奋。我们不能说洛奇有一等的天资，但可以肯定他一直扎扎实实地做着研究工作。他对待学术毫不马虎的态度，给我们树立了较高参考价值的榜样。

当下，问题是客观存在的，但是无论如何，文学批评的前景是乐观的，这是因为很多学者已经在为它当前的现状而忧虑和思考了。人们一定可以在思考和讨论中找到摆脱当前文学批评发展的危机和困境的路径，只是这路径不在于切断，而在于加强文学批评与文学理论、文学创作之间内在的联系，才能从空泛的批评转向具体的批评，显示文论话语的张力，因为“所有那些宏大空洞、故弄玄虚的理论都将消逝在忘津；能够在未来的学术史留下记载的，仅仅是那些脚踏实地的研究”。[①] 故此，从洛奇那里，我们要学会不断审视、选择、吸纳和整合各种文学理论与批评流派，加上不断勤奋地进取和追求，才有可能革新和超越历史。

胡适曾言：“文学者，随时代而变迁者也。一时代有一时代之文学……”[②] 我们相信，只要如洛奇一样，有洞悉世态“进化之眼光”[③]，一定可以使文学批评的面貌得以改观。他教会我们不能孤立地看待文学现象，必须把它们置于文学演变的动态过程中加以考察。只有在不断变化的、具体的批评实践中，才能走出一条独具一格的批评之路。因为“最好的批评是那种既有趣又有诗意的批评，而不是那种冷冰冰的代数式的批评，以解释一切为名，既没有恨，也没有爱，故意把所有感情的流露都剥夺净尽”。[④] 可以说，正是因为洛奇很好地把握了文学艺术的本质，才成为一位有着高度自觉意识、在时代不断前进的浪潮中可以审时度势、极有责任心且十分胜任的批评家。

① 汪介之：《“世界文学”的命运与比较文学的前景》，见《别求新声：汪介之教授讲比较文学及中俄文学交流》，中央编译出版社 2014 年版，“自序”，第 2 页。

② 胡适：《胡适全集》第一卷，季羡林主编，安徽教育出版社 2003 年版，第 6 页。

③ 胡适：《胡适全集》第一卷，季羡林主编，安徽教育出版社 2003 年版，第 6 页。

④ ［法］波德莱尔：《波德莱尔美学论文选》，郭宏安译，人民文学出版社 2008 年版，第 196 页。

参考文献

一 著作类

1. 英文著作

Abrams, M. H. , *The Mirror and the Lamp*: *Romantic Theory and the Critical Tradition*, New York: Oxford University Press, 1953.

Auerbach, Erich, *Mimesis*: *the Representation of Reality in Western Literature*, Princeton: Princeton University Press, 1953.

Ayers, David, *Modernism*: *A Short Introduction*, MA: Blackwell Publishing, 2004.

Barthes, Roland, *Image*, *Music*, *Text*, New York: Hill and Wang, 1977.

Booth, Wayne C. , *The Rhetoric of Fiction* (2nd *edition*), Chicago: The University of Chicago Press, 1983.

Brooks, Cleanth, *The Well Wrought Urn*: *Studies in the Structure of Poetry*, New York: Reynal and Hitchcock, 1947.

De Man, Paul, *The Resistance to Theory*, Minneapolis and London: University of Minnesota Press, 1986.

De Man, Paul, *Blindness and Insight*: *Essays in the Rhetoric of Con-*

temporary Criticism, Minneapolis: University of Minnesota Press, 1983.

De Man, Paul, *Critical Writings, 1953 – 1978*, Minneapolis: University of Minnesota Press, 1986.

Derrida, Jacques, *Writing and Difference*, Chicago: University of Chicago Press, 1978.

Eagleton, Terry, *Literary Theory: An Introduction*, Beijing: Foreign Language Teaching and Research Press, 2007.

Eliot, T. S., *Selected Essays 1917 – 1932*, London: Faber and Faber Limited, 1932.

Forster, E. M., *Aspects of the Novel*, London: Edward Arnold Ltd., 1970.

Frye, Northrop, *The Secular Scripture and Other Writings on Critical Theory 1976 – 1991*, Toronto: University of Toronto Press, 2006.

Frye, Northrop, *Anatomy of Criticism: Four Essays*, Toronto: University of Toronto Press, 2006.

Haffenden, John, *Novelists in Interview*, London: Methuen, 1985.

Joyce, James, *Ulysses*, New York: Random House, 1990.

Kermode, Frank, *The Sense of an Ending: Studies in the Theory of Fiction (with a New Epilogue)*, New York: Oxford University Press, 2000.

Kermode, Frank, *The Theory of the Novel: New Essays*, Oxford: Oxford University Press, 1974.

Kermode, Frank, *Romantic Image*, London and New York: Routledge, 2002.

Lentricchia, Frank, *After the New Criticism*, Chicago: University of Chicago Press, 1980.

Lodge, David, *Writer's Luck*, London: Harvill Secker, 2018.

Lodge, David, *After Bakhtin: Essays on Fiction and Criticism*, London: Routledge, 1990.

Lodge, David, *Changing Places: A Tale of Two Campuses*, London: Secker & Warburg, 1975.

Lodge, David, ed., *Modern Criticism and Theory: A Reader*, London, New York: Longman, 1988.

Lodge, David, ed., *Twentieth Century Literary Criticism: A Reader*, London, New York: Longman, 1972.

Lodge, David, *Evelyn Waugh*, Columbia: Columbia University Press, 1971.

Lodge, David, *Nice Work*, London: Penguin Books, 1988.

Lodge, David, *Small World: An Academic Romance*, London: Penguin Books, 1984.

Lodge, David, *The Art of Fiction*, New York: Penguin Books, 1992.

Lodge, David, *The Modes of Modern Writing: Metaphor, Metonymy, and the Typology of Modern Literature*, London: Edward Arnold, 2015.

Lodge, David, *The Novelist at the Crossroads and Other Essays on Fiction and Criticism*, London: Routledge & Kegan Paul, 1971.

Lodge, David, *The Practice of Writing*, London: Secker & Warburg, 1996.

Lodge, David, *The Year of Henry James: The Story of a Novel——with Other Essays on the Genesis, Composition and Reception of Literary Fiction*, London: Harvill Secker, 2006.

Lodge, David, *Working with Structuralism: Essays and Reviews on*

Nineteenth and Twentieth Century Literature, London: Routledge & Kegan Paul Ltd., 1981.

Lodge, David, *Consciousness and the Novel: Connected Essays*, Massachusetts: Harvard University Press, 2002.

Lodge, David, *Language of Fiction: Essays in Criticism and Verbal Analysis of the English Novel*, London: Routledge and Kegan Paul plc, 1966.

Lodge, David, *Write On: Occasional Essays '65 – '85*, London: Secker & Warburg, 1986.

Martin, Bruce K., *David Lodge*, New York: Twayne, 1999.

McCarthy, Mary, *The Groves of Academe*, New York: New American Library, 1963.

Morace, Robert A., *The Dialogic Novels of Malcolm Bradbury and David Lodge*, Carbondale and Edwardsville: Southern Illinois University Press, 1989.

Ransom, J. C., *The New Criticism*, Westport: Greenwood Press, 1979.

Richards, I. A., *Principles of Literary Criticism*, London: Routledge, 1976.

Richter, David H., ed., *The Critical Tradition: Classic Texts and Contemporary Trends*, Boston: Bedford, 2007.

Scholes, Robert E. and Kellogg, Robert, *The Nature of Narrative*, Oxford: Oxford University Press, 1966.

Showalter, Elaine, *A Literature of Their Own: British Women Novelists from Brontë to Lessing*, New Jersey: Princeton University Press, 1977.

Stevenson, Randall, *The British Novel since the Thirties: An Introduc-*

tion, Athens: the University of Georgia Press, 1986.

Swinden, Patrick, *The English Novel of History and Society 1940 – 1980: Richard Hughes, Henry Green, Anthony Powell, Angus Wilson, Kingsley Amis, V. S. Naipaul*, London: Macmillan, 1984.

Watt, Ian, *The Rise of the Novel: Studies in Defoe, Richardson, and Fielding*, Los Angeles: University of California Press, 1957.

Wellek, René and Warren, Austin, *Theory of Literature*, New York: Harcourt, Brace and Company, 1949.

Wellek, René, *A History of Modern Criticism, 1750 – 1950* (8 vols.), New Haven & London: Yale University Press, 1955 – 1992.

Wellek, René, *Concepts of Criticism*, New Haven & London: Yale University Press, 1963.

Zhang, Longxi, *The Tao and the Logos: Literary Hermeneutics, East and West*, Durham: Duke University Press, 1992.

2. 中文著作

[美] 爱德华·W. 萨义德:《世界·文本·批评家》，李自修译，生活·读书·新知三联书店 2009 年版。

[德] 奥尔巴赫:《摹仿论》，吴麟绶等译，百花文艺出版社 2002 年版。

[美] 昂利·拜尔编:《方法、批评及文学史：朗松文论选》，徐继曾译，中国社会科学出版社 1992 年版。

[苏] 巴赫金:《巴赫金全集》(7 卷本)，钱中文等译，河北教育出版社 2009 年版。

[古希腊] 柏拉图:《文艺对话集》，朱光潜译，人民文学出版社 1980 年版。

[美] 保罗·德曼:《解构之图》，李自修等译，中国社会科学出

版社 1998 年版。

［法］布瓦洛：《诗的艺术》，任典译，人民文学出版社 1959 年版。

［俄］车尔尼雪夫斯基：《艺术与现实的审美关系》，周扬译，人民文学出版社 1979 年版。

［英］戴维·洛奇：《生逢其时》，朱宾忠等译，河南大学出版社 2017 年版。

［英］戴维·洛奇：《小说的艺术》，卢丽安译，上海译文出版社 2010 年版。

［英］戴维·洛奇：《小说的艺术》，王峻岩等译，作家出版社 1997 年版。

［英］戴维·洛奇编：《20 世纪文学批评》（上册），葛林等译，上海译文出版社 1987 年版。

［英］戴维·洛奇编：《20 世纪文学批评》（下册），葛林等译，上海译文出版社 1993 年版。

［英］E. M. 福斯特：《小说面面观》，冯涛译，人民文学出版社 2009 年版。

［英］F. R. 利维斯：《伟大的传统》，袁伟译，生活·读书·新知三联书店 2002 年版。

［英］弗吉尼亚·伍尔夫：《论小说与小说家》，瞿世镜译，上海译文出版社 2000 年版。

［英］弗兰克·克默德：《结尾的意义：虚构理论研究》，刘建华译，辽宁教育出版社 2000 年版。

［古罗马］贺拉斯：《诗艺》，杨周翰译，人民文学出版社 1962 年版。

［美］亨利·詹姆斯：《黛西·密勒》，巫宁坤等译，上海译文出版社 2007 年版。

［美］亨利·詹姆斯：《小说的艺术》，朱雯等译，上海译文出版

社 2001 年版。

［美］亨利·詹姆斯：《一位女士的肖像》，刘一南编译，中国国际广播出版社 2011 年版。

［美］J. 希利斯·米勒：《小说与重复——七部英国小说》，王宏图译，天津人民出版社 2008 年版。

［美］克林斯·布鲁克斯：《精致的瓮——诗歌结构研究》，郭乙瑶等译，上海人民出版社 2008 年版。

［美］克林斯·布鲁克斯、［美］罗伯特·潘·沃伦：《理解诗歌》（第 4 版），外语教学与研究出版社 2004 年版。

［美］克林斯·布鲁克斯、［美］罗伯特·潘·沃伦：《小说鉴赏（双语修订）》（第 3 版），主万等译，世界图书出版公司北京公司 2012 年版。

［英］拉曼·塞尔登、彼得·威德森、彼得·布鲁克：《当代文学理论导读》，刘象愚译，北京大学出版社 2006 年版。

［美］勒内·韦勒克、奥斯汀·沃伦：《文学理论》，刘象愚等译，江苏教育出版社 2005 年版。

［美］雷纳·韦勒克：《近代文学批评史》（八卷本），杨自伍译，上海译文出版社 2009 年版。

刘象愚：《外国文论简史》，北京大学出版社 2005 年版。

［匈］卢卡奇：《小说理论》，燕宏远等译，商务印书馆 2012 年版。

［法］罗兰·巴特：《S/Z》，屠友祥译，上海人民出版社 2000 年版。

［法］罗兰·巴特：《符号学原理》，王东亮等译，生活·读书·新知三联书店 1999 年版。

［法］罗兰·巴特：《批评与真实》，温晋仪译，上海人民出版社 1999 年版。

［波］罗曼·英加登：《论文学作品》，张振辉译，河南大学出版

社 2008 年版。

［法］热拉尔·热奈特：《叙事话语　新叙事话语》，王文融译，中国社会科学出版社 1990 年版。

［法］热拉尔·热奈特：《转喻：从修辞格到虚构》，吴康茹译，漓江出版社 2013 年版。

［法］萨特：《萨特文论选》，施康强译，人民文学出版社 1991 年版。

［美］苏珊娜·卡森编：《为什么要读简·奥斯丁》，王丽亚译，译林出版社 2011 年版。

［英］特里·伊格尔顿：《二十世纪西方文学理论》，伍晓明译，北京大学出版社 2007 年版。

［英］托·斯·艾略特：《传统与个人才能》，卞之琳等译，上海译文出版社 2012 年版。

［英］托·斯·艾略特：《荒原》，汤永宽等译，上海译文出版社 2012 年版。

［英］托·斯·艾略特：《批评批评家》，李赋宁等译，上海译文出版社 2012 年版。

［英］托·斯·艾略特：《现代教育和古典文学》，李赋宁等译，上海译文出版社 2012 年版。

［保］托多洛夫：《批评的批评——教育小说》，王东亮等译，生活·读书·新知三联书店 1988 年版。

［保］托多罗夫：《象征理论》，王国卿译，商务印书馆 2004 年版。

汪介之：《别求新声：汪介之教授讲比较文学及中俄文学交流》，中央编译出版社 2014 年版。

［美］韦恩·布斯：《小说修辞学》，华明等译，北京大学出版社 1987 年版。

[德] 席勒：《美育书简》，徐恒醇译，中国文联出版公司 1984 年版。

[古希腊] 亚理斯多德：《诗学》，罗念生译，人民文学出版社 1962 年版。

杨冬：《文学理论》，北京大学出版社 2012 年版。

杨建：《乔伊斯诗学研究》，华中师范大学出版社 2011 年版。

[美] 伊恩·瓦特：《小说的兴起：笛福、理查逊、菲尔丁研究》，高原等译，生活·读书·新知三联书店 1992 年版。

[美] 伊莱恩·肖瓦尔特：《学院大厦——学界小说及其不满》，吴燕莛译，上海三联书店 2012 年版。

[法] 雨果：《雨果论文学》，柳鸣九译，上海译文出版社 1980 年版。

张隆溪：《20 世纪西方文论述评》，生活·读书·新知三联书店 1986 年版。

赵毅衡：《重访新批评》，百花文艺出版社 2009 年版。

二 论文类

1. 英文期刊论文

Allott, Miriam, "Jane Austen: Emma. A Selection of Critical Essays by David Lodge: Jane Austen", *The Review of English Studies*, New Series, Vol. 45, No. 180 (Nov., 1994), pp. 579 – 581.

Bradbury, Nicola, "*Working with Structuralism: Essays and Reviews on Nineteenth and Twentieth Century Literature* by David Lodge", *The Review of English Studies*, New Series, Vol. 35, No. 139 (Aug., 1984), pp. 428 – 429.

Brandl, Mark Staff, "*David Lodge and the Art-and-Reality Novel* by

Daniel Ammann", *The Journal of Aesthetics and Art Criticism*, Vol. 51, No. 1 (Winter, 1993), pp. 89 – 90.

Cohen, Ralph, "*Language of Fiction*: *Essays in Criticism and Verbal Analysis of the English Novel* by David Lodge; *The Sense of an Ending*: *Studies in the Theory of Fiction* by Frank Kermode", *Nineteenth Century Fiction*, Vol. 23, No. 1 (Jun., 1968), pp. 104 – 109.

Cupp, Jeff, "Are There Too Many Texts in This Class? A Review Essay", *South Atlantic Review*, Vol. 56, No. 2 (May, 1991), pp. 119 – 125.

Haley, K. Brian, "*Small World* by David Lodge", *The Journal of the Operational Research Society*, Vol. 35, No. 11 (Nov., 1984), p. 1043.

Hansen, Arlen J., "Fiction, British and American Plans", *NOVEL*: *A Forum on Fiction*, Vol. 5, No. 3 (Spring, 1972), pp. 263 – 266.

Honan, Park, "David Lodge and the Cinematic Novel in England", *NOVEL*: *A Forum on Fiction*, Vol. 5, No. 2 (Winter, 1972), pp. 167 – 173.

Kehde, S., "*After Bakhtin*: *Essays on Fiction and Criticism* by David Lodge", *Rocky Mountain Review of Language and Literature*, Vol. 45, No. 1/2 (1991), pp. 105 – 107.

Kershner, R. B., "Nice Work——*After Bakhtin*: *Essays on Fiction and Criticism* by David Lodge", *NOVEL*: *A Forum on Fiction*, Vol. 25, No. 2 (Winter, 1992), pp. 211 – 213.

Lerner, Laurence, "*The Language of Fiction*: *Essays in Criticism and Verbal Analysis of the English Novel* by David Lodge", *The Review of English Studies*, New Series, Vol. 18, No. 71 (Aug., 1967), pp. 356 – 358.

Lodge, David, "A Question of Judgement: The Theatricals at Mansfield Park", *Nineteenth Century Fiction*, Vol. 17, No. 3 (Dec., 1962), pp. 275 – 282.

Lodge, David, "*A Selection from 'Scrutiny'* by F. R. Leavis", *The Modern Language Review*, Vol. 65, No. 2 (Apr., 1970), pp. 414 – 415.

Lodge, David, "*Aquatic Ecology: Scale, Pattern and Process* by Paul S. Giller, Alan G. Hildrew, David G. Raffaelli", *The Quarterly Review of Biology*, Vol. 70, No. 4 (Dec., 1995), pp. 528 – 529.

Lodge, David, "*English Criticism of the Novel, 1865 – 1900* by Kenneth Graham", *The Modern Language Review*, Vol. 62, No. 4 (Oct., 1967), pp. 713 – 714.

Lodge, David, "*Graham Greene* by A. A. DeVitis", *The Modern Language Review*, Vol. 60, No. 4 (Oct., 1965), pp. 607 – 608.

Lodge, David, "Graham Greene: *A Checklist of Criticism* by J. Don Vann", *The Yearbook of English Studies*, Vol. 1 (1971), pp. 334 – 335.

Lodge, David, "*Hateful Contraries: Studies in Literature and Criticism* by W. K. Wimsatt", *The Modern Language Review*, Vol. 61, No. 4 (Oct., 1966), pp. 647 – 648.

Lodge, David, "*Henry James and His Cult* by Maxwell Geismar", *The Modern Language Review*, Vol. 60, No. 1 (Jan., 1965), pp. 101 – 102.

Lodge, David, "Historicism and Literary History: Mapping the Modern Period", *New Literary History*, Vol. 10, No. 3, Anniversary Issue: I (Spring, 1979), pp. 547 –555.

Lodge, David, "*Keys to 'Lolita'* by Carl R. Proffer", *The Modern Language Review*, Vol. 65, No. 3 (Jul., 1970), pp. 618 –619.

Lodge, David, "*Modern Continental Literary Criticism* by O. B. Hardison, Jr.", *The Modern Language Review*, Vol. 62, No. 1 (Jan., 1967), pp. 104 –105.

Lodge, David, "*Season of Youth: The Bildungsroman from Dickens to Golding* by Jerome Hamilton Buckley", *The Modern Language Review*, Vol. 70, No. 4 (Oct., 1975), pp. 860 –861.

Lodge, David, "*The Appropriate Form: An Essay on the Novel* by Barbara Hardy", *The Modern Language Review*, Vol. 61, No. 1 (Jan., 1966), pp. 119 –120.

Lodge, David, "*The Babarian within* by Walter J. Ong", *The Modern Language Review*, Vol. 58, No. 4 (Oct., 1963), pp. 545 –546.

Lodge, David, "The Novel Now: Theories and Practices", *Novel: A Forum on Fiction*, Vol. 21, No. 2/3, *Why the Novel Matters: A Postmodern Perplex Conference Issue* (Winter-Spring, 1988), pp. 125 –138.

Lodge, David, "*The Reader in the Text: Essays on Audience and Interpretation* by Susan R. Suleiman, Inge Crosman", *Poetics Today*, Vol. 3, No. 1, Types of the Novel Semiotics of Social Discourse (Winter, 1982), pp. 185 –189.

Lodge, David, "*The Rhetoric of Fiction* by Wayne C. Booth", *The Modern Language Review*, Vol. 57, No. 4 (Oct., 1962), pp. 580 –581.

Lodge, David, "*The Structuralist Controversy: The Languages of Criticism and the Sciences of Man* by Richard Macksey, Eugenio Donato", *The Modern Language Review*, Vol. 70, No. 1 (Jan., 1975), pp. 128 – 130.

Lodge, David, "'*Language of Fiction*': A Reply", *Contemporary Literature*, Vol. 9, No. 4 (Autumn, 1968), pp. 574 – 577.

Mews, Siegfried, "The Professor's Novel: David Lodge's *Small World*", *MLN*, Vol. 104, No. 3, *German Issue* (Apr., 1989), pp. 713 – 726.

Moon, Michael, "Burn Me at the Stake Always", *The New England Quarterly*, Vol. 78, No. 4 (Dec., 2005), pp. 631 – 642.

Moynahan, Julian, "Critical Crossroads", *NOVEL: A Forum on Fiction*, Vol. 13, No. 3 (Spring, 1980), pp. 316 – 322.

Muller, Marcel, "*The Modes of Modern Writing: Metaphor, Metonymy, and the Typology of Modern Literature* by David Lodge", *Substance*, Vol. 6/7, No. 20, Focus on the Margins (Autumn, 1978), p. 130.

Parrinder, Patrick, "*The Novelist at the Crossroads and Other Essays on Fiction and Criticism* by David Lodge", *The Modern Language Review*, Vol. 67, No. 4 (Oct., 1972), pp. 878 – 879.

Rodway, Allan, "*Twentieth Century Literary Criticism: A Reader* by David Lodge", *The Modern Language Review*, Vol. 71, No. 2 (Apr., 1976), pp. 369 – 370.

Roth, Phyllis A., "*The Modes of Modern Writing: Metaphor, Metonymy, and the Typology of Modern Literature* by David Lodge", *Comparative Literature*, Vol. 32, No. 2 (Spring, 1980), pp. 213 –

215.

Scholes, Robert, "*Language of Fiction* by David Lodge", *Wisconsin Studies in Contemporary Literature*, Vol. 8, No. 4 (Autumn, 1967), pp. 574 – 577.

Szanto, Stephen, "*Thinks...* by David Lodge", *British Medical Journal*, Vol. 323, No. 7303 (Jul. 7, 2001), p. 55.

Tanner, Tony, "*Language of Fiction*: *Essays in Criticism and Verbal Analysis of the English Novel* by David Lodge", *The Modern Language Review*, Vol. 62, No. 4 (Oct., 1967), pp. 707 – 709.

Wellek, René, "*Working with Structuralism*: *Essays and Reviews on Nineteenth and Twentieth Century Literature* by David Lodge, *Structuralism or Criticism? Thoughts on How We Read* by Geoffrey Strickland", *The Modern Language Review*, Vol. 77, No. 4 (Oct., 1982), pp. 906 – 910.

Wilde, Alan, "Modern/Modernist", *Contemporary Literature*, Vol. 20, No. 3 (Summer, 1979), pp. 369 – 376.

2. 中文期刊论文

陈世丹:《论后现代主义不确定性写作原则》,《河南师范大学学报》(哲学社会科学版) 2001 年第 2 期。

慈继伟:《戴维·洛奇为什么不仿效现代派?》,《外国文学评论》1989 年第 3 期。

[英] 戴维·洛奇:《现代派、反现代派与后现代派》,王家湘译,《外国文学》1986 年第 4 期。

黄梅:《"解构以后活路何在?"》,《外国文学评论》1991 年第 3 期。

黄梅:《学商扎普》,《读书》1995 年第 6 期。

冀涵：《必须从语言入手——介绍一部文学评论著作》，《外国文学》1987 年第 11 期。

[英] 杰西·扎内威茨、丁兆国：《戴维·洛奇访谈录》，《外国文学动态》2003 年第 5 期。

刘兵：《“学术会议”中的“学术”》，《博览群书》2001 年第 8 期。

罗贻荣：《戴维·洛奇访谈录（英文）》，《外国文学研究》2010 年第 4 期。

罗贻荣：《戴维·洛奇访谈录》，《外国文学》2009 年第 6 期。

米勒：《历史没有特写镜头》，《书城》2007 年第 1 期。

欧荣：《戴维·洛奇的“后现代主义小说观”》，《淮阴师范学院学报》（哲学社会科学版）2008 年第 4 期。

欧荣：《戴维·洛奇国内研究述评》，《四川外语学院学报》2007 年第 1 期。

欧荣：《戴维·洛奇小说的标题艺术》，《当代外国文学》2011 年第 1 期。

欧荣：《戴维·洛奇小说批评理论再探》，《当代外国文学》2007 年第 1 期。

欧荣：《戴维·洛奇小说中的电影艺术》，《杭州师范大学学报》（社会科学版）2011 年第 3 期。

瞿世镜：《简论英国当代校园小说》，《社会科学》1996 年第 8 期。

童燕萍：《语言分析与文学批评——戴维·洛奇的小说理论》，《国外文学》1999 年第 2 期。

王辽南：《戴维·洛奇小说理论评析》，《外国文学》2005 年第 2 期。

王守仁、宋艳芳：《戴维·洛奇的“问题小说”观》，《外语研究》2011 年第 1 期。

王祖友：《危机、对话、系统——评洛奇和〈“双重意识”——英国作家戴维·洛奇研究〉》，《文学界》（理论版）2011 年第 9 期。

薛鸿时、[英] 戴维·洛奇：《小说艺术谈》，《名作欣赏》1994 年第 6 期。

杨济彧、吴立平：《多重译码：游乐于〈小世界〉话语的张力场》，《外国文学研究》1992 年第 4 期。

张和龙：《戴维·洛奇小说批评理论评述》，《外国语》（上海外国语大学学报）2001 年第 3 期。

张艳蕊：《二十年来我国戴维·洛奇研究综述》，《郑州大学学报》（哲学社会科学版）2009 年第 5 期。

3. 英文硕博论文

Arizti Martin, Barbara, "Metafiction in 'Changing Places'", Zaragoza: Universidad de Zaragoza, 1994.

Johnson, R. Neill, "Mainstream and Margins in the Postwar British Comic Novel", Pennsylvania: The Pennsylvania State University, 1998.

Li, Wenxin, "David Lodge's Fiction of Negotiation: Remapping the Condition of England", West Lafayette: Purdue University, 1997.

Lores Sanz, Rosa, "An Analysis of Cultural Terms in the Translation of 'Changing Places': A Pragmatic Approach", Zaragoza: Universidad de Zaragoza, 1994.

Macleod, Mark S., "Apocalyptic Metafiction in Four British Novels (Graham Swift, David Lodge, Dennis Potter, Martin Amis)", Ontario: Lakehead University, 1993.

Murphy, Leslie Arin, "Reconstructing the Past in the Academic Novel: the Concept of Nostalgia in Thatcher Britain", Montreal:

Concordia University, 2000.

O'Malley, Peter John, "'As Far as You Can Go': Carnality and the Catholic Conscience in David Lodge's Fiction", Massachusetts: Harvard University, 2006.

Sant, Thomas Doyle, "David Lodge: Narrative Values", California: University of California, Los Angeles, 2005.

Sesto, Bruce John, "The Fictional World of Julian Barnes", New York: State University of New York at Stony Brook, 1995.

Shannon, Patrick Christopher, "Metonymy and Metaphor in the Fiction of John Cheever", Montreal: Concordia University, 1998.

4. 中文硕博论文

黄宗贤:《还原真实的大卫·洛奇——论其文学批评与文学创作中的叛逆性和保守性》,博士学位论文,南开大学,2009年。

李雪:《戴维·洛奇重要小说中三种现代写作方式研究》,博士学位论文,上海外国语大学,2008年。

罗贻荣:《戴维·洛奇对话小说理论与创作实践》,博士学位论文,天津师范大学,2009年。

欧荣:《戴维·洛奇作品中的"危机"母题研究》,博士学位论文,上海外国语大学,2007年。

钱颖:《论戴维·洛奇的长篇小说创作》,硕士学位论文,上海师范大学,2007年。

王菊丽:《结构与解构的悖论性对话》,博士学位论文,河南大学,2005年。

吴佳娣:《戴维·洛奇在中国》,硕士学位论文,辽宁师范大学,2010年。

吴琴华:《在理论与实践之间:戴维·洛奇小说理论与创作实践

的一致性与不一致性》，硕士学位论文，浙江大学，2005 年。

袁媛：《戴维·洛奇的小说艺术》，硕士学位论文，南昌大学，2010 年。

张艳蕊：《戴维·洛奇天主教小说的宗教叙事》，博士学位论文，山东大学，2010 年。

赵琳娅：《二律背反之突围——戴维·洛奇批评理论与文学创作间的张力阐释》，硕士学位论文，河南大学，2008 年。

后　记

初次听闻戴维·洛奇的文学批评，是2010年夏天的事。那时，我已经听了吉林大学杨冬教授一年的西方文学理论课程。经过一年的学习，我更加肯定了一件事：阅读世界名著、名篇是我所爱，但我对文学理论和文学批评有一种特殊的感情。在杨冬教授的点拨下，我确定了未来的研究方向：将戴维·洛奇的文学批评作为研究对象。十分幸运的是，2011年我成为杨冬教授的博士生。博士阶段跟随导师六载的学习中，我收获的不仅是知识，更有做学问的方法，遇到困难时应有的耐力、信心、毅力以及为何而做学术的道理。

戴维·洛奇曾说，在写一篇文章、一本书的时候，最难的是将零散的想法以理想的顺序合理地从一个主题进展到另一个主题，不扭曲也不省略掉要点。在写作的前期，我常感迷茫。穿梭于各种观点、论辩、批评观交织之中，我不知道该选取哪部分论述内容、怎样判断所选内容的价值、如何整理归类并用清晰的脉络将其呈现出来。在坐冷板凳刻苦读书的几年中，我曾一度感觉很痛苦，也曾对我的智商失望过，或也曾动摇还要不要坚持下去。不过，每次我都会渡过难关，咬着牙坚持下来。一直放在桌角的北京大学出版社一版再版的《文学理论——从柏拉图到德里达》一书，总能给我无穷的力量。它告诉我：三十年的结晶，绝不是光靠智慧而得的，那里有无数夜以继日的工作和辛劳，一定有过和我一样的拼搏历程。我不再怀疑和自卑，只要多坚持一点，多付出一点，或许有希望捋清思绪，前进一小步。

为了训练学术思维和写作能力，每年我都勉励自己尽量多写单篇论文，也时常鼓起勇气，将论文拿给博士导师批阅。记得第一次提交一篇有关波德莱尔的课业论文，导师看后的点评是：写得过于拘谨，评论严重不足。第二次提交的论文被导师画得“满江红”，处处批语显示我的文字功底差到极点，让人头疼，我也一时间泪水涟涟，不甚理解这样表达怎么就错了呢？一向将“做学问与做人”分开的导师并没有心软，在后来修改的论文中，类似批注并未减少，有时严厉、有时直白得让人无地自容的评语仍常常出现。一次又一次的修改，一次又一次的耳提面命，渐渐地让我明白了老师为何说这里有错误，那里阐述不清晰了。是啊，这句话怎么出现五个“的”字呢？文中怎么反反复复说了好几遍相同的话呢？这里又为何突兀地引用他人的文字？渐渐地，我明白了许多以前不甚理解或未曾察觉的问题，更明白为何“严师”常受学生的敬重了。

2013 年，我试着向杂志社投稿，一位编辑对我说：稿子写得不是特别好，但有修改的余地。另一位编辑对我说：题目与文章内容不太相符，换个题目会更好。虽然在别人眼里这些都是批评的言辞，但对我来说却是一种鼓励。他们没有说我的稿子写得很烂，错误百出，一票否决。被编辑认可之时，我怎能不感谢导师为我付出的点点滴滴，使我写文章有了问题意识，更知学术研究的意义呢！

为了弄清如何提炼和总结文章要点，我不仅常常撰写随笔和读书笔记，在导师的指导下，2014 年 11 月出版了随笔集《徜徉学林》，还大量阅读他人论文、著作，国内著名学者汪介之、丁国旗的文章给我感触最深。他们总能有的放矢、切中肯綮地论述，使逻辑层次清晰、严谨有序地阐述自己的见解和言论。我豁然明白，导师正是让我向着这一目标努力啊！我终于弄懂什么是好文章、为何要写文章、怎样写才能写出好文章了！

随着研究领域的拓宽，我发现，未来要学的、应该拓展的还有许多领域。一次去探望杨冬教授时，他又提醒我，在戴维·洛奇文学批评研究之后，可以再挑选几位相关的英国文学批评家继续研究，F. R. 利维斯就是个不错的选择。如今，着手利维斯研究之时，我不仅想起了吉大校园逸夫楼里的教书声，吉大北门面馆里聚餐时的闲谈，以及得知我欲去北大深造学习，导师为我解决燃眉之急后的话语与叮嘱。在此，我对为人正直热情、治学扎实严谨、可以三十年磨一剑的恩师杨冬教授道一声：老师，您辛苦了！您不仅是我永远的学术动力之源，更是中国学术精神的伟大表率！

能够完成戴维·洛奇研究，还应该感谢一直关心和鼓励我的朋友和家人。

感谢南京师大汪介之教授。有缘与他在学术会议上相识，使我收获良多。作为我治学之路上的“忘年之交”，他给予了我诸多指点，开阔了我的学术视野。关于读书和写作，他强调思路的重要性。他说：“写学术论文要像盖房子一样，先设计好合理的布局，之后再一层一层地搭建，一栋摩天大厦在合理的构思下就会出现。”他或许不会想到，这简洁明了的几句话对我日后的写作产生了多么大的影响和启发。

感谢挚友郭伟博士。他虽与我是同事，但我们真正学术上的交流却始于吉大。作为同门师兄，他义不容辞地帮我分析问题、查找资料、借阅图书，让我了解了他扎实学术功底的背后，不论治学还是为人，都有令人羡慕的耐心、爱心和细心。

感谢多年前曾教过的学生袁立颖。他大学毕业后无缘在象牙塔里继续深造学习，但却从未放弃读书。“要想成为一位好作者，首先应该成为一个好读者。”他的这句话让我受益匪浅。所谓教学相长，我从他的身上体会最深。

同时要感谢的还有一直支持我学业的领导和同事。他们亲情般的关怀和鼓励，给我创造了更多的学习时间和深造机会。在北华大学工作之余，在吉林大学读书之时，在北京大学访学期间，我充分利用图书馆资源，查阅下载相关国内外研究资料、期刊论文、著述报刊等，大大丰富了博士论文内容。

最后，我要感谢我的家人。已年逾七十的公公婆婆这许多年来一直不让我操心家务事，成为我学业上强大的后盾。上班、学习回家就能吃到可口的饭菜，顿顿如此，日日三餐，为我腾出了大量的学习读书时间。在北京大学访学期间，我的爱人付出了比以往更多的辛苦，接送女儿上学放学不说，周末还要陪女儿出去游玩，当女儿称他为“爱心好爸爸”时，我顿觉逊色许多。他并不高大，却很伟岸。

搁笔之时，似乎还有一点遗漏。几年前当我写论文遇到瓶颈时，女儿看出了我的困惑和忧思，问明何事使我如此困扰后，她机灵地提出一个建议：“不懂就要问杨老师。”这句来自五岁孩子的建议，让我终身受用。

盛夏来临，繁花似锦。愿我与杨冬教授的师生之谊长存、我与朋友亲人之间的感情更加深厚和默契，更希望我可以与诸位学子共勉，在文学这片沃土上不断耕耘，携手走出21世纪学人的风采！

2022年7月21日